マット・スカダー わが探偵人生

ローレンス・ブロック
田口俊樹 訳

The Autobiography of Matthew Scudder

Lawrence Block

二見書房

マット・スカダー　わが探偵人生

THE AUTOBIOGRAPHY OF MATTHEW SCUDDER
by Lawrence Block

Published in agreement with the author,
c/o BAROR INTERNATIONAL, INC., Armonk, New York, U.S.A.,
through Japan UNI Agency, Inc., Tokyo

ローレンス・ブロックによる序文

マシュウ・スカダーについて書かないかと言われたことはこれまで一度ならずあった。それも彼がこれまでに関わった事件にフィクションを交えたり、新たな解釈を施したりした作品――このほうがまちがいなく歓迎されると思うが――ではなく、彼のいわば伝記のようなものを書かないかというオファーだ。

その書き手に私が選ばれるのは理解できないことではない。スカダーは私の長篇の十七作品と短篇の数作品、それに一番新しい中篇小説の語り手であり、主人公なのだから。彼のことは誰より私がよく知っていると思われて当然だ。

しかし、スカダーについて書くこと――あるいは彼に関する事実なり、彼の人物評なりをメモすること――など考えただけで、私は疲れてしまう。インタヴュアーに彼の身体的特徴を尋ねられたり、彼の履歴と私の履歴の相違点、あるいは類似点を探る質問をされたりすると、これまたそれだけでなんだか気分が滅入る。

インタヴュアーはスカダーの音楽の趣味や、服はどこで買っているのかといったことも訊いてくる。彼は妊娠中絶合法化に賛成なのか？　選挙の投票には出かけるのか？　中にはこんな仮定の質問もある。スカダーはＵＦＯを見たことがあるのかどうか？　もし見たら彼はそれをどう思うだろうか？

その手の質問からは逃れたい。それは今回の仕事についても言えた。できれば逃れたかった。一九七三年の最後の数ヵ月のあいだに書いて以来、マシュウ・スカダーは私の人生における重要不可欠のキャラクターとなった。二〇二二年の夏の今、私はそんな彼のことで頭を悩ませ、キーボードのまえに坐っている。

そうなのだ。あれからほぼ半世紀、私はマシュウ・スカダー自身については書いた記憶がない。ここで言いつくろってもしかたがない。私の本棚には私が彼の代わりに書いた十九冊の本が並んでおり、確かにそれらは彼の伝記と言えなくもない。そして、それらの本の背表紙とカヴァーに私の名前が印刷されているのは理由のないことではない。それらの作品に形を与え、中身を与え、ある部分は強調し、ある部分は抑制したのはこの私だ。どれも私が書いたものであり、どの本も私の本と言ってなんら不都合はない。

それでもマシュウ・スカダーとはどんな男なのか、とはどうか私に訊かないでほしい。

ただ、今回の仕事のオファーをしてきた人物は私の大切な友人だ。私としては彼との友好関係を壊したくなかった。彼を失望させたくなかった。私はこれまで分限を守るということをずっと心がけてきた。そのスタンスを維持しつつ、大切な友人が望むものを提供する方法はないものかどうか。

そう考え、私はこれまでずっと続けてきたことをすることにした。自分は一歩退《ひ》いて、スカダー自身に好きなだけ多く、あるいは少なく語らせることに。

そう言われても、私としてはどこから始めればいいのか。

私の〝誕生〟から始めるのがいいかもしれない。そう、私の生年月日はシリーズ作品の少なくとも一冊に書かれているが、実はその年月日ではないことを白状するところから始めるのが。生年月日というのは事実そのものだが、人間の記憶やブンガク的な理由から改竄《かいざん》されることもある。あるいは、どこかでいきちがいが生じることも。ローレンス・ブロックがどうして私の誕生月を四月、あるいは五月にしたのか、私にはわからない。が、いずれにしろ、彼はそう書いた。さらに私が根気強く頑固なのは、私の星座が牡牛座であることとも一致していると書いている。

自分がそういう性格であることは否定しない。が、私は一九三八年九月七日生まれの乙女座だ。チャールズ・ルイス・スカダーとクローディア・コリンズ・スカダーの第一子として、グランドコンコースのブロンクス産婦人科病院で生まれ、母の旧姓を入れてマシュウ・コリンズ・スカダーと名づけられた。私の知るかぎり、わが一族にマシュウはいないが、私の両親はその名の響きが気に入ったのだろう。

当時、私の家族がブロンクスに住んでいたのは事実だ。が、長くはいなかった。それもまちがいないはずだ。というのも、私の弟が一九四一年十二月四日にクウィーンズのどこかの病院で生まれたときには、われら家族はもうリッチモンド・ヒルに住んでいたからだ。私の両親は私の弟をジョゼフ・ジェレマイア・スカダーと名づけた。その三日後、日本が真珠湾を攻撃した。さらにその二日後、弟は死んだ。先天的な疾患か、出生時の合併症だったらしいが、実際のところ、どうだったのか、私は知らない。ただ、出産に何か問題があったのはまちがいない。母も死にかけたところを見ると。そのため母はその年のクリスマス週間は病院で過ごした。その間、母の義理の姉が私の世話をしてくれた。母の兄のウォルターと結婚したペグおばさんだ。

こうしたことは覚えているわけではない。あとから聞かされたことを覚えているだけだ。実際の記憶にはない。ともあれ、私には一週間にも満たないあいだながら、弟がいた。弟には会ったことも見たこともないけれど。

「あなたの弟が亡くなったあと、あなたのお母さんは変わってしまった」ペグおばさんから一度ならずそう聞かされた。母のほかの姉妹からも。たぶんロザリーおばさんから。もっと考えられるのはメアリー・キャサリンおばさんか。私にはおじとおばが何人もいたが、そのほとんどが母方だ。父には妹がふたりいた。ひとりは生涯未婚で、小学三年生を教えていたシャーロット、もうひとりは結婚して、私が生まれる何年もまえにカンザス州の確かトピーカに移り住んだヘレン。ヘレンには父の葬儀で一度だけ会ったことがある。葬儀のために飛行機で帰ってきたのだが、それが高校卒業と同時に結婚してニューヨークを出て以来、初めての帰郷だった。そのときには私を独占し、父の子供の頃の思い出を私に何度も語って聞かせた。ただ、それは酔いながらのことで、ふたつか三つの逸話《いつわ》を何度も繰り返し聞かされた。

言うまでもないが、そんなおじもおばももうみな死んでしまった。ヘレンには子供がいて、私より年上の子供が少なくともひとりはいたはずだ。というのも、若くして結婚したヘレンが結婚するなりニューヨークを離れたのは、彼女の妊娠のせいだったからだ。彼女の子供――私のいとこ――については名前も人数も私は知らない。まだ生きているのか、もう死んでいるのかも。

母方のいとこももちろんいる。大勢いる。彼らは今どうしているのか。わからなくなって久しい。それでも、その消息をたどろうと思えばたどれるかもしれない。そう言えば、子供の頃、『ミスター・キーン、失踪人の追跡者』というラジオ番組があったが、そういった人捜しに自分がどれほど熱心《キーン》か。あまり熱心とは言えない。もっとも、失踪人捜しの経験だけは豊富だが。私が関わった失踪人の多くは見つけられたがっていない人たちだった。

近頃はグーグルがこの手の問題を容易に解決してくれる。ただ、そういう方面にエネルギーを使ったことはない。これから使うだろうとも思えない。妻のエレインは綿棒で頬の内側の粘膜をこすり取って〈Ancestry.com〉やその手の鑑定サイトにＤＮＡを送り、父方のマーデル家と母方のチェプローヴズ家の先祖に関する情報を驚くほどたくさん集めた。苗字《みょうじ》はそのどちらでもなくても、DNAが少なからず一致する人物がいるという通知が今でも時折届く。

自分のDNAを送ることは私にもできなくはない。実際のところ、私は祖父母たちのことはほとんど知らず、そのまえの世代となると、スカダー家のこともコリンズ家のことも皆目わからない。しかし、自分のファミリーツリーにどんな英雄がいようとどんな悪党がいようと、それにどんな意味があるのだろう？

オレゴン州のペンブロークにはとこかまたいとこがいることがわかったところで、それがなんなのか？

もしかしたら、最初の妻とのあいだの息子たち、マイケルとアンドルーだけが私の子供ではなかったことがわかったりするのかもしれない。半世紀まえ、最初の結婚の前後、私も男として何もなかったわけではない。浴びるほど飲んでいた当時の私はむしろお盛んだった。見知らぬ女性とも簡単に関係を持った。女性はみなピルを飲んでいるものと勝手に決め込んで。

今にして思えば、そうしたアヴァンチュールで出会ったのは、たいていがバーで出会った女性で、みな私と同じような飲み方をしていた。そんな彼女たちが私より責任感の強い女性たちだったとも思えない。そんな中のひとりが父親の知れない子供を身ごもっていたとしても不思議はない。

身ごもりながら、私のことなどすっかり忘れていても。

こうした話はよく聞く。手紙、いや、今はｅメールか。「あなたは私のことを知らないと思うけれど、あなたが私の父親と信ずる理由が私にはあります……」

私が頰の内側を綿棒でこすることはこれからさきもないだろう。

＊＊＊

弟の死後、変わってしまったのは母だけではなく父も同じだったのではないか。あくまでこれは私のただの推測だが。不幸な一週間のまえの両親がどんな人たちだったのか、私にはまったく記憶がないのだから。

いい両親だったとは思う。叩かれたことも殴られたこともない。ふたりが互いに手を上げているところを見たこともない。言い争いを何度も聞いたという記憶もない。ただ、あの頃を思い出そうとすると、まず甦《よみがえ》るのは長い沈黙だ。昼にしろ夜にしろ、聞こえてくるのはラジオの声だけということがよくあった。

「今夜はいいニュースがあります！」

ＷＯＲ局のニュース番組のコメンテーター、ゲイブリエル・ヒーターの決まり文句。今でも豊かで心のこもった彼の声が頭の中で聞こえる。私の父は家に帰ってきて、そのラジオ番組の放送時間に間に合ったときには必ず聞いていた。そのことばをヒーターが言わなかった夜もあったはずだ。世界大戦の激しい頃にはそう毎晩いいニュースがあったわけではないだろう。ただ、ゲイブリエル・ヒーターは明らかに物事のいい面を見ようとする人だった。私の父は世界で起きていることを心配するのと同じくらい、そのことばを聞くのを愉しみにしていたのだろう。

父は時々、番組にはとても間に合わないほど遅く帰ってくることもあった。母はラジオをつけることもつけないこともあったが、そんな夜、父は自分で「今夜はいいニュースがあります！」と大声で言った。ヒーターの決まり文句を真似て。声までは似ていなかったが。父の台《せり》詞《ふ》はただそれだけで終わることもあれば、そのあと続くこともあった。たいていの場合、ヤンキースが試合に勝ったときだ。実際、ヨーロッパやアジアのアメリカ軍同様、ヤンキースは応援しがいのあるチームだった。負ける試合より勝つ試合のほうがはるかに多かった。

自分がどうしてまわり道をしているのかわからない。はっきり言おう。父は酒飲みだった。

ゲイブリエル・ヒーターの番組に間に合わないのは、たいていいつもより長くお気に入りのバーにいたせいだ。そんな夜はいつも元気づけとなる《コンフォーティング》ウィスキーのにおいを漂わせて帰ってきた。

〝元気づけとなる〟。われながら思いもよらないことばだ。おかしなものだ、自分の声に驚かされるとは。

チャーリー・スカダーにとって元気づけられるにおいだったのはまちがいない。が、それは子供の私にとっても同じことだったのだろう。これこそ彼のにおいで、彼の芳香で、父親がそばにいる証しだったからだ。

酒を飲んでも、彼はよろけたり、転んだりすることはなかった。普段より声は大きくなったが、覚えているかぎり、呂律《ろれつ》がまわらなくなるようなこともなかった。人が変わるというようなことも。ことばによる暴力も物理的な暴力もなかった。外で何も食べていなければ家で何か食べた。そして、食器戸棚からボトルを取り出し、自分に注いでちびちび飲んだ。〈チェスターフィールド〉を吸いながら。ラジオを聞きながら。あるいは夕刊のページをめくりながら。

ブレンド・ウィスキーを飲んだ。私が覚えている銘柄にはすべて数字がついていた――〈フォアローゼズ〉、〈スリーフェザーズ〉、〈シーグラムセブン〉。

よく引っ越しをした、ように思う。私が生まれたときにはブロンクスにいた。弟が生まれて死んだときにはクウィーンズにいた。私が幼稚園にはいったときにはまだクウィーンズのリッチモンド・ヒルだったが、年少組の途中でリッジウッドかグレンデールに引っ越し、私は別の幼稚園に行かなければならなかった。カソリック系のところだったと思う。尼さんたちを覚えている。

敬虔《けいけん》な一家ではなかった。父方の親戚は表向きプロテスタントだったが、教会にかよっている者は誰もいなかった。母方のコリンズ家はカソリックとプロテスタントの混合だった。彼らがアイルランドのベルファストに住んでいたら、爆弾を投げ合っていたかもしれないが、信心深い人は双方ともいなかった。

母の妹のアイリーンはノーマン・ロスという人物と結婚していた。ノーマンはユダヤ系で〝ロス〟はローゼンバーグを改名した苗字だ。「ユダヤ人はいい夫になる」ということばをおばのひとりが言ったのを聞いて、そのことばが忘れられず、どういう意味なのかとしばらく思っていたことがある。のちにわかったが。彼らは金に関する才に恵まれるか、酒を飲まないか。そのどちらかということだった。あるいはその両方だと。

ノーマンおじさんに金に関する才能があったかどうかはわからない。彼が大酒飲みだったのか、適度に嗜《たしな》む人だったのか、まったく飲まない人だったのかも。ただ、酒から離れていることはできなかった。酒屋をやっていたのだ。彼の店には一度ならず強盗がはいり、最後に彼に銃口を向けたやつは引き金を引いた。それがノーマン・ロス、旧姓ローゼンバーグの最期となった。

その二年後、アイリーンおばさんが結婚した相手もユダヤ系だった。メルおじさんだ。苗字はガーフィンクル。たぶん改名はしなかったのだろう。クウィーンズ・ブールヴァードで金物屋をやっていた。金物屋は酒屋より強盗にはいられにくい。私の知るかぎり、アイリーンおばさんとメルおじさんは死ぬまで幸せに暮らした。

われながら歳を取ったものだ。私の心は古い川のようだ。あっちで曲がり、こっちで曲がり。どこに向かうにしろ急がない。蛇行《ミアンダリング》ということばそのままに。

＊＊＊

私の母はいつもそばにいた。ただ、すべてにためらいがちなところがある人だった。やるべきことはすべてやってくれた。朝起きたら朝食をつくってくれた。ベッドメイキングをして、洗濯をして、床を掃いて、食料雑貨の買いものをして、夕食をテーブルに並べてくれた。

これらをすべてほぼ無言でやった。友達はいなかった。家の電話が鳴るのは——それもそうしょっちゅうではない——たいてい母の姉妹のひとりが家族に関するニュースを知らせるものだった——誰かが病気になったとか、婚約したとか、妊娠したとか、死んだとか。

家にいると、母がなんと言って話を切り上げるか聞こえてきた。「あら、それはよくないわね。あら、素敵。あら、それは残念だわ」

酒飲みではなかった。祝いごとなどがあって、父に強く勧められると、飲むことは飲んだが、それが二杯になることは決してなかった。一杯目も必ず残した。そう書いて長いこと忘れていたことを思い出した。母のその飲み残しを私が飲み干したことがあった。一度だけだが、まだ八歳か九歳にもなっていない頃のことだ。よくないことをしているということだけはわかっていた。

それでもやってみたかったのだろう。誰も見ていなかった。私は飲み干した。ウィスキーのソーダ割りで、量は二オンス程度、炭酸はもうすっかり抜けていて氷もほとんど溶けていた。

私はその味が気に入った。そういうことをしていること自体気に入った。アルコールの影響はあったのか？　あったとは思えない。少なくとも何も感じなかった。何かよくないことをしたという事実については、それを好ましく思う気持ちと嫌悪する気持ちが同時にあった。誰にもばれなかった（ばれていたら大騒ぎになっていたかどうか？　それはわからない）。私はよい子だった。やってはいけないことなどやらない少年だった。

そのときふたつのことを決心したのを覚えている。まずひとつ、また母がウィスキーを残してもそれを絶対飲んだりしない。味見したりせず、シンクに流す。ふたつ目、ウィスキーは悪いものではなかった。大人になったら、自分に割り当てられた分ぐらいは飲もう。

自分に割り当てられた分ともう少し。

母は酒飲みではなかったが、〈ヘビースモーカーだった。父よりよく吸った。何をするにしろ、たいてい煙草を吸いながらだった。料理をつくるにしろ、ベッドメイキングをするにしろ、そばに煙草があった。灰皿の上で彼女が手を伸ばすのを待っていた。坐ってラジオを聞いているときには指にはさまれていた。一本吸い終わって揉み消すと、すぐまた次の一本に火をつけることもよくあった。

銘柄は父と同じ〈チェスターフィールド〉だった。だから当然私の喫煙初体験も〈チェスターフィールド〉だった。母のパッケージからこっそり抜き取ったのだ。飲酒初体験の数年あとのことだったと思う。法に反することだということは知っていたが、そのことがさして気になった覚えはない。気になったのはその味だ。その最初の煙草で吸えたのは一服だけだった。

それ以降、ほかの銘柄も試して途中まで吸ってはみたが、煙草が好きになったことは一度もない。当然、ニコチン中毒になったこともない。

クローディア・スカダーの場合はちがった。吸いおえた煙草の火で次の煙草の火をつけるところは見たことがないが、食べているか寝ているとき以外、彼女は常に煙草とともにいた。ワンカートン買っても三日以上はもたなかった。

だから一日三パックか四パック吸っていたことになる。私が子供の頃、煙草はワンカートン二ドルだった。自販機で売られているのは一パック二十五セント。私の家庭は裕福ではなかった。それでも煙草をどれだけ吸おうとさして家計に響くわけでもなかったのだろう。煙草の次のパック、次のカートンを買うために誰かが何かを我慢しなければならないというようなことはなかったのだろう。

今、調べてみた。グーグルが近くのデリカテッセンまで行く手間を省いてくれた。ニューヨークの煙草の平均価格は一パック十一ドル九十六セント。ということは一本六十セント？　私の母が吸っていた頃は一セント程度だった。

まあ、煙草は母の日々の友だった。煙草にソープオペラ。何年にも及ぶラジオ番組。私が高校二年のとき、父親が〈フィルコ〉のテレビを抱えて勤めから帰ってきた。それ以降、母の忠誠心は声と効果音から実際に見ることのできる登場人物に移った。

進化だ。

煙草が彼女を殺した。もっとも、酒が父を殺したあと、煙草のほうは九年たらず待ってくれたが。

これらのことを思い出して書き記すというのは重労働だ。少し休む。

＊＊＊

私の父親は職を転々とした。父のひとつの仕事がいつ終わり、別の仕事がいつ始まったのか、わからないこともあった。父が何をしていたのかさえ。ただ、いっときパン屋の配送トラックを運転していたことがあったのは覚えている。土曜日に何度かそのトラックに乗せてもらったことがあったのだ。

一時期、サウスブロンクスで靴屋をやっていたことがあった。その店を購入したときにはブロンクスのどこか別なところか、クウィーンズのどこかに住んでいた。が、店を買ってしばらく経つと、わが家はその店の近くに引っ越した。その店へは学校の帰りに時々寄ったものだ。

父親のその靴屋はその年が終わるまえにつぶれた。私たちはまた別のところに引っ越した。その店があった区画も、私たちが二階に住んでいた木造家屋があった区画も今はもうない。クロス・ブロンクス・エクスプレスウェーの建設に資するためにすべて灰塵《かいじん》と帰した。それからもう何年も経つが、そのハイウェーを通るたび、私は父の靴屋を思い出す。

父の仕事はどんな仕事も長続きしなかった。もっとも、失業期間が長く続くこともなかったが。忌憚《きたん》のないところ、父は酒飲みだった。飲酒はどうしても雇用履歴に影響する。勤務時間中に飲もうと飲むまいと。

父自身、自分の酒癖をどう思っていたのかはわからない。多くの人が使う表現だが、父も自分のことをこう思っていたのかもしれない、使いものになる酒飲みだと。そう言いたい気持ちはわからないでもない。もっとも、これを〝使いものにならない〟酒飲みと変えてもさして変化はない気もするが。

ただ、父はどんな仕事も自分の意志で辞めたのだろうとは思う。将来性がない仕事ということで。あるいは退屈な仕事ということで。さもなければ、労多くして実入りの少ない仕事ということで。とはいえ、仕事のほうから見かぎられたこともあっただろう。

アルコール依存症であるのはまちがいなかった。そのせいか、鬱状態になりやすい人でもあった。ただ、そのどちらについても、誰かが父のことをそう言うのを聞いたことは一度もなかった。父は自分の状態を受け入れているように見えた――夜になるとどうしてもウィスキーの川に浮かんでしまうことも、そうなるともうどうすることもできないことも。仕事も住まいも変えるときにはいっときの楽天主義に衝《つ》き動かされていることも。あまつさえ、そのたびにスタート地点に戻されることも。昔からずっといる場所に。

ある夜のことを今でも覚えている。ほかの夜とほとんど変わらない夜だった。母はキッチンにいて、父はグラスを片手に居間にいた。〈スリーフェザーズ〉だったか、〈フォアローゼズ〉だったかなんであれ。

「なあ、マティ」と父はグラスを掲げ、そのグラス越しに天井の明かりを見て言った。「世界というのは大変なところだからな。そこで生き抜くにはちょっとした助けが要る」

＊＊＊

父がどのような最期を迎えたのか。そのことはこれまでにすでに語られている。シリーズ作品の一冊に書かれている。いや、一冊だけではないかもしれない。ただ、フィクションにおける常として、語られる中で修飾が施されていたかもしれない。小説とはあくまでも物語だ。中身が事実でも、話の序盤でも中盤でも終盤でもどうしても書き手の意思が働く。

序盤と中盤と終盤。この三つはどんな人生にもあるものだ。物語ではきれいに切り取られて提出されることが多いが。ほとんどすべての人々の人生がそうであるように、父の人生も中盤が大半だった。彼の二番目の息子、私の弟のジョーのように、始まったと思ったらあっというまに終わってしまう人生もあるけれども。

会っても見てもいない弟のことを考えることはめったにない。なのに、あれから八十年が経って、今はこの部屋に一緒にいるように感じられる。視野の隅にいるように――歳とともに狭窄《きょうさく》が進む視野の隅に。

浮遊している、と言ってもいい。私の思いの周辺を。

話が逸《そ》れた。私の父の最期はある夜、父が地下鉄カーナシー線の西十四丁目通りのどこかの駅から、東に向かう列車に乗ったあと訪れた。その夜、どうして父がマンハッタンに行ったのかはわからない。そのあとどうしてブルックリンに向かう列車に乗ったのかも。

まあ、飲んでいたのだろうと思わざるをえない。その時間ならまちがいなく何杯か飲んでいただろう。もしかしたら何杯も。乗車後、どこかの時点で父はひとつの車両から別の車両へ移ろうとした。少なくとも、車両と車両の連結部分に移動した。地下鉄駅の構内では喫煙は禁止されていた。もちろん車内でも。しかし、乗客が車両の連結部分に出て、手っ取り早く一服するというのは聞かない話ではなかった。

もちろん違法行為だ。車両の中にはいなくても地下鉄には乗っているのだから。加えて連結部分に乗ることを禁じた規則にも違反している。ただ、そういうことをして注意されたり裁判所に呼ばれたりといった話は聞いたことがない。

列車が急停止したのか、急発進したのか、それとも揺れたのか。あるいは何もなかったのか。それにどんな意味がある？　父は列車から落ちて、そのあと何両もの車両が父を轢《ひ》いた。蓋《ふた》のある棺にしか納められなくなるほど何度も。

葬儀には私が想像したより多くの人々が集まった。父となんらかのつながりのあった人々だったのだろう。多くが初めて会う人で、私はその後一度もその誰とも会ってはいない。きっと職を転々とした父の仕事がらみの人々だったのだろう。

享年四十三。

八月の末、私が高校二年から三年になるときだった。ブロンクスのボイントン・アヴェニューに建つジェームズ・モンロー高校。私はたぶんその高校には行くべきではなかったのだろう。たぶんブロンクス科学高等学校の入学試験を受けるべきだったのだろう。しかし、そんなことは思いもよらず、誰も勧めてもくれなかった。

些末であるはずのことが人生において大いに意味を持つことがある。そんなことを私は時々考える。人生には選択しなかった道や通過中に気づかなかった道がある。右に曲がるのではなく左に曲がっていれば、ゼネラル・モーターズのCEOになっていたかもしれない人間が、〈スターバックス〉の第二シフトのバリスタをやっていたりすることもあるのではないか。時々、そんなことを考える。

それとは逆のことも考える。何度右に曲がろうと、そのバリスタはやはりバリスタになっていたのではないだろうか。ウォートン・スクールでMBAの資格を取ろうとしていたとしても、結局のところ、ラテの表面に気の利いた絵柄を考えることに腐心することになるのではないか。そんなふうにも考える。

何を話していたのかわからなくなった。なんの話だったたか。そう、父の葬儀のことだ。グリーソン・アヴェニューの斎場で私は蓋をされた棺を見つめた。

八月のことで、私はあと数週間で十七歳になるところだった。その夏はパールスタイン薬局でアルバイト――在庫整理や処方箋薬の配達――をしていた。葬儀の日はもちろん休みを取った。

その五日か六日まえのことだ。父が私にアルバイトを休む電話を薬局にするように言った。レッドソックスがニューヨークに来ており、その日の午後にはヤンキースとのデイゲームがあった。「ボスには頭痛がすると言うんだ。あとグラヴを忘れないようにな。ファウルボールが捕れるかもしれないだろ？」

父は何年ものあいだに全部で十試合から十二試合ほど、私を野球観戦に連れていってくれた。いつもヤンキースのゲームだった。当時ニューヨークにはまだ三チームいた。ドジャースもジャイアンツもあと一年かそこらニューヨークにとどまっていた。が、私はドジャースのホームスタジアム、エベッツ・フィールドにも、ジャイアンツのホームスタジアム、ポロ・グラウンズにもその近くにも行ったことがない。私たちは当時クウィーンズに住んでいたかもしれないのだが、野球場と言えば常にヤンキー・スタジアムだった。

グラヴはもちろん父のジョークだった。実際にグラヴを球場に持っていく子供、あるいは大人もいたが。自分の席の近くに飛んできたファウルボールを捕ろうというわけだ。私も父もそういうことをしても無駄だと思っていた。ボールがたとえ近くに飛んできても捕れないと。当時はもっと差別的な表現をしていたと思うが、体が不自由な人になったような思いをするだけだと。

グラヴは持っていかなかった。薬局に電話もしなかった。行けたらいいんだけど、どうしても休めないんだ、と父に言ったのだ。父は、そうか、じゃ、またにしようと言った。そしてその数日後、地下鉄の車両の連結部でで煙草を吸おうとしたのだった。それが父の最期だった。

＊＊＊

「あなたの父さんはあなたの弟が亡くなったあと、変わってしまった」と母は声を落として言った。葬儀が始まるのを待っているときのことだ。その数時間後、最後の弔問客が帰ると、母はそのことばをふくらませて続けた。

父さんは熱い人だった――と母は言った――それはジョーが亡くなったあとも続いた。父さんは新しい仕事にしろ、自分が始めた新しい商売にしろ、いつも熱意をもって取り組んでいた。持っているエネルギーを惜しみなく注いでいた。いつも楽天的だった。

しかし、それがそのうち続かなくなった。沈みがちになり、元気もなくなった。新しい商売を考えても、それはただの繰り返しになってしまった。

「マシュウ、あの人はいい人だった。いつも自分にできるかぎりのことをしていた。あなたを愛してた」

＊＊＊

こんなものを最後まで読みたがる人がいるのだろうか？

正直に言おう。いるとは思えない。なのにどうやら私は書きたがっているらしい。私は老人だ。過ぎた遠い昔を思い出すことには妙に心浮き立つものがある。甕《かめ》の中を掻き混ぜると、古い記憶が沸々《ふつふつ》と湧き起こってくる。それらの大半はわざわざ書き記すまでもないことだ。それでも、少しばかり注意を向けることで、長いこと放ったらかしにしていた部屋の隅が照らされることもある。

ある女性の作家——南部出身の人だ。名前はたぶんそのうち思い出す——がこんなことを言っている、子供時代を生き延びたことが作家となる資質を自分に与えてくれたと。それがなんであれ、子供時代の体験が作家となるベースになった、というのが彼女の言いたいことなのだろうが、私がこのことばから思うのは、そもそも子供時代というのは生き延びなければならないものだということだ。そして、それができた大人はどんな大人にもそのことを自分の手柄とする権利がある。私はそう思う。

私の子供時代にはなんの問題もなかった。思えば、私は始終そんな子供時代を再点検してきたように思うが、だからと言って、自分の子供時代をどう思っているのか、それをいちいちここに書く気はしない。

私の子供時代はいつ終わったのか。人はどうやってその終わりに線を引くのか。そもそも線が引けるものなのかどうか。父が亡くなったとき、私はまだ子供だったのだろうか。子供の部分もあればもう子供とは言えない部分もあっただろう。そもそもそういう問いかけはできるものなのか、答えられるものなのか、それもよくわからない。ただ、少なくともひとつ言えるのは、そのとき私の子供時代が終わったということだ。

私はその後も生き延びた。

＊＊＊

父が死ななければ、私は大学に行っていただろうか？

なんとも言えない。行けるだけの頭はあった。ただ、学校の成績にはむらがあった。すべての学科に等しく関心を向けることは私にはできなかった。

ブロンクス科学高等学校に行っていたら、たぶん大学に進学していただろう。沖仲仕や郵便配達人になる準備をするためにブロンクス科学高校にかよう者はいない。

私はかわりにジェームズ・モンロー高校に行った。モンロー高校から大学に進学した者もいる。どれぐらいの割合だったのだろう？　だいたい半分と言ったところだったのだろうか。

コイントスみたいなものだ。

両親は私を大学に行かせたがっていて、私がそうするだろうとも思っていたはずだ。大学に行っていたらおれの人生もまったく変わっていた、と父親がよく言っていたのを思い出す。そういった選択ができた時点で、父が大学進学を考えていた可能性は低いと思うが。

高校での私の好きな科目はラテン語だった。高校初年度にどうしてそんな科目を取ったのかは自分でもわからない。そのことを父に話すと、呆れたように眼をぐるりとまわし、苦笑いしながら、僧職にでも就いたらきっと役立つだろう、と言われたのを覚えている。どうして興味を持ったのか今でもわからないが、なぜかラテン語が好きで、またいつもAがもらえる科目のひとつだった。ラテン語にはことばの論理性みたいなものがあり、その論理が私には納得できた。おかげで英語の成績もよくなった。

二年目のラテン語のクラスではシーザーがガリア戦争について書いたものを読んだ。その同じ年、英語の授業ではシェイクスピアの『ジュリアス・シーザー』を読んだ。ふたつとも面白く、自分はローマの古代史が好きなのだと思った。だから三年生になってキケロを読むのが愉しみだった。が、夏休みが始まる一週間かそこらまえ、授業のあと教室に残るように女性教師のルーディン先生に言われた。

私は何かへまをやったのだろうかと思った。そうではなかった。教室に残ったのは私だけではなかった。マルシア・イッポリートという女子生徒もいた。ルーディン先生は涙ながらに言った、三年生のラテン語を選択したのはあなたたちふたりだけだと。だから、来年度のラテン語のクラスは取り止めになったと。

女の先生、ルーディン先生。当時、何歳ぐらいだったのだろう？　白髪があるほどには歳を取っていた。たぶん当時の私より少なくとも三十歳は年上だったと思う。もちろんもうとっくに亡くなっているだろうが、当時はルーディン先生としか呼んだこともなければ思ったこともなかった。それは今も変わらない。

ファーストネームはエレノア。ずっと忘れていたが、今思い出した。彼女に関して知っているのはそれだけだ。子供の頃のことを書いた作家の名は――フラナリー・オコナー。いずれ思い出すことはわかっていた。

＊＊＊

二年ほどまえ私はリンカーンセンター近くのバーンズ＆ノーブル書店にいた。いや、二年以上まえだ。その店がなくなってから二年以上なのだから。エレインが何か読むものを探していたのだが、私もそれにつきあって店内を歩いていると、アンソニー・エヴェリットという人が書いたキケロの伝記に眼がとまった。買って読んでみた。だからと言って、ラテン語にしろ翻訳にしろキケロを読むところまではいかなかったが、伝記そのものは面白かったので、ギボンの『ローマ帝国衰亡史』の洒落た三巻本を買うところまではいった。

その第一巻を最後まで読めるかどうかもわからないのだが、時々手に取っては数章、あるいは数ページ読んでいる。

高校三年のときにルーディン先生のラテン語の授業を受けていたら、何か変わっていただろうか。何も変わらなかっただろう。キケロを読んだことのあるお巡りにはなっていただろうが、それが私という人間を特徴づけるものになっていたとも思えない。カソリック・スクールにかよったことがある同僚の場合と同じように。

キケロのこととは関係なく、私は大学には行かなかっただろう。たとえ父がカーナシー線に乗っていなくても、私は大学に進学はしなかったと思う。学校はもう充分と思っていた。それより人生を始めたかった。その時点で人生というものをどう考えていたにしろ。とはいえ、父の死がいくつかの選択肢を封印したのは事実だ。私は金を家に持って帰らなければならなくなった。自分自身と母を養うために。

父が亡くなり、まず思ったのは高校を中退することだった。十七歳の誕生日まで数週間を残すだけで、背は充分高く、私にもできる仕事はいくつもあった。

だから、高校を中退して何かの仕事に就いていたかもしれない。が、父の葬儀でそのことをおじやおばのまえで宣するなり、それはおまえのすることじゃないと諭された。高校の卒業証書を手に入れることが正しい選択だとみなに言われた。母も同意見だった。高校はあと二年きちんと続けるようきつく言われた（ニューヨーク市の高校は四年制）。このことについては議論の余地はないと。

母がこれほど物事をきっぱりと言うのは初めてだった。そのため私は高校中退などという考えを持ったことを謝りたくさえなった。いずれにしろ、私が高校を続けることはこのときに既定事実となった。

同時に金が集められた。比喩的に言えば、献金のための帽子が親戚のあいだでまわされた。

私はそういうことがおこなわれていたことを知らなかった。が、葬儀のあと二日か三日が経って、ロザリーおばさんとバートおじさんが封筒を持って、私と母のアパートメントにやってきた。何かの足しにしてほしい、とふたりは言って母に封筒を手渡した。いくらはいっていたのかは今もってわからない。何ヵ月も経って母に尋ねたことがあるのだが、みんな気前がいい人たちという返事しか返ってこなかった。

あと二年間がんばって高校を卒業することに今は専念し、そのあと大学進学を考えるといい。バートおじさんにはそう言われた。CCNY――ニューヨーク市立大学――がブロンクスにあった。そのとき私とバートおじさんが坐っていたところからバスでも行けて、歩いてもかよえるところに。私ぐらいの頭があればなんの問題もなく入学できた。「あそこの学生はユダヤ系が大半だけど」とおじさんは言った。「ユダヤ系じゃなきゃはいれないわけじゃない。授業を選んで、その合間にバイトをすればいい。よく考えることだ」

＊＊＊

そのことを真剣に考えた記憶はない。ジェームズ・モンロー高校で、三年目のラテン語はなくても、卒業に充分な授業を取り、相変わらずパールスタイン薬局でのアルバイトを続けた。三時半から店が閉まる七時半まで棚の整理や処方箋薬の配達をこなした。

土曜日には別の仕事をいくつかやった。その中で面白かった仕事がひとつだけあった。それはひと月ちょっとしか続かなかったが。市場調査会社の仕事で、クリップボードとボールペンを持って、ブロンクスのパークチェスター地区の家を戸別訪問するのだ。インスタントコーヒーをどう思うか、決められた質問をして、返ってきた答を書きとめる。

半袖のドレスシャツを着て、ネクタイもしめなければならなかった。真面目な仕事であること、ちゃんとした仕事であること、あるいはその両方をアピールするためのものだったのだろう。

面白かったのはそのシャツとネクタイのことではない。人々がインスタントコーヒーのことをどう思っているかでもない。ドアをノックした向こう側にどんな人がいるのか、まったくわからないことだ。訪問した家の半分は留守だった。なんらかの形で、とっとと消えろという意思表示をされることも少なくなかった。それでもドアを開けてくれる人もけっこういて、どれほど短いあいだにしろ、その人の生活が垣間見られた。

このときの体験はそのあと生きた。最初のうちはドアをノックするだけで気持ちを奮い立たせなければならなかった。怖かったとは思わない。が、不安はあった。戸別訪問販売ほど勇気の要ることではない。何かを売りつけようというわけではないのだから。それでも歓迎されざる要素のある仕事ではあった。

続けるうち、臆する気持ちは徐々に薄れた。まあ、そういうものだろう。その後何年か経って、警察学校の教官に〝ゴヤコッド（GOYAKOD）〟こそ警察仕事の根幹を成すものだと言われたのを覚えている。ひとつひとつのことばの頭文字をそのまま並べたことばだ。その心は、〝ケツを上げてドアを叩く《ゲット・オフ・ユア・アス・アンド・ノック・オン・ドアーズ》〟だ。

そう言えば、こんなことがあった。モンロー高校のクラスメートで、私と同じこのアルバイト――シャツとネクタイとクリップボードのアルバイト――をしていた男子生徒がひとりいた。名前はエディ・タウンズといい、このインスタントコーヒーのアルバイトをするまではあまりよく知らないやつだった。いずれにしろ、彼は私がかける時間の半分で仕事をこなしており、一度仕事の成果を比べ合ったことがあるのだが、私がドアを実際にノックして、ドアを開けてくれた人と実際に話をしているのを知って、彼は心底驚いた顔をした。

こっちはこっちで、彼のほうはそんなことはしていないことを知って驚いた。彼も実際にドアをノックして、決められた項目に沿って相手に尋ねてはいた。が、彼が主にやっていたのは、それらの質問に自分で答えることだった。「こんなもの、誰が見るんだい？　こんなもの、おれたちが持ち帰ったって誰も見ちゃいないよ。ジェローム・アヴェニュー五三七番地のミセス・ケリーが、〈ユーバン〉のインスタントコーヒーは汚い靴下のにおいがすると言ってるからって、マディソン・アヴェニューの天才広告屋がそのためのキャンペーンを打ったりすると思うか？」

エディか私のどっちかが馬鹿なのだ。どっちが馬鹿なのだろうと私はしばらく考えた。遅かれ早かれ、彼は馘《くび》になるのではないかと思った。が、そのインスタントコーヒーの仕事が終わると、あとはもうそういうアルバイトはなかった。ということは、彼は彼のやり方で仕事をし、私は私のやり方で仕事をした。そういうことなのだろう。それで結局なんの問題もなかったのだろう。

私が生真面目に仕事をこなしたのは、道徳心からだったのか、それとも結果を怖れたからなのか。いや、一番の要因は私に自発性がなかったからだろう。それに、ずるをして一時間か二時間節約できたとして、その時間で何をする？

ただ、私の生真面目さは思いがけない形で報われることになる。ある土曜日の午後、グリーブ・アヴェニューのある家のドアをノックしたときのことだ。ドアを開けてくれた女性は私にコーヒーを勧めてくれた（こういうことは時々あった。質問の対象が対象だけに）。たいてい断わった。私がコーヒーをよく飲むようになるのはそれから二、三年後だ。ただ、その女性は、だったらコーラかビールでも、と言ってきた。だったらビールを、と私は言った。彼女は私をキッチンに案内する途中、わざと私にぶつかった。さらにキッチンをいったん出るときにも。どういうことなのか、もう説明は要らないだろう。すぐにはわからなかったが、わかるのに時間はかからなかった。その日の仕事はいつもより時間がかかった。

彼女の名前はシャーリー・ラスマッセン。三十五歳だと本人は言った。それでも当時の私にはずいぶんと年上に思えた。振り返って考えると、四十近かったのではないだろうか。結婚していた。夫の名前も教えてくれたかもしれないが、まったく覚えていない。その日の午後、彼女の夫はニックスの試合を見に子供を連れて出ていた。彼女は誘われなかった。誘われても彼女は行かなかった。バスケットボールは彼女の好きなスポーツではなかった。

私たちは彼らの寝室でことに及んだ。ひとつの壁には十字架、もうひとつの壁にはイエス・キリスト像が描かれた絵が掛けられた部屋で。私がカソリック信者ならためらったかもしれない。いや、そういうことはなかっただろう。そのとき私の心を占めていたのはひたすら彼女とセックスをすることだった。ほかのことがはいり込む余地はなかった。

最近のことばづかいで言えば、彼女の所業は未成年者への性的虐待ということになるのだろう。私は十七歳、それもまだなったばかりの十七歳だった。彼女のほうはその私の歳の二倍以上だ。彼女は私を利用した、と多くが思うはずだ。

確かに、性を逆にして考え、シャーリーが四十歳の男で、その相手が十七歳の少女だったとすれば、私も多くと同意見だ。自分の考えが矛盾しているのは自分でもわかっている。ガチョウのオスの肉のソースもメスの肉のソースも変わらない。それでも、私個人としてはどこか性質の異なるもののように思えてならない。

その最初の出来事のあと、二ヵ月かそこらにわたって四回彼女に会った。いつも平日の午後一時。夫は仕事に出ており、子供たちはまだ学校から帰ってこない時間。私のほうは医者の診察予約をでっち上げて学校を早退した。

彼女は美人ではなかった。顔も体型も一番いいときをすでに過ぎていた。それでも魅力的だった。彼女の性欲の激しさに私はなにより惹きつけられた。彼女の生活環境を考えると、彼女の性的な体験が普通の主婦より豊富だったとも思えない。それでも、あの頃『カーマ・スートラ』を読んでいたら、私はその著者は絶対彼女だと思ったことだろう。彼女は自分は何が好きか、何を望んでいるか、ちゃんとわかっていた。そして、そのことを私に伝えるのに恥ずかしがったりしなかった。

最初の土曜日の午後とそのあとの平日の四回の午後があり、彼女は最後に言った。とても愉しかったけれど、もうそろそろ終わりにしないと、と。「お互い相手を好きになりすぎてしまうまえに」私はぎこちなく言った。自分のほうはもうすでに好きになりすぎてると。すると、彼女はだからこそもうやめにするのよと言った。でも、そのまえにまだわたしたちが試してなかったことがひとつある……

家に帰る途中、当然のことながら、私は落胆していた。と同時に、少なからずほっとしてもいた。意外なことに。いつか終わる関係で、その終わり方には悲惨なパータンがいくつも考えられる。なのにそうはならなかった。大いに満足できる結末だった。私には知識と経験が与えられ、ただ愉しさしかない思い出となった。

家に帰って気づいたときには、中学二年生のときに同級だったある女子のことを思い出していた。勇気を奮い立たせるのには数日かかった。彼女の名前が書かれた家の玄関のまえに立っている自分を思い描いたあと、実際の行動に移し、彼女の家のドアをノックした。映画でも見にいかない？　いいわよ。

＊＊＊

シャーリーのことを誰かに話したことはあっただろうか？　エレインには話した。互いに昔話をしていて、不意に思い出したのだ。そのとき以外、話した記憶はない。

こういう体験は男子高校生の自慢話の定番みたいなものだ。が、私にはそういうことを話題にする友達がいなかった。と同時に、なぜかわからないが、自分の心だけにとどめておくべきだと思っていたところもあった。

この体験のことは二年ほどまえ、女性教師が十五歳の生徒と関係を持って逮捕されるという事件がメイン州で起きたときにも思い出した。驚くべきことに、その教師は実刑判決を受けて二年服役し、出所すると、その少年と結婚した。

このことはミックとクリスティーンのバルー夫妻と話し合ったことがあるのだが、みんなの感想が一致したのが、まるでフィクションみたいだということだった。もちろん結末も含めて。誰にとっても意外だったのは、女性教師が実刑判決を受けたことだった。

「そんなことで女を刑務所に入れちゃいけないよ」ミックはそう言った。「むしろクソ名誉勲章でも贈るべきだよ」

高校三年から四年になるまでの夏、私は非組合員でも働ける建築現場で働いた。大家から発注された家屋の改修や改築だ。その中でひとつ大きな請け負い仕事があった。キングズブリッジの三階建て木造家屋の大がかりな改築で、すでにウサギ小屋並みに解体されていたのをアルミの羽目板を張ったりしてメゾネット型の住宅に改造するのだ。

私はことさら器用というわけでもなかったが、手順を教えてもらえればたいていの作業はこなせた。重労働を強いられるわけでもなく、まわりの作業員ともうまくやれた。時給もよかった。一時間二ドル五十セント。パールスタイン薬局の二倍だ。それも現金で支払われ、税金は引かれなかった。

九月になってもキングズブリッジのその家屋は完成にほど遠く、私を雇っていた業者は私に残ってもらいたがった。私はそれで一向にかまわなかった。が、母がどうしても許可してくれなかった。すると、私がアルバイトを続けたがっていることを知っている作業員のひとりが、同じ現場で作業をしていた塗装業者に引き合わせてくれた。当時はまだユーゴスラヴィアだった国のどこかからやってきた業者で、兄弟で仕事をしていた。週末だけでも仕事を手伝える人間を捜しており、時給は二ドルに落ちたが、ふたりともきわめて無口だったのが幸いした。あまりに訛《なま》りが強くて私には彼らの言うことがよく聞き取れなかったのだ。仕事自体も悪くなかった。

九月以降、それが私の土曜日と日曜日の半分の過ごし方になった。パールスタイン薬局の仕事はほかの高校生に取られてしまっていたが、ブロンクスに薬局は山ほどあった。学校が終わってから閉店時間の七時まで働くアルバイトを見つけるのに苦労はなかった。

新学期になって新しい授業を受けることになったわけだが、新たな授業に注意を向けていたとは言いがたい。高校最後の年で、四年生の英語の教材は『ハムレット』だったが、あまり印象には残っていない。

『ジュリアス・シーザー』を二年ほどまえにテレビで見たが、今でも覚えていて、俳優に合わせて言える台詞がいくつかあった。その一年ぐらいあとに『ハムレット』も見たのだが、誰もが知っているような台詞以外、どれも新鮮だった。このことは芝居に関してというより、私のモンロー高校時代をより雄弁に語っている。

＊＊＊

シリーズ作品の中では私の経験が読者の興趣を誘うように形づくられている。どの作品でもなんらかの事件が描かれ、調査があり、結末がある。小説である以上、形が整えられ、作品それぞれに物語がある。

私は今いったい何を書いているのか？　作品と作品の合間のこと、通常なら省略される部分だ。省略されて当然だ。そんなもの、誰が読む？　誰が気にかける？

エレインは気にかけるかもしれない。興味深く読んでくれるかもしれない。われわれはこれまであらゆることを話し合ってきた。一度ならず。それでも、彼女にまだ言っていなかったことはいくらもある。それを今私はここに書いている。

それよりなにより私自身、書くことを愉しんでいる。人はある年齢に達すると、過去が現在と同じくらい興味深く思えるようになり、そのことに意味を持たせることが容易になる。

だから書きつづけようと思う。あなた方は無理してつき合うことはない。好きにしてくれればいい。

高校を卒業するということは人それぞれだ。大学に進学する者にとっては通過点のようなものだろう。進学しない者にとってはそれよりずっと大きな出来事だ。大人になる特別な瞬間だ。

卒業式のあとはたいていパーティが開かれ、そのパーティでは両親が子供のクラスメートに酒を振る舞ったりした（これは違法とならないケースが多い。たとえばニューヨークでは飲酒が可能となる年齢は十八歳で、たいていの者が十八になっていた）。私もパーティのはしごをして、翌朝、最後のパーティに出た記憶をまったくなくして眼が覚めた。どうやって家に帰ったのかなど言うに及ばず。歩いて帰ったのか？　車は持っていなかったし、運転免許証もなかった。誰かが車で送ってくれたのか？

意識喪失《ブラックアウト》はそれ以前にも経験していた。そういうことばがあることは知らなかったが、飲みすぎるとそういうことが起こることは知っていた。明らかに自分にも経験があることも。

ことさら支障はなかった。自分のベッドで目覚め、水をたくさん飲めば治る咽喉《のど》の渇き以外、これといった症状もなかった。

この話はすでにＡＡ（アルコール依存症自主治療会）ですでに何度かしているので、ここで同じ話をまた繰り返そうとは思わない。

私が言いたかったのはそれではない、卒業パーティで一度ならずクラスメートから言われたことばのことだ――「ここからは人生何もかもが下り坂」。何人かがそう言った。

今がまさに人生の頂点にあるような言いようだった。輝ける高校時代はもう終わってしまった。このあとわれわれの未来に待っているのは、出世の見込みのない仕事か、あるいはうんざりさせられる書類仕事か、荷物を運ぶだけの重労働か。

これは男子生徒の場合だ。女子生徒なら、これがベッドメイキングとか、洗濯とか、料理とか、子供の鼻と尻を拭くこととかにでもなるのだろう。あるいは、病院でおまるの中身を捨てているか、地下鉄のＤ線で行ける範囲外のことになどまるで興味のない小学五年生に地理を教えているか、ということになるのだろう。

何もかもが下り坂。

そう言われて、私はそのことばに同意するような相槌を打っていたのかもしれない。少なくとも、うなずくぐらいはしていただろう。しかし、実際はそうは思っていなかった。モンロー高校時代が輝ける時代だったなどとは思えなかった。それに私はある意味でさきに卒業していた。父がカーナシー線で喫煙休憩を取ったときに。

ほかにもあった。その時点で私はすでにふたつのアルバイトをしていた。ひとつは前年の夏とはちがう建築会社での仕事で、もうひとつは運送会社の倉庫での夕刻のシフトだ。どちらも出世の見込みのない仕事だ。が、そのどちらにしろ、一生続けるつもりはなかった。

その時点で自覚していたかどうかはわからないが、私は基本的に楽天主義者だった。未来とは見えないものだ。地平線の向こうにあるものだ。そうした見えない未来はいとも簡単に明るくもなれば暗くもなる。

これは父から聞いたことばだったような気もするが、世界というのは大変なところだともよく言っていた。それを思うと、父には世界の明るい面より暗い面のほうを多く見る機会のほうが多かったのだろう。

それでも父は気分が落ち込んでも、いつも何か自分の気持ちを浮き立たせるものを見つけた。

それまでの仕事を辞めて新しい仕事に就くことも含めて。酒もまたそういうことに役立ったのだろう。

どうしてそう確信できたのかはわからないが、当時の私には自分が今送っている暮らしが一過性のものであることがわかっていた。今を乗り越えれば、次には何か面白いことが待っていることが。

が、次に行くまえにまず母の死について書かなければならない。

＊＊＊

意識しなくてもそうなるが。

私は仕事をふたつ掛け持っていた。朝と昼はハリー・ジーグラーの建築会社で壁にペンキや漆喰《しっくい》を塗り、夕方には〈レイルウェー・エクスプレス〉で小包や枠箱の仕分けをした。もちろん家に住んでいた。ほかにどこに住める？

母はいつも私より早く起きて朝食の用意をしてくれた。その頃には私ももうコーヒーを飲むようになっていた。母は私にコーヒーを注ぎ、食べものを私のまえに出してくれた。卵料理かシリアルを。それは選り好みできない選択《ホブスンズ・チョイス》で、母がホブスンだった。それで私は一向にかまわなかった。両面焼きの半熟卵がふたつでもシリアルの〈グレープナッツ〉でも。

母は私と向かい合って坐り、コーヒーを飲んだ。チェスターフィールドを吸いながら。

最初のうち私はだいたい家で夕食を食べた。が、昼の仕事と夕方の仕事のあいだに時間の余裕はあまりなかった。建設現場によっては〈レイルウェー・エクスプレス〉に移動するのに、列車の乗り換えが面倒なときもあり、どこか途中でピザやデリカテッセンのサンドウィッチを買って、すませるほうが簡単だった。そんなときに〈レイルウェー・エクスプレス〉のそばにあったアイリッシュパブにスティームテーブルがあるのを見つけた。ミシュランの星はひとつももらったことはないだろうが、そこの料理は私には充分うまかった。値段も手頃で、少なくともファストフードより栄養バランスのいい食事をとることができた。

そのバランスをビール一杯で改善することもできた。

あるいは二杯で。最初のうち、そういうことを気にかける人間が〈レイルウェー・エクスプレス〉にいるだろうかと思った。が、それも同僚の大半がほろ酔い加減で仕事をしていることがわかるまでのことだった。ボスも机の引き出しに〈オールド・クロウ〉を一瓶入れており、自分の飲酒についても他人の飲酒についても何か言ったことは一度もなかった。

家に帰る途中で飲むこともあった。飲まないことも。母はいつもキッチンにいて、煙草を吸いながらテレビを見ていた。私も一緒にテーブルについて、何か母と話すこともあった。どんな話をしたのか。ひとつぐらい覚えていてもよさそうなものだが、まったく覚えていない。煙のごとく消えてしまった。

煙草の煙のごとく。

母はよく咳をしていた。あらゆることがまだ無邪気だった当時でさえ、母のような咳は〝煙草咳〟と呼ばれた。あらゆることがそうであるように、母の咳も徐々にひどくなって、時々、咳が止まらなくなることがあった。そういうとき、とりあえず咳が収まると、母はよく「このろくでもないもの！」と言って、吸っていた煙草を乱暴に揉み消した。が、その数分後、また新しい一本に火をつけるのだった。

母の場合、それがどうしていつまでも続いたのか？　おそらく母は慢性閉塞性肺疾患《COPD》だったのだろう。そんなことばを私が知ったのはこの頃から何年も経ってからだが。当時、母がついに医者に診てもらう決断をしたときには、医者に肺気腫だと言われた。この病気は治ることはないが、煙草をやめることで咳を抑制すること、咳の回数を減らすことはできると。

母はやめようとした。が、できなかった。そして、次に医者に診てもらったときにはレントゲン写真を撮られ、肺ガンと診断された。ただ、私は母がそのことばを使ったのを聞いた覚えがない。

「レントゲンを撮ったのよ。それで見つかったわけ、わかるでしょ、見つかってもおかしくないものが」

〝ガン〟と言ってはいけない。ガンで死ぬことはあっても。それでも声に出して言ってはいけない。

現在の放射線治療や化学療法があれば、もう少し長生きできていたかもしれない。肺ガンではなく、別の病気で亡くなっていたかもしれない。医療保険《ブルー・クロス》にでもはいっているか、母が大金をどこかに隠してでもいたら、医者はなんらかの手立てを講じたかもしれない。それが講じても講じなくてもさして変わらない手立てだったとしても。

私は母に付き添ってくれる女性を同じアパートメントの住人の中に見つけ、〈レイルウェー・エクスプレス〉のアルバイトは辞め、建築会社の仕事が終わると、ビールのシックスパックを買って帰るようになり、テレビのまえで一缶か二缶飲んだ。私はフローレンス・ナイティンゲール役には向いていなかった。それでも誰しもやるべきことはやらなければならない。

私の場合、それはそう長いあいだではなかった。

誰もが煙草をやめ、やめたときには誰もがまだ生きている。そんなことを聞いたことがある。母もレントゲン撮影のすぐあとやめた。が、それはやめようと思ったからではなかった。もう吸えなくなったのだ。最初の一服を吸うまえから咳き込むようになったためだった。

だから母もやめたときには生きていた。母の煙草への渇望は五ヵ月続いた。ある夜、彼女の心臓が止まるまで。翌朝、病院に行ったときにはもう死んでいた。

＊＊＊

まったく。死の話ばかりだ。この人が死んであの人が死んでも、人生は続く、最後に終わるまで。

＊＊＊

書いたことを読み返して、このあと何を書こうか考えていると、エレインがネットで見つけた情報を教えてくれた。ニューヨーク州のユーティカから蒸気機関車が出ているということで、ニューヨークシティからユーティカまではアムトラックで四時間の旅だ。さらに昔の汽車に乗ったあとは、レストラン、ホテル、観光名所が待っている。

私たちは三日間の休暇を取ることにした。ユーティカで過ごすには手頃な日数だった。ニューヨークに帰ってきて二日後、私たちはミックとクリスティーンのバルー夫妻を呼んで夕食をともにした。エレインがパスタとサラダをつくった。彼女の簡単定番料理だ。ノンカフェインのコーヒー以上に強いものは誰も飲まなかった。

私たちの旅行中に共通の知人が亡くなっており、葬儀はいつどこでおこなわれるのかという話になった。それはまだ告知されていなかったが、ニュージャージーでおこなわれる可能性が高かった。われわれの誰かひとりでも行くべきかどうか。その結論が出た記憶はないが、そのとき誰かが出典の真偽は疑わしかったが、ヨギ・ベラ（往年のヤンキースの名捕手）のことばを紹介した――〝人の葬儀に行かなくて、どうして自分の葬儀に来てくれることが期待できる?〟

「なるほどな」とミックが言った。「マシュウ、おれはあんたの葬儀に行くんだろうか？　あんたはおれの葬儀に来てくれるんだろうか?」

その問いかけはいっとき宙に浮いたままになり、そのあとミックが続けた。「まあ、あんまり考えたくないことだよな。でも、たぶんおれたちはマクギネスとマッカーシーみたいになるんだろうな」

ミック以外の三人ともぽかんとした顔をした。

「この歌、知らないのか？」

誰も知らなかった。

彼は歌いはじめた。その調子からしてアイルランドかスコットランドの舞曲のようだった。

彼は歌いはじめた。

ああ、マクギネスは死んだのに、マッカーシーは知らない。
マッカーシーは死んだのにマクギネスは知らない。
ふたりとも同じベッドで同時に死んだものだから
どちらも相手が死んだことを知らない。

その歌のあと、すぐではないが、話題が変わった。確かクリスティーンだったと思うが、ミックの歌からある歌を思い出した。それはおぞましくもなければアイルランドの歌でもなかったが、複雑な家系図から考えると自分の祖母と結婚した男の歌だ。『アイム・マイ・オウン・グランパ』。その歌はみんな覚えていた。が、歌詞まで覚えていたのはひとりもいなかった。

歌詞はグーグルで調べられ、曲自体もユーチューブで聞けるかもしれない。しかし、どうしてそこまでやらなければならない？

＊＊＊

その夜が終わるまでに私たちは死についてもっと話し合った。そのとき誰かの言ったことで、私はダニー・ボーイと彼がつくっていた知人全員の死者のリストを思い出した。そのリストづくりは彼がまた別の脅迫観念に駆られるまで続いた。

「ダニー・ボーイ・ベル」とミックが言った。「アフリカン・アメリカンと呼ばざるをえないやつはいるものだけど、やつはその典型だな。やつを〝黒人〟と呼ぶのには無理がある。白子《アルビーノ》をそう呼ぶのは。ベッドのシーツほどにも白いやつを〝黒人〟とは呼べないよ」

だから、最近は黒人《ブラック》を差すのに頭文字を小文字にするのではなく、大文字にするのだとエレインが言った。色の問題ではないから。それにはクリスティーンが反論した。それでも色が問題になっていることに変わりないと。エレインは同意した、すべては色の問題よ。そう言った。

そのことばでその話題は終わり、しばらくしてミックがまたダニー・ボーイを話題に引き戻し、ダニー・ボーイは両親ともブラックだったんだろうかとみんなに訊いた。大文字にしろ小文字にしろ。

私はそう理解していると言った。彼の両親に会ったことはないが。そこでダニー・ボーイに最後に会ったときに、彼が言っていたことを思い出した。「ダニーは系譜学者を雇って、先祖をたどったらしい。そうしたら、ダオメー（西アフリカの共和国ベニンの旧称）の王族にまでさかのぼることがわかったそうだ」

「ほんとうに？」とミックが尋ねた。少なくともダニーはそう思っていると私は答え、そのあと、今度会ったらその女性の系譜学者が書いてくれたファミリーツリーを見せてくれると言っていたとつけ加えた。そういうことにいくら金を使ったのか、ダニーは言わなかったが、かなり注ぎ込んだだろうことは容易に想像できた。

「王子さまってわけね」とエレインが言った。「今はダニー・ボーイと名乗っていても」エレインは私と同じくらい長くダニーを知っている。実際のところ、私がエレインに初めて会ったとき、彼のテーブルに一緒にいたのがエレインだ。「彼、元気にしてるの？」

彼も健康上の問題を抱えていたが、抱えていない人間のほうが少ないだろう。ただ、ダニーの場合はけっこう経つ。最後に会って以来何年も。彼の眼と肌にとって太陽は敵だ。だから、彼の人生はずっと吸血鬼と同じ時間帯にあった。私のほうはこのところ早寝早起きになっている。有名なことわざが示すご利益《りやく》はあるのかないのか、それはまだわからないが。

「元気にしてるんだと思うよ」と私は言った。「さもなければ、そのことを耳にしてるはずだよ。もし死んだりしてたら、誰かが知らせてくれるんじゃないかな？」

「ああ」とミックが言った。「あんたに知らせてくれるやつがもう死んじまってなけりゃな。マッカーシーとマクギネスが死んじまったみたいに」

「同じベッドで」とクリスティーンが言った。「エレイン、年配の男二人組と結婚するというのはこういうことね。知恵を求めて結婚しても、教えてもらえるのはろくでもない歌しかない」

＊＊＊

歳はやはりどうしても関係してくる。歳を取れば取っただけ、過去が未来に侵入してくる。生きることの中に他人を見送るという仕事がはいり込んでくる、認知症にでもなってそういうこともわからなくならないかぎり。人生は長くなればなるほど死との関わりが深まる。

もっとも、私の場合、それは今に始まったことではないが。ニューヨーク市警のバッジを携えていた時代、私の関心はずっと人の生死に関わる問題にあった。

この仕事は私の世界観を変えた。青い制服を着た初日からたいていの人間が経験することだが、それでも数年まえのこと、私は誰かが〝道徳的相対主義者《モラル・レラティヴィスト》〟ということばを使ったのを聞いて興味を覚え、調べてみた。自分がこれまでずっと話していたことばが散文と呼ばれるものだったことを知って、びっくり仰天する人物が登場するフランスの芝居があるが、びっくり仰天とまではいかなくても、そのことばの意味を知って驚いたのは事実だ。

道徳的相対主義者？　この私《モワ》が？

そうした考えはどこかまちがっているのか？

警官の誰もが道徳的相対主義者になるのかどうかは知らない。が、善悪に関して容赦のない判断、白黒を明確につけることができる同僚は何人もいたのに対して、道徳に関しては、焦点を合わせたりぼかしたりする者のほうが多かった。すべての罪が罰を求めているわけではない。すべての規則が厳に遵守されなければならないわけでもない。善悪はそれを判断する人間の立場で異なる。そうしたことを学ぶ者のほうが多かった。

殺人を除くと。

私が見るかぎり、始終見てきたかぎりにおいて、殺人はやはりほかの犯罪とはまったく異なった。実際のところ、私自身、ほんとうに気にかけていたのは殺人事件だけだった。人を殺してそうそう逃げおおせられるものではないと思っている人が多いかもしれないが、それはまちがいだ。この世にはその大罪を犯しながら罪を免れている者もいるのだ。私にはそれがどうしても気になった。

ほかの犯罪は都市生活の潮の満ち干きみたいなものだ――いや、それは田舎暮らしでもたぶん同じかもしれない。被害者のいない犯罪もある――売春とかギャンブルとか規定営業時間を過ぎての酒の提供とか。そういう犯罪はよそを向いていてくれるお巡りにはサイドビジネスの機会を与える。窃盗にしろ詐欺《さぎ》にしろ、暴力をともなわない犯罪もかぎりなくある。そういう犯罪がどれほど心を占めるかは、個々がどれほど法と支配に関与しているかによって変わってくるだろう。

そうした犯罪はいくらでもある。

しかし、殺人だけはそれとはちがう。人の命を奪うのは人に無礼を働いたり、人の財布を失敬したりするのとはまったく異なる行為だ。

その原則――そう呼べれば――は自分が何者かということとともにあった。自分の世界観、その世界での自分の役割は日々変化する。大昔にジミー・アームストロングの店のウェイトレスに誕生日を訊かれ、そのあと私は乙女座だと教えてもらったことがある。それ自体、私にとって大きなニュースというわけでもなかったが、占星術において私の星座は四つある柔軟宮のひとつだということだった。それはどういうことなのか？　不順性があり、順応性があり、柔軟性があって、と彼女は言った、さらに進取の精神があると。見るかぎり、むしろ彼女がそういう人だった。

名前が思い出せない。そのうち思い出すだろう。

大したことではない。私は物事をよく別角度から見る。政治や宗教のような〝些細な〟ことも含めて。今はそういう癖が占星術に向かったのだろう。

しかし、変わりやすさも幅広の斧を持った男が舞台に登場したときに終わる。〝幅広の斧を持った男〟というのはミックの言いまわしで、ミックの死神のイメージだ。大鎌を持ったグリム・リーパー（十五世紀以降、黒いマントの骸骨として描かれるようになった死神の呼称）が基にあるのだろう。

まだ出番ではないときにも、こいつは常に舞台の袖にいて出番を待っており、そこを離れることは決してない。

死について私には先入観めいたものがあるようだ。十代で父を亡くし、二十代になった頃に母を亡くしているせいだろう。

死はそれよりずっとまえにもあった。

〈サニーサイド・ガーデン・アリーナ〉では、ボクシングの試合のラウンドの合間に父にこう言われた。「おまえの弟が亡くなったあと、おまえのお母さんは変わってしまった」

グリーソン・アヴェニューの斎場では蓋をされた棺のまえでこう言われた。「あなたの父さんはあなたの弟が亡くなったあと、変わってしまった」

だったらマシュウ本人はどうだったのか？ 私はジョゼフ・ジェレマイア・スカダーには会ってもいない。見てもいない。同じ部屋にも同じ建物の中にもいたことがない。彼は来たと思ったら行ってしまった。ほんの数日のことだった。弟の思い出などひとつもない。

それでも意識はしていた。ちがうだろうか？ あの頃、弟が死んだとき、私は、そう、まだ三歳だった。それでも意識はしていた。何かを感じ取ってもいたはずだ。まえに書いたとおり、母と弟が病院にいるあいだ私はペグおばさんのところにいた。彼女と夫のウォルターは何が起きているのか、私に話したはずだ、おそらくは声をひそめて。そのまえにはおまえに弟ができるといった話も私に聞かせていただろう。なんとすばらしいことか、などと言って。それがすばらしいことではなくなったわけだ。涙と悲しみの話に変わったのだ。私はそうした雰囲気をまちがいなく感じ取っていたことだろう。

いっときは母も危なかった。弟と一緒に墓場に行ってしまいかねない時期があった。そうしたことをどうすれば三歳の子供から隠せる？　そういうことは部屋にずっと閉じこもっているような人にも隠せない。

もちろん私は知っていたはずだ。知って私はどう思ったのだろう？　何を考えたのか。それは誰にもわからない。それでも知っていたはずだ。どれほど早く記憶の絵描き帳から消し去ったにしろ。

幼いマットは弟が亡くなったあと、変わってしまった。

そんなことを言った者は誰もいない。実際、それはほんとうのことには思えない。とはいえ、まったく無関係というものでもないだろう。

＊＊＊

母を埋葬したあと、最初に私が思ったのは〈レイルウェー・エクスプレス〉に戻ることだった。が、ボスは申しわけなさそうに言った――すでに私が欠けた穴は埋められている。それでも、また空きができたらすぐに連絡するよ。あんたの電話番号はわかっているから。それでも時々電話してみてくれ。

結局、彼から電話はなかった。私もしなかった。もう自分だけ養えばいいわけで、仕事をふたつ掛け持ちすることもないのではないかと思ったのだ。住んでいたアパートメントも大家に返して、自分ひとり用の小さなアパートメントへの引っ越しも考えようと。

それも急ぐことはない。家賃は手頃だったし、アパートメントには病人臭が残っていたが、そのアパートメントにはなんといっても馴染みがあった。近所の様子もわかっていた。どこにバーとコーヒーショップがあるのかも、どのランドリーに洗濯ものを出せばいいのかも、どこで新聞を買えばいいのかもわかっていた。数ブロック移るだけでもまた最初から学ばなければならない。

学ぶということについて言えば、建築会社のボス、ハリー・ジーグラーにおまえも商売を学ぶべきだと言われた。彼は非組合員を雇って仕事をしていたが、自身は配管工と漆喰職人のふたつの同業組合の組合員だった。作業員が集まらなくなったり、仕事が来なくなったりしても、組合員ならどこかで雇ってもらうことができる。まずは組合員になって、組合の年金がもらえるようになるまで働けばいい。

漆喰業界はすばらしい業界だ、と彼は言った——漆喰職人以上にいいやつらなんてこの世にいない。だけど、木摺りと漆喰を使った外装工事を最後にしたのはいつだ？　今じゃ外装はみんな石膏ボードだ。〝ニューヨークの漆喰をなくすな〟なんて看板をたまに見かけるけど、あんな運動は時代遅れだ。

「だけど、配管工の仕事はいくらでもある。おまえにしてもおれにしても誰でもひげを剃ったり、シャワーを浴びたりするかぎり。誰かが水に替わるものを発明しないかぎり、水を出したり止めたりできて、流れる方向もちゃんと決められるやつが必要とされる。配管工になったら、おまえの電話は真夜中まで鳴りっぱなしだ。漆喰職人にはそれは望めない。そりゃ一日の仕事が終わったあとはけっこう時間をかけて手を洗わなきゃならないが、組合員の配管工になれば、少なくとも食うものに困ることはない。ただ」——そう言って彼は自分の腹を撫でた——「女房にダイエットなんかさせられないかぎり」

配管工になるのが夢だったなどとはもちろん言えない。組合員の配管工にしろ非組合員の配管工にしろ。それでも彼の言ったことには説得力があった。私にあるのは体力と高校の卒業証書だけだった。どちらもそれだけで何か特別な仕事に就ける資格とは言えなかった。ハリーは私を誰か配管工の師匠の弟子にするつもりのようだった。そこで修行を積めば、最後には終生続けられる仕事が待っているというわけだ。

進むのを拒否しなければならない道ではなかった。母を亡くした家にいて、大いに考えられる進路だった。

もしその道を進んでいたら？　そうしていたらどこに行き着いたか、どんな人生を歩むことになっていたのか、わかるわけもないが、ひとつ言えるのは、その人生を書き記そうとはたぶん思わなかっただろうということだ。ところが、〝配管工の回顧録〟というキーワードでグーグル検索すると、私が想像していたよりずっと多くの人たちがパイプレンチをキーボードに替えていることがわかった。

また横道に逸れた。母が亡くなって半年後、私は東二十丁目にある建物のひとつの部屋にいた。部屋いっぱいの男たちとともにニューヨーク市警察の一員となるための試験を受けようとしていた。受かるだろうとは思っており、実際合格すると、ひと月後に同じ建物に行った。そのときから訓練が始まった。

もしかしたらそうなることが運命づけられていたのかもしれない、運命なるものがあるとすれば。一方、あるとしても別に運命づけられていたわけでもないのかもしれない。法の埒外の世界では血のつながりが大いに意味を持つものだが、警察官の世界も同様だ。警察には親もまた警官という者が実に多い。ただ、私の場合は父方の親戚にも母方の親戚にも警官はいなかった（知るかぎり犯罪者も）。

人の運命はなんらかの助けがあるとうまく進みやすい。私には父の葬儀の席でのあと押しがあった。

＊＊＊

葬儀には親戚がいた、もちろん。そして、誰もがだいたい同じことを口にしていた。まだ若かったのに。すごいショックよ。わからないものね、でしょ？　いい人だったのに苦労ばっかりで、おまけにこんなに早く死んじゃうなんて。

などなど。だいたい想像しうることばだ。その手のことばは親戚以外の私の知らない大半の人たちも同様に口にし、彼らは必ず自己紹介したので、私にはそれが勤め先の人か、近所の酒場で四方山話をする仲の人かわかった。

「きみのお父さんはきみを誇りに思ってた」

このことばもよく聞いた。男は死んだ。地下鉄の列車の下敷きになって。男には子供がいた。さて、その子供になんと言う？「きみのお父さんはきみを誇りに思ってた」

葬儀のあとの集まりで、私の父と同じ年恰好の男が私のところにやってきて、スタン・ゴースキと名乗った。黒いスーツを彼が着ていたのを覚えている。それは別に珍しくもなかったが、グリーソン斎場の中はけっこう暑くて、大半の男たちがネクタイをはずすか、ゆるめるかしていた。

ゴースキはかならずしもゆるめもしていなかった。「きみがマットだね？　会うのはこれが初めてだけど、一年ちょっとまえにきみがお父さんと一緒にいるところを見たことがあるよ。セント・ニックスで」

西六十丁目界隈にあった〈セント・ニコラス・アリーナ〉のことだ。六〇年代の前半になくなってしまったが、それまでの半世紀、そこでよくボクシングの試合がおこなわれていた。私と父がそこに行ったのは一度しかない。ボクシングの試合を見るのは、たいていクウィーンズの〈サニーサイド・ガーデンズ〉だった。

「そのとき私は仕事中でね」と彼は言った。「でなきゃ、挨拶ぐらいしてたよ。チャーリーとはそれほど親しかったわけでもないけれど、私は好きだったな、きみの父さんが」

私はそのときのメインイヴェントのボクサーの名前をふたりとも覚えていた。それが会話を続ける接ぎ穂になり、ボクシングはきみの好きなスポーツなのかとスタンは訊いてきた。私はそうだと答え、野球もフットボールも好きだけど、プレーはしないと言った。運動はあまり得意じゃないと。

ボクシングをやったことは？

いえ、ありません。

頭のてっぺんから爪先まで彼に見られたのを覚えている。この言いまわしはことばの綾《あや》だと思うが、このとき彼はこの言いまわしどおりのことをした。そして、ボクシングをやれば好きになるんじゃないかな、と言った。さらに、無料でさまざまなスポーツを教えてくれる〈ポリス・アスレティック・リーグ〉という団体があることも教えてくれ、いずれにしろ、体を鍛えるのはいいことだ、とつけ加えた。

私たちはそのあともしばらくことばを交わした。その日は多くの人がわたしに話しかけてきたが、彼とのやりとりだけが唯一中身のあるやりとりだった。

彼は自分の名前と電話番号を紙に書いて私に渡した。私は電話するだろうと思った。が、しなかった、もちろん。そんなある夜、電話が鳴り、母が出た。私にかかってきた電話だった。そんなことは初めてだった。かけてきたのはスタン・ゴースキ。彼は私に自分のことを思い出させようとしたが、もちろん私は彼のことも彼と話した内容もよく覚えていた。

いろいろな意味でタイミングがよかったのだろう。その一日か二日後には、私は教区立セント・マーガレット校のセント体育館に向かって歩いていた。スタンはそこでヴォランティアで週に十時間から十二時間、高校生に縄跳びの跳び方やサンドバッグの叩き方を教えていた。

彼が言ったことは正しかった。私はボクシングの練習をするのが好きになった。

一度しか見かけなかった高校生もいれば、毎日かよっているのではないかと思われるような高校生もいた。私は週に一回か二回行った。もっとかよおうと自分には言い聞かせていたが、それは実現しそうになかった。縄跳びなどするだけで体が鍛えられるだろう。しかし、私の場合、縄跳びが好きだとはとうてい言えなかった。パンチングボールもそう簡単にはいかない。誰でもそうだろう。が、こつをつかむと、上達する。私もそうだった。

それでも一番好きなのはサンドバッグだった。布切れを手に巻きつけ、〈エヴァーラスト〉

製の赤いグラヴをつけて殴りにかかる。私はパンチの打ち方、ジャブの出し方、フックやストレートを正しく放つ方法を学んだ。

「手打ちは駄目だ、マット。肩から打つんだ。でもって、全体重をかけるんだ」

それはマスターできた。サンドバッグには心配事など何もなかった。私がどれほどパンチを打ち込もうと関係なかった。こっちはもう手を上げることもできなくなって、今日はもうこれくらいにしようと思う段になっても、サンドバッグの息づかいが荒れることはなかった。ひたすら殴ることの繰り返しで、疲労困憊するエクササイズだった。が、私の体はそれに正直に反応した。それも腕や胸や肩だけでなく。みぞおち《ミッドセクション》——当時、体の中心部を〝コア〟などとは呼ばなかった——のあたりも。さらに下半身も。

そのときから気づいていたのかどうかはわからない。が、ボクシングの練習は、自身に対する自分の見方にも世界に対する自分の見方にも、なんらかの影響を私に及ぼしたように思う。死んだ父が私に遺していったのは、義務と目減りした期待がないまぜになったものだった。それが私にどれほど重くのしかかっていたのかはわからないが、サンドバッグで汗を流したあとは、いつもすがすがしい気持ちになったことだけは今でも覚えている。

時々、時間があるときには、スタンは私が放つパンチをミットで受けるミット打ちをやってくれた。これは愉しかった。また時には練習生の中からふたりをペアにして、軽いスパーリングもさせたりもした。そのときにはマウスピースとヘッドギアもつけた。もちろんセント・マーガレット校の体育館で、ジャック・デンプシーの再来みたいな選手を見ることはなかったし、殺人者の本能みたいなものをちらつかせる者もいなかったが。

私はスパーリングが好きだったとは言えない。まず殴られるのが嫌だった。パンチをミスしたときのもどかしさを感じることも。ひとつよく覚えていることがある。私の放ったボディブローが相手に命中したのだが、そのときの相手の歪んだ顔を見るなり、達成感が一気に消えてしまったのだ。私は渾身《こんしん》のパンチを放ったわけではない。サンドバッグを相手にするときより手加減をした。が、それが急所のみぞおちにあたって、効いてしまったのだろう。

ウェルター級に将来有望な選手がいて、スタンはゴールデン・グローブ（権威あるアマチュアのボクシング大会）への道が開けるよう、専門家がいるジムにその選手を紹介した。それ以外のわれわれは練習を繰り返して、基本的な技術を身につけた。一年の成果を試すために、ウッドサイドの〈エルクス・クラブ〉で練習をしている連中を相手に八試合から十試合の対抗戦が組まれた。

その試合に出ることを期待されていたかもしれない。が、その催しは最終学期が終わったあとのことで、そのときにはもう私はセント・マーガレット校に行くのをやめて、フルタイムで建築現場で働いていた。スタンには秋になったら顔を出すよと言っておいた。言ったときには、たぶん本気でそう言ったんだと思う。が、それが実現されることはなかった。

＊＊＊

〝毎日何か書くこと。それを朝イチにやるのがベスト。ひたすら書いて、どこに向かうにしろ、身を任せる。

決して振り返らない。書いたものを読み返したりしない。前進あるのみ。全部書きおえたら、読み直す時間など売るほどできる〟。

＊＊＊

これが私の受けている指示で、この指示の主旨は私にもよくわかる。

昨日の朝、コーヒーを自分に注いで、机のまえに坐った。そして、パソコン画面をしばらく眺めてからひとつ文を書いて消した。次に別の文をひとつ書いて、何語か書き換え、そのあと全部消した。

巡査時代、のちに刑事時代、業務日誌や捜査報告書をタイプしていたことが思い出された。あの頃は文を変えたければ、新しい紙をタイプライターにセットして打ち直すしかなかった。

今はそれが実に簡単にできる。

昨日は書いた文を全部消した。それも十文から二十文ほど、二、三回試しただけであきらめた。そうして画面をスクロールして最初に戻った。〝私としてはどこから始めればいいのか〟。必ずしも私の気持ちを雄弁に語っているとは言えないが、これが私の偽わらざる気持ちであるのはまちがいない。私はそこから読み返した。

それはしないようにと指示されていることだ。私には、言われたとおりにすることが時々できなくなるという難点がある。

結局、すべて読み通した。読みおえてまず思ったのはすべて消し去りたいということだった。あるいは、ファイルをごみ箱までドラッグするか。その衝動はかなり強烈だった。が、同時に私にはそれが自分のしたいことではないこともわかっていた。

＊＊＊

ナン・ハサウェー。

それが彼女の名前だった。私の星座は柔軟宮のひとつだと教えてくれたウェイトレスだ。ただ、その名は彼女が生まれたときにつけられた名ではない。彼女には、ポーランド系の名前が看板上で映えるとは思えなかったのだろう。ニューヨークにやってきて、女優か歌手かダンサーになるには名前を変えたほうが得策だと思ったのだろう。その三つのどの分野で自分の新しい名前が輝くことを期待していたのか、それはわからないが、どうせ夢を見るなら、九番街の悪い側の西四十丁目界隈の木賃宿よりはいいところに住むことを夢見たいものだ。

いずれにしろ、彼女は必要なレッスンを受け、オープン・オーディションに参加するかたわら、ジミー・アームストロングの店でウェイトレスをしていた。

彼女の部屋は悪くなかった。狭くて、みすぼらしい建物の中の一室ではあったが、専用のバスルームがあり、スープの缶詰を温めることができるホットプレートもあった。そしてなにより彼女はそこをきれいに使っていた。

われわれはカップルでもなければ、セックスフレンドでもなかった。私がアームストロングの店によく行きはじめた頃、結婚生活もニューヨーク市警も辞めてまもない頃のことだ。私はいわば〝職業的な能力をプライヴェートな分野で生かすこと〟で、新たな人生の進路を切り拓こうとしており、私の住んでいたホテルの近所のジミー・アームストロングの店は、そんな私の居間であり、オフィスであり、たいていの食事をする場所であり、たいていの酒を飲む場所でもあった。

ちょっとさきに進みすぎたようだ。それでも、これを終わらせるのはこのまま進められるところまで行ってからにする。

私たちは仲がよかった。私とナンは。私は彼女の顔が好きで、彼女のほうも私の顔を耐えがたいものとは思っていなかったのだろう。ある夜、私たちの眼が合った。もっともそれは初めてのことではないが。九番街に出ると、私は家まで送っていくと言って一緒に歩きはじめた。

回想録には書いてはいけないことがふたつある、と誰かが書いていたのを読んだ覚えがある。どれほど稼いだか、それと誰と寝たかだ。ただ残念なのは、その書き手はそのあとこう続けていた、このふたつこそ誰もがなにより関心を持っていることではあると。私は薬局のパールスタインがいくら私に払ってくれていたか書くことで、もうすでに最初のルールを破っているが、このあと金の話をしようとは思わない。金にはさほど関心はない。どうやら私は大金を家に持ち帰るようには運命づけられていなかったようだが、それはそれで別にかまわないと思っている。

二番目のルールも破っている。パークチェスターのシャーリーの家のドアを叩いたあとのなりゆきを書いたときに。今回はナンだ。口にこそ出さなかったが、彼女も私もその夜がどんなふうに終わるかについては互いに納得していた。だから、私は彼女のアパートメントに上がってもいいかとは尋ねなかった。すべてがスムーズに進んだ、お互いこれまでにもうすでにやっているこことのように。

互いに相手はちがっても。

彼女とはそうしたことが五、六回あっただろうか。一度だけデートと言えるようなことをしたこともある。モルナール・フェレンツの喜劇『劇こそまさにうってつけ』のチケットが二枚あるのだけれど、つきあってくれないかと頼まれたのだ。芝居を見たあとは夕食を彼女に奢って、その夜見た芝居についての彼女のセミプロ版の感想を聞いた。〈ブリタニー・デュ・ソワール〉。そのときのレストランだ。そこももうなくなって久しい。私たちは軽い食事をとり、ワインをボトルで注文し、さらにブランデーもグラスで頼んだ。

いや、ブランデーではなかった。コーディアルだ。正確には〈ドランブイ〉。

おかしなものだ――いや、おかしくもないか――何を飲んだかか、私はよく覚えている。

そのときは彼女のアパートメントに落ち着いた。レストランのある九番街五十三丁目から近かった。彼女の提案に従って、一度だけ彼女を私のホテルの部屋に連れてきたこともある。

提案というよりもっと実際には強かった。私はアームストロングの店にいて、彼女は非番の夜だった。いつものテーブルについていたら、彼女がやってきたのがわかったかもしれない。が、そのときにはカウンターについていて、店のドアに背を向けていた。だから彼女が私のすぐ脇に立って、近寄ってきたバーテンを手振りで遠ざけるまでわからなかった。

彼女は私の名を呼んだ。それだけだった。「マシュウ」普段は〝マット〟と呼ばれていたが。私は彼女の顔色を読んで立ち上がった。そのときには彼女はもうドアに向かいかけていた。

外に出ると、彼女はこれから私のところに行けるかどうか訊いてきた。私たちはそうした。そのあとことばを交わすこともなく。私のホテルのフロント係はプロだった。私が彼女を連れて戻ってきても表情をまったく変えなかった。もっとも、彼がなんらかの反応を示すこと自体きわめて稀《まれ》なことだったが。いつも抱水テラピンとコデイン（ともに咳止め薬の材料。鎮静効果がある）の影響下にあるような男だった。彼の場合、その薬の効果は絶大なのだろう。彼が咳をしているのを見たことなど一度もないところを見ると。

私の部屋は汚くはなかったと思う。それでも男所帯には変わりない。ただ、その夜の彼女がそういうことに気づいたとは思えなかった。私がドアを閉めて鍵をかけると、彼女は吐息をついた。まるでそこで初めて自分にリラックスする許可を与えでもしたかのように。

彼女は言った。「ファックしてくれる？　何もかも遠ざけちゃってくれる？」

ときにそれがキモになる、ウィスキー同様。その香りや香味や豊かな琥珀色ではなく、密造酒の焼けるような咽喉越しや、高級シングルモルトのピートの香りでもない。それらはただ治療の効果をより確実にしてくれるものにすぎない。それよりなにより、ただ飲むことが、今のこの恐ろしい瞬間の刺々《とげとげ》しさを和らげてくれる解決策となることがある。

人にしろ、酒にしろ、それがすべてを遠ざけてくれることがある。

私は彼女が好きだった。喩《たと》えて言えば、彼女に一杯注ぎたくなるぐらいには充分。彼女の魅力もまた私が自分の役割――愛とは言えなくても欲望に衝き動かされた役割――を果たすに充分だった。しばらくは互いに遠慮があった。が、それも長くは続かず、私たちは互いにするべきことをした。

それだけのことだった。その一日後か二日後には、仲のいいウェイトレスと常連客の仲にまた戻っていた。そのとき私はある事件の調査をしていた。どんな事件だったのかとは訊かないでほしいが、それが大詰めを迎えており、心も時間も仕事にできるかぎり割かねばならない状態だった。ナンにはつき合っている男がいた。そいつが誰であれ、粗暴なやつか、あるいはあまり彼女を大事にしないやつだったのだろう。そんな彼とのあいだに何があったのかわからない。が、それは彼女を私のベッドに向かわせるほどのものだったのだろう。

私たちはそのあと一度一緒に過ごした。シフトが終わると、彼女はグラスを持って――赤ワインが注がれていた――私のテーブルにやってきた。そして、坐ると、一口か二口飲んで言った。私に謝らなきゃいけないと。何を？　と私は訊き返した。私を利用したことを、と彼女は言った。こっちはこっちで愉しいときを過ごしたよ、と私は答えた。利用されたなんて思っていないと。

「それでも、よ」と彼女は言ってくすくすと笑った。何が可笑しい？　「考えたら可笑しくなった。わたしはあなたをバイブレーターがわりにしたって」

「もっとひどい言われ方をしたこともある」と私は言った。

私たちは話しつづけた。なんのわだかまりもなく、いつもどおりの気楽なやりとりだった。私は私の飲みものを飲み干し、彼女も彼女の飲みものを飲み干して、私たちは一緒に店を出てダウンタウン方向に歩きはじめた。それまで雨が降っており、まだ霧雨が続いていたが、どうということはなかった。

「今度も愉しいかも」と彼女は言った。

愉しかった。が、それが彼女とともに過ごした最後になった。おそらく彼女を見た最後にもなった。その後の数日、私はずっとクウィーンズのエルムハースト地区で過ごしていた。クウィーンズ・ブールヴァードの簡易食堂の店主の依頼を受けたためだ。その店主はレジ担当の店員のひとりが勝手に共同経営者になっていると確信していた。ただ、問題なのは、その店主がまさにこの手の問題を避けるために親戚を雇っていたことだ。第一容疑者は彼の妻の甥だった。

詳細は忘れた。名前など言うに及ばず。この手の案件はいくつも手がけた。その大半が簡単に解決した。依頼人をびっくりさせるような結果に終わることはなくても。この件もそういう案件だったと思う。お決まりの事件だったはずだ。

いずれにしろ、店主の推理が正しかったことはすぐにわかった。動機はヘロインだったかギャンブルだったか忘れたが、私はやるべきことをやり、その報酬を得てマンハッタンに、アームストロングの店に戻った。

ナンはいなかった。彼女は休みなのかとカウンターの中にいた男に訊いてみた。彼女は辞めたということだった。その男はそれ以上のことを知らなかったが、知っているやつがいた。なんでもオーディションに受かったので、急いで地方巡演劇団に参加したとのことだった。

地方巡演は永遠に続くものではない。だからいずれ帰ってくるのだろうと思った。帰ってきて、どこか別の店でウェイトレスを始めるか、いくらかは金ができて、ヘルズキッチンのゴキブリ・モーテルからいくらかはランクアップして、チェルシーのスタジオ・アパートメントに引っ越したりするかもしれない。

ニューヨーク内の引越しでも生活が変わることに変わりはない。新しいコインランドリーや新しいドライクリーニング店や新しいピザスタンドや新しい中華レストランを見つけなければならない。

新たに飲む場所も。新たに寝る相手も。

思えば奇妙だった。彼女との最後の夜は彼女が予言したとおり実際愉しい夜になった。そのあと、泊まっていってもかまわない、と彼女に言われたのだ。そういう招待を受けたのはそのときが初めてだった。どっちみち私は泊まらなかったが。泊まらないのは私のいつもの行動で、そのときも服を着ると、歩いて家に帰った。

雨はもうすっかりやんでいたが、舗道は濡れていて、雨が洗ってくれたように空気も新鮮に感じられた。いい気分だった。その気分のままナンのことを考えた。自分たちのあいだには何か特別なものがあったのだろうか。

あったとは思えなかった。

彼女の名前に光が当てられたことがあったのだとしても、私は見ていない。何かに印刷されているのを見たこともない。夢見る多くのウェイトレス同様、よりきらびやかな暮らしをあきらめ、故郷に戻ってしまったのなら、もしかしたら、彼女は自分の名をよりきらびやかでないもとの名前に戻しているかもしれない。

追跡しようと思えばできないことではない。それも机のまえから離れることもなくできる。実際、近頃の探偵仕事は大半がそれだ。〝ケツを上げなくてもドアはノックはできる〟。プロはデータベースにもアクセスできて、さらに仕事を楽なものにしている。

しかし、なんのために？

＊＊＊

われながら、どうしてこうも脱線できるものなのか。

＊＊＊

今朝、メールが届いた。ゆうべ私が出したメールへの返信メールだ。


「まったく。話が脱線したからと言って、それがなんなのか。脱線したら脱線したで、どこへでも好きに行けばいい。文脈など気にしなくていい。これは報告書じゃないんだから。きみの心に浮かんだことをそのまま書けばいいんだ。蛇口から何が出てくるかなど心配しないで、とにもかくにも〝流す〟ことだ。だから止まっちゃ駄目だ。肩越しにうしろを振り返っても。全部書きおえたところで、編集が必要かどうか考えればいいんだから。

まあ、編集はそんなに必要になるとは思ってないけれど。きみはなかなかの文章家だもの。きみが刑事の金バッジを手に入れたのもきみの作文能力のおかげだったんだろ？　今きみがすべきことは自分の邪魔をしないことだ。

いや、きみが書いたものを今は見たくない。きみが書きおえるまでは。だから送らないでくれ、送ってきても読まずにすぐ消去するからね。あと、誰にも見せないように。エレインにさえ。あと戻りするのは絶対いけない。流れを信じて。自分を信じて。

今のきみに必要なのは動く指だよ。あの詩のことはきみも覚えてると思うけど。書きはじめたら続ける……

LB（ローレンス・ブロック）」

それでおしまい。

確かにあの詩のことは覚えている。昔のペルシャの詩人、オマール・ハイヤームの『ルバイヤート』だ。

ラリー（ローレンス）が言ったのは次のくだりだろう。

動く指が書く、書きおえる、
さらに動きつづける、信仰心にも知性にも
書いたものは呼び戻せない
一文の一部さえ消すことはできない、
あなたの涙をもっても一語たりと
洗い流せない。

ご説ごもっとも。

＊＊＊

正規組合員としての配管工の人生のプラスとマイナス、そうした暮らしの安定度を考えていると、ふとスタン・ゴースキのことが頭に浮かんだ。自分からセント・マーガレット校の体育館をあとにして以来、彼には会っていなかった。年が経つうち、彼の記憶もおぼろになっていたが、仕事中に、ハンマーを振ったり、パテを入れた重いバケツを運ぶのが苦にならないのは、何時間もサンドバッグを叩いたおかげかと思うことはあった。

スタンはトレーニング中あれこれ指示することはなかった。〝踏み込んで打て〟といった程度のことしか言わなかった。ただある日、ゴールデン・グローブ候補の選手がダブル・エンド・バッグで練習するのをふたりで並んで見ていたときのことだ。なんの脈絡もなく、スタンがいきなり警官に関する話を始めた。警官でいるというのはどれほどすばらしいことか——

「お巡りは毎朝こんなふうに目覚めるのさ。自分は市《まち》を——自分がいないとより悪くなる市《まち》を——よりよくするために今日一日過ごすんだって。通りを歩くと、善人たちはあんたを見て喜び、悪党はあんたに見つかるまえに自分のほうからあんたを見つけたいって思う。ちゃんと仕事をしてるかぎり、馘になる心配はない。金持ちにはなれないかもしれないが、かと言って食いっぱぐれる心配もない。辞めたくなることはまずなくて、しかるべき年数を勤め上げれば、悪くない年金が待っている」

彼のことばどおり写せてはいないが、主旨はだいたいそういうことだった。

どうしてかはわからない。いずれにしろ、下水溝の蓋開け人生に思いをめぐらせているときに、そんな彼のことばがふと思い出されたのだ。

＊＊＊

私はセント・マーガレット校に行って彼を捜した。が、常なるものなどひとつもないのがこの世だ。セント・マーガレット校ではもう〈ポリス・アスレティック・リーグ〉のプログラムは実施されておらず、そのプログラムはどこに移転したのか知る者もいなかった。彼のことは電話帳で見つけることもできなかった。結局、縁がなかったのかと思った。当然のことを思いつくのに一日かかった。当たるべきは近所の警察の分署だ。

伝言を残した翌日か翌々日には私たちはビールを飲んでいた。セント・マーガレット校の担当者が誰にしろ、その担当者がそこでの〈ポリス・アスレティック・リーグ〉のプログラムを終わらせたのには理由があった。「黒人の少年がひとり来てたんだよ。ライト級で、すごく才能があって、呑み込みも早かった。続けてればボクサーとしてかなりの選手になってたはずだ。だけど、あの学校の担当牧師から見ると、肌の色がちがってた。そのクソ坊主ははっきりとは言わなかったがな。プログラムは〝まちがった要素〟を学校に引き寄せてる。そのクソはそう言いやがった。〝でも、もちろん私たちにはプログラムの〝色〟を変えることもできるはずです〟。そのクソはそう言って、〝色〟のところで意味ありげにおれを見やがった」

〈ポリス・アスレティック・リーグ〉は場所を移転した。が、そのときにはスタンはもう指導に対する熱意を失っていた。私は自分の近況を報告した。彼は私の母が亡くなったことに悔みのことばを述べてくれた。私は配管工の仕事に打ち込もうと思っていると伝えた。私たちはそのことのメリットについて話し合った。そのあと私は言った。「スタン、あんたに連絡したのは実は――」彼は私のことばをさえぎって言った。「おまえはパイプレンチを振りまわすより警棒を振りまわすほうがより充実した人生を送れるんじゃないかと思ってる。ちがうか？」

私は警官になることを彼が勧めてくれることを期待して彼を捜したのだ、もちろん。実際、会ってみて彼は私の期待どおりのことを言ってくれた。今後どうすればいいのか、いつどこで何をする必要があるのかということまで教えてくれた。さらに私が警察学校にはいるまえから、誰かに電話をして私のことを推薦してくれもした。

また一緒にビールを飲むまで、三週間か四週間は経っていたと思う。そのときには彼はこんなことを言った、私のことを教官のひとりに話したら、その教官は私こそ警察の将来を担う若い人材だと思ったようだと。それもさりげなく。なんの教官かまでは言わなかったが、それを聞いてもちろん悪い気はしなかった。そんなことを言われたタイミングもよかった。そのとき私の心はまだ行ったり来たりを繰り返していたから。実のところ、意味のある進路が見つかったと思う反面、おれはいったい今ここで何をしてるんだ、と自分を抑える気持ちもあったのだ。

精神的に逆方向に向かうベクトル――まあ、双極性障害と言ってくれてもいい――に支配されていたのがスタンと話したことでふんぎりがついた。私の将来は疑問の余地のないものとなった。私はもうそのときお巡りになっていた。警察こそ私の属すべきところになっていた。もちろん、これはそのときの私のただの思いでしかないが。

それから何年も経って、ＡＡの集会で誰かがこんなことを言った。感覚は事実じゃない、と。このことばはその後、同じ集会でも別の集会でも何度も聞かされたが、最初に聞いたときには大いに納得したものだ。ずっと昔に学んでおきながら、すっかり忘れていたことばのような気もした。

スタンと話した日、初めて知ったことはほかにもあった。そもそも父の葬儀にスタンが列席し、私とボクシングの話をした理由だ。わが父、チャーリー・スカダーはいきつけのバーで一度ほかの酔客と喧嘩になったことがあったのだ。誰かが病院送りになったわけではない。それでも、警察が呼ばれるほどの騒ぎにはなった。そのとき現場に向かった警官のひとりがスタンだったのだ。

通常ならトラ箱送りになるところだ。が、スタンはチャーリー・スカダーに見覚えがあった。これまでにチャーリーが何か面倒を起こしていたとしても、スタンはそれを知らなかった。また、そのバーはチャーリーの行きつけのバーだったが、チャーリーはトラブルメイカーではなかった。むしろいい客だった。それに誰が喧嘩を始めたのかという点も曖昧だった。で、スタンは自ら判断して、私の父を落ち着かせ、コーヒーを一杯飲ませると、歩いて家まで送った。

ふたりはそのあと何度かたまたま出会った。で、友達になった？　そこまでは行かなかっただろう。が、スタンにとってはグリーソンの斎場に参列するぐらいの仲ではあったのだろう。

見方によれば、私の父の飲酒癖が私をニューヨーク市警に導いたと言える。それは私自身の飲酒癖についても言えるかもしれない。時々そう思うことがある。もっとも、だいたいのところは運命だったような気もするが。すべての川は流れるべきところに流れる。その方向を決めるのは重力だけだ。

いささか大げさか。

また話が逸れた。警察学校の卒業式にはたいてい家族も出席する。私の場合、私の両親はすでに他界していたので誰も来なかった。親戚も来なかった。彼らに声をかけることを思いついていたら、来ていたかもしれない。が、そういうことは思い浮かばなかった。だから誰も来なかった。

スタン・ゴースキは来てくれた。式のあと、握手とちょっとしたやりとりを求めて、私のところにやってきた。「あんたが蒔《ま》いた種がどうなったか見にきたんだね？」「なかなか制服が似合ってる。その制服を汚すような真似はするんじゃないぞ」そのあと彼は教官のひとりと話しをするのに立ち去った。私はそのあとクラスメートと一緒にレキシントン・アヴェニューの酒場で祝杯をあげた。

スタンに会ったのはそのときが最後になった。

話は何度かした。ただの近況報告のときもあったが、一度か二度アドヴァイスが聞きたくて電話したこともある。また会おうという話もよくした。毎年、ニューヨーク市警対ニューヨーク消防署のボクシングの対抗試合が六試合から八試合組まれる催しがあった。「お巡りと消防士が相手をぼろくそに言うのは珍しいことじゃないよ、マット。だけど、年に一度ほんとに殴り合うわけだ。グラヴをつけてにしろ」

しかし、私たちはその催しには行かなかった。そのうち連絡し合うこともなくなった。署で誰かがこう言うのを聞いたときには、私はもう私服警官になっていた。「司祭はずっとスタニスラウスって呼んでた。それが彼の正式の名前だったんだって、そのとき初めて知ったよ。おれはずっとスタンリーだって思ってた」

私は誰の話をしてるのか尋ねた。スタンだった、もちろん。その話をしていた者は、その日の前日か前々日に彼の葬儀に参列したのだった。スタンはひとり住まいだった。十年まえに離婚して以来。銃を手入れをしているときの事故だった。暴発したのだ。

さきに書いたとおり、この話を聞いたときには私はもう制服を着ておらず、制服を初めて着たときには知らなかったこともずいぶんと知るようになっていた。だから、彼が銃の手入れをしていたわけではないことはすぐにわかった。何かに衝き動かされ、彼は銃口を口にくわえ、引き金を引いたのだ。

彼がどうしてそんなことをしたのかはわからない。それはわかることなんだろうか、本人も含めて？

葬儀のまえに聞いていたら、参列していただろう。それがどれほど互いに意味のあることなのかは別にして。

＊＊＊

真新しいブルーの制服を初めて身につけたた頃、なによりよく覚えているのは、公の場に身を置いたときに自分がどれほど制服を意識していたかということだ。制服をただ着るだけで自分がまるで別人に思えた。体が着ることに慣れ、銃と手錠と警棒、それに手帳を入れたポケットのふくらみにも慣れたあとも、人々に眼を向けられることにも、逆に眼をそらされることにも慣れることはなかった。

制服そのものについて言うと、私にはつきがあった。支給されたものが体にぴったりだったのだ。誰もそうとはかぎらない。私の警察学校の同級生には、支給された制服の寸法直しを仕立屋に頼まなければならなかった者が少なくともふたりいた。たいていは支給品で間に合わせていたが。いずれにしろ、制服に関するかぎり私はラッキーだった。

真新しいブルーの制服に関して私は自意識過剰になっていたのかもしれないが、同時に制服姿の自分の見映えにも満足していた。クロゼットのドアについている鏡に自分を映しては自画自賛していた。そう、六十年まえの話だ。振り返って、当時の自分を恥ずかしく思うことなどいくらもある。鏡を相手のナルシシズムなど小さな部類だ。

制服によって私を見る人々の見方が変わったのと同時に、人々に対する私の見方も制服によって変わった。人を不快にさせるほど長く見つめても謝らなくてもよくなった。逆にまわりの人々をしっかり見ることが私の仕事になった。人々を値踏みし、何が進行しているのか、このあと何が起ころうとしているのか考えることが。視野の中の誰かがもしかしたらこのあといきなり倒れるかもしれない。助けを求めるかもしれない。あるいは銃を取り出すかも。そんなときにはすばやい対応が求められる。

制服に慣れると、次はたいてい制服を脱ぐことを夢見るようになる。が、大半は定年を迎えて年金をもらえるようになるまで実際に脱ぐことはない。これは出世するお巡りの多くについても言える。受付の巡査部長も警部補も制服警官だ。お偉方もたいていは勤務時間中制服で過ごす。もっとも、お偉方の制服には金モールがやたらと縫い込まれているが。

最初の勤務は暫定的なものだった。クウィーンズの分署で人が足りておらず、一時的に補充されたのだ。そこでは警邏《けいら》と資格がありすぎの学童擁護員を任され、その仕事に慣れかけたところで正式の赴任先が決まった。ブルックリンの七八分署。そこでのパートナーがヴェテラン警官のヴィンセント・マハフィだった。

私はそれまでの人生の大半をブロンクスで過ごし、クウィーンズでもいくらか過ごした。マンハッタンの地理もひとり歩きできるくらいにはわかっていた。番街も丁目も数字で表示されるところは特に。しかし、赴任先はブルックリンだった。世の中えてしてそういうものだ。

そこにヴィンスがいた。七八分署に。彼はバッジと銃を支給されてからずっとそこにいた。私がパーク・スロープ（七八分署の所在地区）に配属されたのは、ヴィンスがいたからではないか。いつしか私はそう考えるようになった。スタン・ゴースキだけでなく、警察学校の教官にもお巡りとしての私の資質を認めてくれた人がいて、彼らの推薦があった上での配属だったような気がするのだ。

私にはいい警官になる素質がある。警棒を振って警邏するだけが能のお巡りとはちがう。誰かがそう思ってくれたのにちがいない。

その場合、私のその能力はマハフィと組ませたほうがより早く開花する。警察学校を卒業したばかりの若手の指導にマハフィほど適任者はいない。誰かがそう思ったのだろう。

その誰かにしてみれば、マハフィが私に仕込む〝芸〟には省きたいものもあっただろう。しかし、それだけをカリキュラムからはずすというわけにはいかなかった。

ヴィンスはシリーズ作品の何作かに登場する。シリーズが始まるのは、私が警察を辞め、妻も子供も見捨てて、九番街五十七丁目のホテルの一室に移り住み、不安定な暮らしをするようになってからのことだが。

その頃にはもうヴィンスとはほぼ没交渉になっていた。刑事の金バッジをもらったときに、彼のもとからもパーク・スロープからも離れ、ウェストヴィレッジのチャールズ・ストリートにある六分署に着任したのだ（六分署はその後、西十丁目通りを二ブロック移動して、新しいビルに移転するが、その頃には私はもう金バッジを警察に返していた。因みにチャールズ・ストリートにあった署の建物は金持ち向けのアパートメント・ハウスに姿を変えた。〈ル・ジャンダルム〉といった大層な名前を拝命して）。

ヴィンスはニューヨーク市警後の私の人生には登場しない。それでも、まだ私がお巡りをしていた頃の回顧譚のような作品の何作かには登場する。彼はまさに世の中の酸いも甘いも嚙み分けたお巡りだった。自分を取り巻く世界にもその世界に住む人々にも、明るいとは言えない考えを持っており、必ずしも教科書どおりとは言えない荒っぽい正義感の持ち主だった。

しかし、それは充分公正な正義感だった。私はそう思う。ヴィンスはルールのなんたるかを私に教えてくれた。人が見ているときにはどのルールに従うべきかということも。

ずいぶんと昔の話だ。私はずっと自分は記憶のかなりいいほうだと思ってきたが、最近はいささか怪しい。隠さず言えば、あまり信用できなくなっている。だからすっかり忘れてしまっていることもあるだろう。実際に起きた事件であることははっきりしていても、記憶の中で修飾されたり脚色されたり編集されたり書き直されたりしている記憶も。

彼と初めて会ったときのことはよく覚えている。私を値踏みする彼の顔つきも。疑わしげではあった。同時に安堵したふうでもあった――少なくとも私はまっすぐ立つことができ、よだれを垂らしているわけでもなく、まちがった〝色〟でもなかったのだろう。こいつはたぶん問題ないだろう、もしかしたらおれの役に立つかもしれない、それはいずれわかる。そんな彼の声が聞こえてきそうな顔つきだった。

まず最初にテストがあった。シフトに就いて一時間か二時間ほど経ったところで、マハフィはパトカーを縁石沿いに寄せて、配送トラックのすぐうしろに停めた。トラックは右側のタイヤを歩道に乗り上げており、ふたりの男が荷降ろしをしてその荷物を歩道に積み上げていた。店主はクリップボードを持って、荷物をひとつひとつ点検していた。そこで顔を上げ、制服姿の私たちに気づいた。ヴィンスとは顔なじみのようで、「わかってるよ」と店主は言った。

「もちろんわかってるとも」とヴィンスは言った。「このブロックは全域駐車禁止だ。それにこのトラックは歩道に乗り上げてる。それも交通違反だ。おまけに段ボール箱が歩道をふさいじまってる」

形ばかりのやりとりがあった。そこは家庭用品と金物用品を扱う店だった。当時はどこででも見かけた店だ。昨今のネイル・サロンやタトゥー・パーラーみたいに。店主は配達の時間を自分たちがコントロールすることはできず、一方、棚を空っぽにすることもできないと言った──商品がなきゃ商売はできない、小売業者のＡＢＣだ。加えて今日はアルバイトの少年が遅刻している。だけど、文句は言えない。なんと言っても近頃の子供なんだから。それでもその子が来たらすぐに歩道の荷物は店の中に入れさせる。歩道の邪魔にならないように。荷降ろしが終わったらトラックもすぐにどこかに走り去る。それ以外どうしようもないだろ？

そのとおりだ、とヴィンスは言った——あんたは百パーセント正しいよ。それでも法は法だ。法は今すぐトラックをここから移動させて、切符を切れと言ってる。それ以外どうしようもないだろ？

店主はポケットに手を突っ込んで、荷物はできるだけ早く中に入れるよ、と言った。トラックもすぐ出ていくと。するとヴィンスは言った——まあ、そういうことならいいだろう。道理のわかる男がふたりで話し合えば、たいていのことはどうにかなるもんだ。

そこでふたりは握手を交わし、われわれはパトカーに戻った。歩道沿いからパトカーを出すと、ヴィンスは言った。「ちゃんと見てたか？　今のは大切なレッスンだ。交通違反はまぎれもない。停めちゃいけないところにトラックを停めてたんだからな。それで車と歩行者両方の通行の妨げになってたんだから。しかも五分で走り去るふうでもなかった。一方、さっきのやつは地域に根ざした小商いをして真面目に働いてるまっとうな市民だ。あいつとしてもああする以外、どうしようもなかった。教科書どおりにやるなら、荷降ろしをやめさせて、店の棚を空のままにして、おまけにやつには署に出頭させて、罰金を払わさなきゃならない。おれの言ってる意味、わかるな？」

もちろん、と私は答えた。

「おまえはお巡りだ。だけど、そこまではやりたくない。かと言って、見て見ぬふりして通り過ぎるわけにもいかない。やっぱり立ち止まらないきゃいけない。そうしておれたちがさっきやったようなやりとりをやらないといけない。そうすりゃトラックも荷物も煙みたいに消えるわけじゃない、もちろん。だけど、おれたちがただ素通りするよりはうんと早く荷物もトラックも消える。おれの言ってる意味、わかるな？」

百パーセント、と私は答えた。

「こういうことは警察学校じゃ教えてくれない」と彼は言った。「だからと言って、警察学校で教えられることが大切じゃないってわけでもない。教科書に書かれてることは、そりゃ学ばなきゃならない。ただ、教科書から離れなきゃならないときもあるってことも知らなきゃならない。いつ自分の判断に従うかってこともな」

私たちはそのあとも少し話し、少し車を走らせた。そのあと彼は歩道沿いに車を寄せて停め、エンジンも切った。そして、財布を取り出すと、十ドル札を見つけて私に手渡した。

私は何か買ってこいと言われるのだろうと思った。が、彼が車を停めたのは配管用品店――私がニューヨーク市警の採用試験を受けていなければ、進んだかもしれない世界の品を売っている店――のまえだった。私にはすぐにマハフィの意図がわからなかった。それが顔に出たのだろう。

「さっきの店主と握手をしたとき」とマハフィは言った。「彼の手の中には二十ドル札が握られてた。それはおまえの取り分だ」

＊＊＊

それがテストだった。私がショックを受けたような顔をしたり、あるいはそういう行為を批判したりしたら、ヴィンスはきっと巧い言い逃れを見つけていただろう。冗談だよ、とでも言っていただろう。彼の性格からして。店主からの二十ドルなどそもそもなかった。今のはおまえがどういう人間か調べるためのものだ。おまえは尼さんが誇りに思ってくれるような男なのかどうか。

（彼は私がカソリック・スクール出などではないことを知っていた。そもそもカソリックでさえないことも。それでも彼はこの言いまわしをよく使った。〝絶対尼さんはおまえのことを誇りに思ってくれるよ〟）。

彼が言い逃れをする展開になっていたら、私は彼のその話を信じただろうか。信じたかもしれないし、信じなかったかもしれない。が、いずれにしろ言えるのは、もしそうなっていたら、その後ひと月かそこら以内に、彼は私をお払い箱にしていただろうということだ。彼には彼のやり方があった。市から支給される給料だけが彼の収入ではなかった。二十ドルの握手のような副収入が彼の家のテーブルに食べものを並べ、彼の子供に新しい靴を買い与える一助になっていた。マハフィはギャングの言いなりになっているようなお巡りではなかった。きれいな不正利得と汚い不正利得のあいだには、ぼろぼろの線ながら一線を引いていた。それでも、まっすぐな矢のようなパートナーとは決して組むことはできなかった。それが彼のお巡りとしての生き方だった。

今書いたようなことがあのときにも心に浮かんだのだろうか？　今となってはわからない。いずれにしろ、彼は急がないから考えてみてくれとは言わなかった。彼が言ったのは〝これがおまえの取り分だ〟。それだけだ。

そのとき私がしたのはその取り分を受け取ることで、そのとき私が言ったのは〝ありがとう〟だった。

＊＊＊

自分がそうしたことを自分はどう思ったのか？

なんとも言えない。私もある程度はヴィンスを困らせるようなまっすぐな新米だったはずだ。私はエディ・タウンズが人に尋ねなければならないアンケートを自作していることを知って驚いたような人間なのだから、ヴィンスのこのときもやはり驚きはした。だから自分からそういった道を開拓しようとは思わなかった。

私は金のくすね方を学ぼうと思って、七八分署に着任したわけではなかった。だからと言って、人生を楽観的に見ていたわけでもない。それでも自分は天使の側に身を置いていると思っていた。少なくとも今後二十年から三十年は市《まち》を少しでもよくすることに人生を費やすつもりでいた。善人を助け、悪人を刑務所送りにすることに尽くそうと。お巡りの仕事は、水洩れを直したり、汚水を流したりするより高いところにある仕事だと思っていた。そう書いて今、気づいたが、われながらこれは巧い喩えだ。

いずれにしろ、私はどう思ったのか？

世の中はこのようにして動いている。数分まえにはなかった十ドルが私のものになった。が、十ドルをくれた男は私がその場にいることにいくらかほっとしているようにも見えた。私が店主について学んだのと同様、彼も私について学んだのだろう。が、私には店主のこと以上に学んだものがあった。自分の新たな仕事についてだ。世の中はこのようにして動いている。市《まち》の店主はこのようにして商売をしている。警察官はこのようにして厄介な現実のバランスを取っている。

私がすんなり金を受け取ったことに、マハフィはほっとしたことだろうが、このことにはもっと多くの意味があった。取り分を受け取った以上、私にはそのことが絆にも枷《かせ》にもなった。同時に、彼から何かを教わったとも思った。さらにそうした教えはこれからさきも続くのだろうとはっきり感じた。

もちろん罪悪感はあった。金を受け取った時点で警官の服務規程にも法にも違反しているのだから。それは私にとってなじみある行動とは言えなかった。

勤務が終わると、ヴィンスはその日の業務日誌を書いた。その中で店主とトラックのことは一行か二行にまとめられた。われわれはどこどこの店のまえで配送トラックが車両および歩行者の通行を妨害している場面に遭遇したが、全員の協力により状況は即座に改善された……

だいたいそんなところだ。

署を出ると、マハフィの行きつけのバーに行った。〝エメラルド〟ということばがどこかにはいった名前の店だった。一杯目をマハフィが奢り、二杯目を私が奢った。これが最近の話なら、それだけで私の余得の十ドルは消えていただろう。パーク・スロープではなおのこと。しかし、当時は酒も含めてすべてがもっと安かった。さらに再開発まえのパーク・スロープは労働者の居住区で、ものの値段もそれに見合ったものだった。

私は十ドルから酒代を差し引いた釣りを受け取り、それをポケットに入れて店を出た。その店はバーテンダーにチップを残すような店ではなかった。〈エメラルド・ガーデン〉（今思い出した）でチップをカウンターに置いて店を出たりしたら、きっと頭のおかしな客とでも思われたことだろう。

驚くことではないが、二杯の酒で私は気分がよくなった。だから三杯目をつきあってもよかった。が、私にはデートがあった。

＊＊＊

彼女の名前はアニタ・レンバウアー。彼女の女友達にデートをしようと思わなければ彼女には会っていなかった。

その頃、私は入学してまだ数週間しか経っていない警察学校の生徒だった。放課後、何人かの同級生と三番街のコーヒーショップにはいった。誰と一緒だったかはもう覚えていないが、私はほかのみんなに断わって席を立った。そばのテーブルに、知っている女の子がいたのだ。

女の子ではなく女性だ。私よりジェームズ・モンロー高校では一学年私より下だったが、一科目同じ授業を取っていた。生物だったかなんだったか、いずれにしろ、理科系の科目だった。スペルはちがうかもしれないが、名前はコリン（Corinne）。水泳部にいたので、渾名《あだな》は〝塩素《クロリン》〟。本人はその渾名を気にしているふうでもなかった。そもそも明るくて可愛い子だった。

私は彼女のためにコーラを一杯持っていった。それぐらい可愛かったということだ。彼女は私のことをすぐに思い出してくれ、坐らないかと勧めてくれ、近所で働いているのだけれど、その日は残業で遅くなったのだと言った。私は夕方遅くまで警察学校で勉強していると言った。彼女は警察学校が近くにあることも知らなかった。が、警官になるというのはすばらしいことだと言ってくれた。私のほうは彼女自身がすばらしいと思った。で、タイミングを見計らって、今度の週末に映画でも見にいかないかと誘った。

彼女は顔を曇らせ、それは無理だと言った。つき合っている人がいて、その相手とはもうすぐ婚約することになるだろうということだった。私はがっかりしたが、もちろん打ちのめされたわけではない。なので、ふたりがうまくいくことはわかっているけれど、万一うまくいかなくなったら――

私のそのことばに彼女は大笑いした。私の失望をさらに深めるような屈託のない笑い方だった。そのとき彼女のほうから言ったのだ。私がきっと好きになるような女の子をひとり知っていると。同じ職場で机をふたつ隔てて仕事をしている女の子で、あなたのことを好きになるのはまちがいない。可愛くてユーモアのセンスがあって……

でも、ひとつ問題がある。あなた、まだブロンクスに住んでるの？

「彼女はブロンクスの男が嫌いなのかい？　それともブロンクス訛りが嫌いとか？」

問題はただ物理的なことよ――とコリンは言った――アニタはブルックリンのど真ん中のベンソンハーストに住んでるのよ。だから、朝会社に来るのに四十五分もかかって、しかも電車も乗り換えなくちゃならない。コリン自身はブロンクスの私の家とさほど遠くないところに住んでいたのだが、今の就職先が決まると、東十四丁目通りの家具付きアパートメントに引っ越していた。ブロンクスの実家からだとアニタと同じくらい通勤が不便なので。

「あなたはブロンクスで、彼女はベンソンハーストとなると――」

問題は明白だった。私とアニタがデートするとなると、移動だけでずいぶんと時間がかかる。

しかし、友達、あるいは知り合いを誰かに紹介する仲人役を果たしたいと思うのは人間の純粋な衝動だ。彼女は私とアニタの問題点を指摘しながら、それを自分から否定するように手を振って言った――マンハッタンの映画館とかで会えばいい。お互い同じくらい便利なところ、あるいは不便なところで。それでお互い気に入ったら、近くのレストランでお酒を飲むとか何か食べるとかして、そのあとはふたりとも地下鉄の駅まで一緒に歩いて、そこから別々の電車に乗ればいい。

それで全然問題ないよ、と私は言った。

その週の土曜日、私はブロードウェー四十四丁目にあった〈クリテリオン・シアター〉のまえで彼女を待った。掛かっていたのはロック・ハドソンとドリス・デイ主演の映画で、デートには持ってこいの作品だった。今で言うラヴコメだ。私は彼女と電話で話したときに言っていた、私はマントをまとっていて、手には金魚を入れた透明のビニール袋を持っているから見まちがえようがないよと。すると彼女はこう言った――わたしも見つけやすいと思うわ、髪を全部剃って坊主にしている女の子はあんまりいないだろうから。

私たちは難なく互いを見つけた。彼女の髪は濃いブラウンでポニーテールに結っていた。顔は卵型で可愛かった。背は高いほうで私より二、三インチ低いだけだった。生まれるまえから知り合っていたといったほどの感じはなかったが、初めて会ったそのときから互いにリラックスできた。チケットはすでに買ってあり、席に着くと私たちはポップコーンを食べながら見た。

そのあと映画館から二ブロック離れた〈ハワード・ジョンソン〉で、クラム・ロール（揚げた貝をロールパンにはさんだもの）を食べ、アイスコーヒーを飲んだ。その店はもうとっくにない。ロックとドリスももうとっくにいない。そういうことを言えば、〈クリテリオン・シアター〉も。そこは今世紀の初めに〈トイザらス〉になり、今はまた別のものになっている。

どんなものも同じではいられない。

＊＊＊

私は愉しかった。彼女もそのようだった。私たちはどこかしら複雑な思いで、タイムズ・スクウェアの地下鉄の駅までまで半ブロック歩いた。普通なら次のデートの約束をしてもいいところだった。が、ブルックリンとブロンクスは北極と南極ぐらい離れていると言っても言いすぎにはならない。

私は家まで送っていくと彼女に言った。彼女は嬉しいけれど、それは馬鹿げていると言った。

ひとりで地下鉄に乗ることにはなんの問題もないし、彼女が住んでいるあたりは治安もいいし、明るいし。私は彼女が乗るプラットフォームまで一緒に歩き、そのあとは自分が乗るプラットフォームに向かった。

電話するよ、と私は言った。誰もが言うように。

そのあと一週間かそこら経って、警察学校に向かう途中、コリンにばったり会った。アニタはすごく愉しかったみたい、と彼女は言った。私のことをすごく頭がよくてすごくハンサムだと言っていたとも。そのあと彼女はつけ加えた。「わたしは今まで全然気づかなかったけど」

コリンはそのとき言っていたフィアンセとたぶん結婚したのだろう。実際のところどうなったのかも、今どうしているのかもわからないが。結婚しているにしろ、独身にしろ、いずれにしろ、何かを〝売り込む〟分野で成功していそうな気がする。彼女にはまさにそういう天分があった。警察学校のまえの歩道でコリンと立ち話をした翌日、私はアニタに電話して、ふたりの人間が面白いと感じるようなものがベンソンハーストには何かないだろうかと尋ねた。それとそもそもどうやって行けばいいのかということも。

地下鉄だ、もちろん。電話した二日後の夜に私がしたようにブロンクスから行くとすると、少なくとも一度は乗り換えなければならない。私たちは彼女の家の近所の映画館で待ち合わせすることにした。余裕を持って家を出たので約束の時刻より早く着いた。映画館の二軒隣りにバーがあった。ビールが飲みたい気分だった。が、警察学校の授業で教わったことを思い出し、あたりの通りを歩いてみることにした。警邏しているつもりになって、まわりの景色を値踏みするのだ。

これまたヨギ・ベラが言ったことばではないだろうが、〝観察するだけで多くのことがわかる〟。それを試してみた。声には出さず、頭の中でひとりごとを言いながら――あの子供はこの界隈に馴染んでいない。何を探してるんだろう？　どうしてあの女の人は時計ばかり見てるんだろう？　あの年配の男はきわめて慎重に歩いている。一歩一歩注意深く。どこか体が弱ってるんだろうか？　それとも酔っぱらってるのがばれないよう頑張ってるんだろうか？

そんなところにやたらと可愛い子が現われた！　それがアニタだとわかるまで半秒ぐらいあったと思う。彼女のほうも通りを一生懸命観察していた。私を捜して。

映画は悪くなかった。近所のピザ店も。私たちは一スライスずつ食べ、コーラを飲んだ。それをたいらげ、おかわりを食べおえ、飲みおえるまで四方山話をした。中身はなかったが、互いに楽に話ができた。高校のこと、結婚しようとしている友達のこと、好きなテレビ番組のこと――どれも電話でも話せるような話題だった。私は美味いピザだったと言った。彼女は、美味しいピザを見つけるのならわたしに任せて、わたしみたいなイタリア系の女の子に、と言った。

イタリア系？　苗字はレンバウアーなのに？

父方がドイツ系で、母方がイタリア系ということだった。彼女は強調して〝アイタリアン〟と発音した。

「理想的な組み合わせだね」とわたしは言った。「かの有名な同盟国だもの。さらにきみには日本人のおばさんがいたりして」

言ったそばからまずいジョークだと思った。が、彼女は馬鹿笑いした。さらにこのいっとき以降、互いを見る私たちの眼つきがかわった。彼女は私がそんなことを言ったこと、私がそんなことを思いついて口にしたことを気に入り、私は彼女がそれに笑ったことが気に入った。

何年ものち、どこかの楽天家がロングアイランドのサイオセットにスシ・レストランを開店したとき、私たちはそこで夕食をとった。ブルックリンからサイオセットに引っ越してまもない頃で、スシ・レストランは当時カリフォルニアではすでに景色に溶け込んでいたが、ニューヨークではまだまだ珍しかった。私はミッドタウン・ノース署の近く、シアター・ディストリクトにできた店で、何度か食べたことがあり、お決まりのジョーク――「おい、ここはレストランなのか、釣りの餌屋なのか？」――を経て、多くの人々同様、自分の好物であることがすでにわかっていた。

が、アニタにとって生魚は初めての体験だった。彼女も気に入るかどうかわからなかった。が、それは杞憂《きゆう》に終わり、美味そうに食べるのを見てほっとした。すると彼女は言った。「わたしをなんだと思ってたの？　わたしには日本人のおばさんがいるんじゃないかって言ったこと、忘れたなんて言わせないからね」

＊＊＊

言うまでもなく、その頃から私たちの関係は、もううまくいっていなかったのだろう。

＊＊＊

ただの一文だ。言うまでもなく、その頃から私たちの関係は、もううまくいっていなかったのだろう。一度書いては消去し、また書いた。読点と入れたり、入れなかったりして。そして消去し、また書いた。それを繰り返した。

ただの一文だ。保存。Wordの終了。シャットダウン。今朝起動。その一文は保存されたままそこにある。

アニタのことはあまり書きたくない。彼女は二十年まえに亡くなった。葬儀には行った。墓地までほかの車のあとを追い、埋葬式を遠くから眺めた。彼女は十年私の妻だった。私たちの結婚生活すべてが悪かったわけではないが、結局のところ、よい方向ではなく悪い方向に向かった。別居、離婚後も彼女はサイオセットに住みつづけ、ふたりの息子を育てた。私がどうにか送っていた養育費をうまくやりくりして。その後、彼女はグレアム・ティールと出会い、再婚した。ティールは私などよりはるかにいい夫だった。が、ある日、彼女は心臓発作に襲われ、逝ってしまった。私はロングアイランド墓地に停めた車の中から、彼女の棺が地中に降ろされるのをじっと見つめた。

〝きみは行かねばならない。私は行けない。私は行く〟。

サミュエル・ベケットのことばだ、もちろん、誰もが知っている。もっとも、私は正確に引くために調べなければならなかったが。

なぜなのか。ベケットは何も言っていない。

ベンソンハーストに話を戻そう。ピザを食べおえると、私は八ブロックから十ブロック歩いて彼女を家まで送った。彼女の父親は三階建てのタウンハウスを所有しており、彼と妻と四人の子供はその一階に住んでいた。二階には彼の母親と未婚の彼の妹が住み、最上階は老齢のイタリア系の未亡人に貸していた。

家は最近ペンキを塗り替えられていた。あとからわかることだが、ジョージ・レンバウアーが自分で塗っており、彼はその仕事を年に一度やっていた。自分の家の手入れをきちんとしていることは一目見ればわかった。

私たちは彼女の家まで歩く途中も四方山話を続けていたが、最後のブロックに差しかかったあたりで話題がとぎれた。「愉しかったわ、マット」「こっちも」そのあと少しばかりぎこちない間《ま》があって、私たちはキスをした。おざなりのキスよりいくらか意味のあるキスになった。

ひとり住まいだったら、彼女はまずまちがいなく家の中まで私を誘っただろう。

かわりに彼女はひとりで家の中にはいり、私は地下鉄の駅まで半マイルほど歩いた。そして、二時間かけてブロンクスの自宅に戻った。そのうち最初の三十分ほどはデートの余韻に浸れた。が、それが薄れると、彼女とはもう二度と会えないような気がしてきた。なぜか？　私たちはそれほど離れているわけではない。とはいえ、ブロンクスとブルックリンは同じではない。

その後、私はバッジと銃を渡されると、クウィーンズのミドル・ヴィレッジに配属になった。私にしてみればベンソンハーストと同じくらいの遠隔地だった。ただ、これは一時的な配属で、すぐにニューヨーク五区のどこかにまた変わることはわかっていた。それでも私は勤務署に歩いてかよえる場所に住まいを移した。そのためには週に十八ドルかかった。今の貨幣価値に合わせれば無に等しい家賃だ。当時にしても大金ではなかった。その後、もっと長期的な勤務地としてパーク・スロープの七八分署に転属になると、そこよりいくらかはましな住まいをガーフィールド・プレースに見つけた。

その週末、私はブロンクスのアパートメントの大家に部屋の鍵を返し、入り用なものをすべてふたつのスーツケースに詰め込み、それ以外は慈善団体に寄付した。グッドバイ、ブロンクス、ハロー、ブルックリン。引っ越して一週間以内に電話も引いた。

彼女は私のその新居を見にやってきた。その日は誰かに勧められたレストランで一緒に食事をした。何を食べたかは忘れたが、ワインを一本空けたのは覚えている。

食事のあと、私は彼女に言った。私の新しいアパートメントはここから数ブロックのところだと。どんなところか見てみたい？

「あなた、家具付きだって言ってたと思うけど」

「ワンルームで」と私は言った。「家具は大家に揃えてもらった。でも、相棒に言われたんだ、家具付きだじゃなくて、スタジオ・アパートメントって言えって。家具付きアパートメントと言うと、なんだか福祉の世話を受けてるみたいに聞こえるから。なんで笑ってる？」

「確かにそう聞こえるから」

「それに」と私は言った。「そこには専用のバスルームもあるし」

「すばらしい。わたしもそういうバスルームが欲しいわ。姉妹がふたりに弟がひとりいるわたしに言わせれば、まさに天国ね」

＊＊＊

私たちは週に一、二度は会っていた。土曜日の夜はデートの夜とふたりで決めたわけではなかったが、実質的にそんなふうになって、何かほかに予定がないかぎりふたりで過ごした。平日の夜も。

彼女の家まで迎えにいくこともあったので、ほどなく彼女の家族とも顔を合わせるようになった。一度にひとりずつ。迎えにはいかず、彼女の家の近くの映画館やレストランで待ち合わせすることもあった。何度かマンハッタンに繰り出したことも。マハフィが誰かからもらったチケットを私たちにくれ、笑劇の『エンター・ラーフィング』をブロードウェーの劇場で一度見たこともあった。その芝居について今でも覚えているのは笑ったことと、映画と芝居では人が笑う場面がちがったことだ。

私たちのデートはいつもガーフィールド・プレースで終わった。二度か三度、そこから始まったこともあった。シフトが明け、彼女に電話して、私のアパートメントに呼び出してベッドに直行し、そのあと何かを食べるといったこともあった。

ブルックリンに引っ越すまで、私は当時の年頃の男として、仕事のある男として、とりあえずノーマルな生活をしていた。自然のなりゆきとしてセックスに行き着いた女性も二、三人いた。が、お互いに興味がなくなったとわかったら、何事もなかったように関係を解消していた。そんな中に忘れたくない何歳か年上の女性がいる。私の家から数軒離れたところにあったバーの常連で、私はその後何年もエミルー・ハリスの『クウィーン・オヴ・ザ・シルヴァー・ダラー』を聞くたび彼女のことを思い出していた。彼女を自分のアパートメントに連れてきたことも三晩あった。面倒くさいことになったことは一度もなかった。それがすべてといった関係だった。その後続いたとしても。

だからまじめにつきあったのはアニタが初めてだったと言ってまちがいはない。正確なところ、ふたりは何をしていたのかはわからない。が、ふたりで何かしていたことだけははっきりしていた。

彼女にとっては私が最初だったと思う。

まあ、どのように〝記録〟するかにもよるが。彼女にはニュー・ユートレクト高校四年のときに、クラスメートの男子とつきあっていた。その男子のファーストネームは聞いた覚えがあるのだが、とっくの昔に忘れている。興奮もするが、フラストレーションもたまる関係――ペッティングだけの関係――を充分長く続け、当然それが最後まで発展してもおかしくなかった。手ですませるということを覚えなければ。それで抑圧されたものは発散された。いくらかは。最後まで行くことについては話し合うことができた。いずれそうなることがふたりにはわかっていた。が、実際のところ、ふたりの関係は彼がニューヨーク州立大学のストーニー・ブルック校に進んだときに終わった。彼がクリスマスか春休みに実家に帰ってきたときにばったり出会ったことがあったそうだが、ふたりとも相手にかけることばが何ひとつ浮かばなかったそうだ。

明らかにふたりはつき合っていた。しかし、最後までは行かなかった。だから星印付きで記録に載ることはなかった。

〝最後まで行く《ゴーイング・オール・ザ・ウェー》〟。まったく。当時はそういう言い方をしたものだった。

実際のところ、アニタは最後まで行ったことがあった。が、それは〝つき合っている〟などとはとても言えない関係の中でのことだった。当時の言いまわしなら、下劣きわまりない行為ということになるだろうか。今のことばで言えばまちがいなく〝デート・レイプ〟だ。相手は彼女がそれまで会ったこともない男だった。あるパーティでのこと、彼女はすでにかなり飲んでいた。その男はそんな彼女にさらに飲ませ、ベイ・パークウェーから少しはずれたセス・ロウ・プレイグラウンドまで連れていき、そこで彼女のスカートをめくり上げ、パンティを下ろした。

彼女は気が遠くなっていたのか、気を失っていたのか、その一時間ぐらいのち、意識を戻して、いったい何があったのかはわかったものの、記憶はまるでなかった。

私はこの話をガーフィールド・プレースの私のアパートメントで聞いた。彼女はそれまで誰にもこの話をしたことがなかった。そもそも誰に話せる？　どのように話せる？　まず彼女が心配したのはもちろん妊娠のことだった。が、そういうことにはなっていないことがわかると、死ぬほど安堵して、それ以降はすべてをひたすら忘れることに努めた。男の名前もわからず、そいつがどんなやつかもわからないのだ。そいつが正真正銘のクソ野郎だということ以外は。

また会ってもわかるかどうか。彼女としてはわからないことを祈った。

彼女がヴァージンでなかったことはわかっていた。が、この話を聞いたあとは彼女の人生で私だけが唯一の男なのだと思えた。高校時代のボーイフレンドは手でやるだけだったし、ミスター・デート・レイプについては彼女は覚えてもいないのだから。だから彼女にとって私は初めての男で、唯一の男だった。このことは、自分たちは当然結婚することとなるのだろうと私が思った理由として大きかった気がする。

しばらくのあいだ、私はこのクソ野郎とたまたま遭遇するシーンを思い描いた。アニタとふたりで通りを歩いていると、彼女が私の腕をいきなりつかみ、まさに幽霊でも見たような顔で言うのだ。「あの人よ！　あの人！」

妄想は尽きなかった。

男は現われず、私の妄想もほどなく薄れて消えた。ときとともにこのことに関する私の考えも変わった。最初のうちはひとつの見方しかできなかった。悪いことをした悪いやつは罰されなければならない。その罰として私はあらゆる罰を考えた。

しかし、その男のやったことはどれほど例外的なことだろう？　余剰利得を得るのは当然の権利とばかり、〝チャンスがめぐってきたからつかんだまでだ〟とタマニー・ホール（民主党のかつての派閥。票の買収工作で悪名を轟かせた）の三流政治家は言ったが、泥酔した女に注意が向くのは男として自然なことだ。それをチャンスと見て、つかんだとしてもそれを異常な行動とまでは言えないだろう。

酔っぱらった女性と寝たことは私も何度もある。こっちも酔っていた場合が大半だが。離婚をして断酒をするまでのあいだのことだが、相手が実は人事不省に陥っていたことが少なくとも一度ある。ただ、私のほうはそのときには知りようがなかったのだけれど。朝眼を覚ましても、その女性には私が誰かもわからず、自分たちが何をしたのかも覚えていなかった。

それでも、その女性はそのことに傷ついているようでも、そのことを後悔しているようでもなかった。もしそうなら眼が覚めると同時にさっさといなくなっていただろう。かわりに彼女はその後三十分ほど私とともにベッドにいて、最後にこう言った。「これでちゃんと覚えていられる」

こういうのもデート・レイプというのだろうか？

もしかしたら。なんとも言えないが。こうしたことの〝基準〟は時代とともに変わる。数世紀まえまでは、暴力をともなうレイプさえしばしば雄々しさの証しのレッテルとなった。それがより高い身分の者の所業で、被害者が下賤の身である場合にはことさら。そのような男に育つことが若者に期待されるところすらあった。所詮、男は男というわけだ。そんな男とふたりきりになるとは女は何を考えていたのか。何を期待していたのか。もっと分別を持つべきだ……

昔のことだ。そう言えば、どこかで読んだ記憶がある。その著者によれば、失神というのは、あばずれになることなく男を受け入れられるようになるための女の手段だそうだ。

＊＊＊

ジョージ・ワシントン・プランキット。機を見るに敏なるタマニー・ホールの政治家。誰にとっても覚えやすい名前だ。だから私も思い出したのだろう。

＊＊＊

もうひとつ思い出した。これで私もアニタの処女喪失物語のページを終わらせられる。彼女と結婚してサイオセットに身を落ち着けた頃、私は時々思った。果たして彼女は真実を明かしているのだろうかと。

処女を失った説明としていかにも便利な逸話だ。もちろん、私は彼女に説明を求めたわけでもなければ、処女性を求めたわけでもないが。

それでも、彼女としてははっきりさせておきたかったのだろう。もしかしたら、実は高校のボーイフレンドとは手だけではすまなかったのだが、それは話したくなかった。あるいは、男はほかにもいたのだけれど、その男については言いたくなかった。名前もわからず、それ以前もそれ以降も会ったことがない、その場かぎりのクソ野郎をでっち上げるほうがことは簡単だ。行為そのものについては？　まるで記憶にない。きっと意識を失っていたのだろう。実際に起きたのかどうかもあやふやな出来事だった……

今さら彼女を詰問して何になる？　そもそも彼女に隠しごとがあったとしてそれを誰が気にする？　私と会うまえに、あるいは会ったあとでも、彼女が秘密のアヴァンチュールを体験していたとして、それがなんなのか。彼女も完全な人間ではなかった。しかし、私が夫であるよりはるかにいい妻だった。私が父親であるよりはるかにいい母親だった。

そんな彼女ももう死んでしまった。

そもそも私は彼女のことを書きたくなかった。書きたいのはマハフィのことだ。

＊＊＊

ヴィンセント・マハフィ。

書きたいのはマハフィのほうだと書いたはいいが、さて、どこから始めたらいいものか。私が警官に――真のお巡りに――なるのを学んだのは彼のパートナーだったときだった。警察学校でも制服を身につける資格を得るのに充分なことは学んでいた。ミドル・ヴィレッジに配属になるのに、それなりの自信も身につけていた。が、ほんとうに学んだのはヴィンスの相棒になってからだった。

彼に学んだことの大半はどんなヴェテラン警官からでも学べることだった。街場の出来事をどう見るかにしろ、自分が眼にしたものをどう解釈するかにしろ、一般市民にはどのように質問すべきかにしろ、次の反応が返ってくるまでどうやって待つかにしろ、どういうときにプッシュし、どういうときになりゆき任せにするにしろ。

どのように直観に頼り、どこまで頼るかにしろ。

こういうことは学校では学べない。教科書からは。現場からしか学べない。真面目に仕事をしていれば、自然と身につくものだろうが。それでも、パートナーを組む相手によって、学ぶこと自体も学んだことの習熟度も大きく異なってくる。

彼が最初に教えてくれたのは車の運転だった。教わらなくてもできなくはなかった。車を運転する機会は建築現場でもよくあって、小型トラックを運転したこともある。たいていは工事現場内を移動させたり、ちょっとした用を足すのに使う程度だったが。仮免許は十六歳のときに取っていた。しかし、それ以降始終運転していたわけではない。公式にしろ非公式にしろ、教習を受けたこともない。だから標準的な変速ギヤ付きの車を運転するだけで緊張を強いられた。A地点からB地点への移動はできても、スムーズにできたとは言いがたかった。

父が車を持っていたのは覚えている。しかし、それは靴屋をたたむまえのこと、私が運転可能年齢になるずっとまえのことだった。車を買う予定もないのに免許証を手に入れてもしょうがない。それでもいつかは取るつもりだった。ただ、それは今ではなかった。

初めてパトカーに乗ったときにはヴィンスが運転した。勤務時間中に一、二時間走り、コーヒーブレークを取って、また車に戻ると、彼がキーを私に投げて寄こした。私は免許を持っていないこと、まともな運転の経験のないことを、あれこれことばを並べて説明した。彼は私のそのことばをしばらく聞いてから、わかった、と答え、キーを取り戻すと、無線で次に向かうべき場所が指示されるまでパトカーを流した。

翌朝、彼はまた私にキーを放ってきた。私はまた同じ弁解を繰り返そうとした。が、彼は片手を上げて私のことばをさえぎって言った。エンジンのかけ方は知ってるんだろ？　車の出し方も知ってるんだろ？

でも、免許がない、と私は言った。

「ああ、確かにそりゃ交通違反だ」と彼は言った。「免許もなしに車を運転するというのはな。だけどな、いったい誰がおれたちに免許を見せてくれなんて言ってくると思う？」

私はエンジンをかけてパトカーを出し、通りを走らせた。赤信号ではブレーキを踏んで青に変わるのを待った。彼に右に曲がれと言われれば右に曲がり、左に曲がれと言われれば左に曲がった。

「おまえ、ちゃんと運転できるよ」十ブロックぐらい走ると彼は言った。「まだ楽にやれてるとは言えないが。すぐに慣れるよ。この仕事のあらゆることとおんなじようにな。まず頭で覚えたことが骨でも覚えるようになるまでには時間がかかるが、それはともかく、一週間かそこらで免許がもらえるようにしてやるよ」

わかった。

「それまでは」と彼は続けた。「何も轢くなよ。特に尼さんはな。アイリッシュ系の地区でそんなことをやろうものなら、どこかのクソが絶対言ってくるからな、免許を見せろって」

＊＊＊

何かを轢くこともなかったところを見ると、運転は覚えられたのだろう。心で覚えられるほどではなくても、少なくとも頭では。それまで人が運転する車に乗ったことは何度もあった。そのときに充分注意を払っていたのだろう。これまたヨギ・ベラは言っていないかもしれないが、観察することで多くのことが学べる。それにそもそもヴィンスが同乗していた。彼は私の一挙手一投足を観察していたわけではないだろうが、私の運転に無頓着だったわけでもないだろう。だから何か私がまちがったことをしたら、注意してくれただろう。

州の自動車局発行の仮免許状は持っていたので、免許のある者が同乗しているかぎり、私のしていることは違法ではなかった。警察の服務規定にはまちがいなく反していただろうが。いずれにしろ、そんな二、三週間が過ぎると、ヴィンスは私にマリン・パークまで運転するように言った。そこにヴィンスの知っているレオという老人がいて、運転免許の試験をしていた。一気に免許を手に入れようというわけだ。ヴィンスのかわりにレオが助手席に坐り、私に指示した、左に曲がれとか右に曲がれとか、あの車の脇に停めろとか、うしろに縦列駐車しろとか。

などなど。レオはクリップボードを持っていたが、それに眼を向けることも何か書き込むこともなかった。出発した地点に戻ると、彼はヴィンスに言った、マットは問題ないと。「要は経験だからね」と彼は続けた。「マットにはその経験がある。それは見りゃわかるよ。ここに来るやつらの九十何パーセントかは高校生だけど、おれにはポリシーがあってね。最初に受けにきた高校生は必ず落とすことにしてるんだ。そいつがへまをしなくても。完璧に運転できてもそいつには絶対的に欠けてるものがある。そう、経験だよ。で、そいつとそいつの父親は帰って練習する。二度目はみんなパスする。マット、筆記試験はもう受けてるんだよね？」

そんなものがあることも知らなかった。

彼はテスト用紙を持っていて、それをクリップボードにはさむと言った。「やってくれ。十問中六問正解で合格だ」

私はそういう勉強はしたことがなかった。が、それらの問題がいちいち勉強をしなければ答えられないようなものでないことは、一目見ればわかった。ただ、一問まちがえた。ブレーキをかけるタイミングに関する問いだったと思う。が、それ以外はすべて自明の問題に思えた。ひとつこんな正誤問題を覚えている——三車線の道路で真ん中の道路は駐車用である。

こんな試験に落ちる人もいるのか、と私はレオに尋ねた。「これがわからないものでな」と彼は言った。

＊＊＊

ヴィンスのことを人種差別主義者と言う人もいるかもしれない。元アラバマ州知事のジョージ・ウォレス、あるいは白人至上主義者をそう呼ぶのとはちょっと異なるにしろ。確かにヴィンスは人種に関して線を引いており、白人がどちらか一方にいるとすれば、それ以外の人種は白人とはちがう側にいた。

それでも、彼は仕事において肌の色によって相手への対応を変えることはなかった。ふたりの男がトラブルを起こした現場に呼ばれたとする。そんなとき、彼は自動的に白人を正しい側に置いたりしなかった。だからと言って、肌の色のちがいに無頓着なわけでもなかった。言うまでもない。彼のそうした態度は、そう、黒人にも当然伝わっていた。

白人が優勢な界隈で黒人の若者を見かけたら、当然注意を払った。その黒人から眼を離さず、どんなことであれ、お巡りの勘が刺激されたら、たいてい次の行動を取った。勘に基づいて行動をするというのは簡単にできることではないけれど、これができなければお巡りの仕事は務まらない。とはいえ、どうしても問題がひとつ残る。その勘に肌の色はどれほど関係しているのか。

一度でも彼が黒人をNのつくことばで呼んだことがあっただろうか？（ニガーのこと）

なかった。しかし、思い返せば、警官の口からそのことばが発せられるのを聞いたのは、私がバッジをつけていたあいだでも五回か六回ぐらいのことではないだろうか。それもそのことばを口にした者は飲んでいたか、あるいは非番だったかだ。これはたぶん警察学校で厳格にこう教わるからだろう——警察官の辞書に人種的、民族的差別語は存在しないと。

そう教わったからと言って、態度や意識が変わることはないかもしれないが、ことばづかいの歯止めにはなる。

ただ、人間はいつでも予備手段を思いつくもので、ヴィンスがNワードを口にするのを聞いたことはないが、それに代わることばはしょっちゅう口にした。

酒屋に強盗がはいり、二人組が現場から逃げ出したとする。そういうとき彼はこんなふうに言うのだ。「それがノルウェー人の二人組だったとして、それがどれほど意外なことかい？」

アフリカン・アメリカンを差すのに〝ノルウェー人〟を使うお巡りはヴィンスだけではなかった。彼の最初の赴任分署はベイリッジの六分署で、オヴィントン・アヴェニューを中心にノルウェー系の多い土地柄だ。彼らの中には酔っぱらって妻に暴力を振るったりする者もいるだろう。重罪を犯したり、ドラッグをやったりする者がいてもなんの不思議もない。それでも大半は遵法精神に富むごく普通の人々だろう。黒人の犯罪者を差すのにそんな人々をあてても、人種差別主義者のようには聞こえない。それで皮肉が利くところもまたいいのだろう。

＊＊＊

われわれが受けたひとつの指令を思い出す。ヴィンスとパートナーを組んですぐのことではない。もうふたりとも私服組になっていた。プレジデント・ストリートで窃盗発生という報だった。が、緊急を要するものではなかった。犯人はもう現場にはいなかった。外出先から家に帰ってきた住人が、玄関のドアが少し開いているのに気づいたのだ。

住人の夫婦は取るべき行動を取った。警察に通報して家のまえで待っていた。家は三階建ての木造家屋で、その玄関ポーチで待っていた。見た目どおりのカップルに見えた。歳は三十代前半で、ともに職業を持っている夫婦に。家は三世帯でも住める三階建てだったが、それを暇なときにふたりで一世帯向けに改造しているということだった。ふたりとも眼鏡をかけていたが、その眼鏡の効果はちがっていて、夫のほうは本の虫のように見え、妻のほうは色っぽい司書のように見えた。

中からはなんの音もしない、と夫が言った。だから犯人はもうとっくに逃げてしまったんじゃないかと。それでも——

警察にすぐ届けたのは正しい選択だったとヴィンスが夫に請け合い、私たちはそれぞれ銃を抜いて中にはいった。なんだかまぬけな気がした。誰もいないことがわかっているのだから。それでも緊張はした。もしいたら？

われわれは三階すべて見てまわった。このときのことは、改築した家を紹介するＨＧＴＶの番組をエレインが見ているときに今でも時々思い出す。この家もそうだったから。玄関ポーチに戻り、カップルに中にはいってもいいと伝え、何かなくなっていないか、ざっと見てほしいと頼んだ。

「それはむずかしそうだな」と夫は言った。「今、家の中を改装してるんだよ。自分たちでやってるんでどうしても時間がかかる。まあ、いつかはテレビで紹介されたりする美しきわが家になるかもしれないけど。今朝、家を出たときにはもうひどいものだった」

ヴィンスは言った。それでも一応見てまわったら？　ふたりは言われたとおりにした。われわれはポーチで待った。そして思った、この夫婦は手に余ることをやろうとしているのじゃないかと。「その家に住みながら、改装を全部自分たちでやろうというんだからね」と私は言った。

通りかかった老人がひとり歩道でしばらく立ち止まっていた。ヴィンスはその老人のところまで行くと、その日そのあたりで何か気づいたことはないかと尋ねた。たとえばどんな？　誰かがポーチにいたとか、ドアをこじ開けようとしてたとか。

「おれは自分のことで手いっぱいでね」と老人は言った。「そもそもここらの人間にさほど興味はないよ」

なるほど。

カップルが戻ってきて言うには、壊された玄関のドアだけが唯一誰かが侵入したことを示すものだということだった。何かなくなっていたとしても、今すぐにはわからない。ヴィンスは、手隙のときにでも、保険金請求のためになくなっているもののリストをつくることを勧めたが、見るかぎり、近所の悪ガキが中の様子を見ようと押し入り、一目見たらもうそれで満足して帰っていったといった事件のように思われた。

「いずれにしろ」とヴィンスは言った。「プロの泥棒の仕業じゃないね。あんたたち、近所の人と何かで揉めてるなんてことはないだろうね？」

怪訝《けげん》な顔が返ってきた。「何かというと？」

「さあ、わからないけど。ちょっと言い争いをした人が近所にいるとか、あんまり仲よくないご近所さんがいるとか」

「どうしてそんなことを言うんだね？」

「理由はないよ」とヴィンスは言った。「不法侵入があったら、尋ねるようにって警察学校で教わる質問のひとつだ。別に深い意味はないよ」

「ルーティーンってわけかな？」と夫は落ち着いた口調に戻って言った。

「ああ、それだ」

パトカーに戻ると、ヴィンスが言った。「〝どうしてそんなこと言うんだね？〟だと？ 自分はスペードのエースほどにも黒くて、女房はブロンドで眼はブルーで、そんなカップルが白人の労働者階級が多く住んでる一帯に家を買った。でもって、それまで長いこと住んでたであろう三世帯を追い出して、全部の階をこのあと黒い子供たちで埋めようとしてるわけだ」

「あんたが彼らのまえでそんなことを口にしたりしなくてよかったよ」

「言おうと言うまいとどれだけちがう？　おれが口にしなくてもあいつはおれのことばをしっかり聞き取ってたよ」いったんことばを切ってから彼は続けた。「いずれ慣れるんだろうか？」

「さっきの挑戦的なカップルのことかい？」

「おれはそういうのにはもう慣れてるよ。お巡りになって会うやつはどいつもこいつも挑戦的なやつらさ。爺さんのほうだ」

彼が何を言いたいのか、私にはわかった。というか、最初からわかっていたと思う。

「これからはああいうカップルをもっともっと見かけることになるんだろうけど、それはパーク・スロープでじゃないよ。ブルックリンの白人居住地区でもない。グリニッチ・ヴィレッジやタイムズ・スクウェア、俳優や芸術家がいるところでだ。おれがこのカップルに出会ったのがマクドゥーガル・ストリートだったとしたら、ここプレジデント・ストリートで出会ったのと同じ反応をしただろうか？」

彼はその自分の問いに自分で答えた。「たぶんしなかったろう。それでも気にはとめただろう。だけど、五年まえほどにはとめなかっただろう。ああいうやつらに出会えば出会うほど、インパクトは弱まる。人生のほかのどんなものと同じようにな。たとえばビートルとかな」

彼が何を言っているのかわからなくなった。カブトムシのことか、リンゴ・スターのことか？

「フォルクスワーゲンだよ。人があの車に乗りはじめたとき、見かけるとすぐ気がついた。それが今じゃ、フォードやシヴォレーを見かけるのと変わらない。そこらじゅうを走りまわってる。今じゃ風景の一部になってる」

私はフォルクスワーゲンの燃費について何か言い、車全般の話になってそのあと彼が言った。

「で、この不法侵入をどう思う？」

「何もなくなってないって聞いたときには」と私は言った。「家を出るときに鍵をかけ忘れたんじゃないかと思った。だけど、鍵は明らかに誰かに壊されていた」

「タイヤレヴァーを持ってて、ちょこっと腕力のある誰かにな。まずガキの悪さだろうと思ったが、たぶんちがうな。ピッキングのしかたを知らなくてもこじ開け方はわかってるやつだろう」

「近所の大人？」

彼はうなずいて言った。「現場を見るかぎり、ガキでもなきゃプロでもない。自分とおんなじブロックに黒人なんかが住んでるのがたまらないやつだ。特に白人のカミさん付きの黒人なんかにはな。この不法侵入はその意思表明みたいなものさ」

「それでドアが少し開いたままだったんだね。〝そうとも、あんた、鍵をかけ忘れたわけじゃない。あんたはちゃんとかけたけど、おれが開けたのさ。やろうと思えば、おれはやりたいことをなんでもできるんだよ〟」

「そういうことだ。これはおれの想像だが、そいつはあのアパートメントをめちゃめちゃにすることも考えたはずだ。だけど、中を見まわして、そこまですることはないと思い直した。一目見てこのまんまで充分みじめったらしいってな」

「彼らが改装を完成させたら――」

彼は首を振って言った。「それはないな。亭主も働いてて、女房も働いてる。それと断言はできないが、女房はおめでただ。腹のあたりがちょっとぽっこりしてた。ほかの部分は肉づきがいいわけでもないのに。ふたりとも働いてて、女房は妊娠してて、滅茶苦茶手がかかりそうなフロアが三階もあるんだ。このあと買わなきゃならない工具も建材も出てくるだろう。だけど、一日は誰にとっても二十四時間だ。だから近所のクソ野郎は必要ないね。放っておきゃいい。あの家そのものがクソ野郎のかわりに仕事をしてくれるだろうよ」

「あのふたりはいずれあきらめる？」

「おまえもそう思うだろ？　たいていのやつよりはがんばるかもしれないが。というのも、亭主は自ら証明しなきゃならないものを背負ってるからな。でも、あきらめるだろうな。家がやつらをあきらめるまえに。いずれにしろ、マット、業務日誌には――」

「必要最小限のことしか書かないよ」と私は言った。

「そうだ。人種問題は要らない。何者かが不法侵入した形跡あり。住人が屋内をざっと見たかぎり、盗難の形跡はなし。何かがなくなっているのがわかった場合、あるいは住人がそのことを報告した場合はそれに準じる」

＊＊＊

その一件の業務日誌は私が書いた。日誌を書くのは早くから私の仕事になっていた。

日誌の書き方講座は彼が最初に私に十ドルをくれたときから始まった。二本の人差し指でキーを叩いて書き上げると、私にそれを読ませた。読むと、無駄のない明確な業務日誌に仕上がっていた——われわれは、どこどこの商店のまえで配送トラックが歩行者の通行妨害をしているところに遭遇したので、その状況を速やかに改善するように商店主とトラックの運転手に指示した。

妙な言いまわしもないではなかったが、とりあえず瑕疵《かし》のない日誌だった。省略という罪を犯していることを除外すれば。二十ドルに関する記述はなかった。言うまでもない。われわれが何もせず立ち去ったという記述もなかった。歩行者の便宜を図るためには今しばらく時間がかかるということも、どこにも書かれていなかった。

これでいいか？　と彼は尋ねた。私は答えた、いいと。

「すべては入れるか省くかの問題だ」と彼は言った。「事実を書ければそれに越したことはない。だけど、たとえばそいつが犬を飼ってたことを言いたくなけりゃ、書かなきゃいい。それであとから何か言われたら、別に重要なことだとは思わなかったって言えばいい。あるいは、なんて言ったっけ、そう、〝有意義な〟こととは思わなかったってな。なんでもいい。ただ、これだけは書くな。そいつは猫を飼ってたとはな」

彼が私に、業務日誌を書くようにと言ったのはその数日後――比較的楽なシフトのあと――のことだった。ことばには難儀をしなかったが、リボンの交換などタイプライターには少し手こずった。それでもその日あった事例と自分たちの対処を書いた。書き上げ、一度か二度読み直した。書き直したいことばが一語あった。が、これはコンピューター以前の話だ。その一語を書き換えるには一ページ全体を直さなければならない。ほかにも直さなければならないところを指摘されるかもしれず、私はそのまま彼に見せた。

読みおえたときにはもう彼は何度もうなずいていた。「ああ、これでいい」

そう？

「言っただろ、おまえはおれを私服にしてくれる切符だって。〝新米が文章の書けるやつなら、日誌はそいつに書かせりゃいい。それでもう気づいたときには、ブルーの制服は防虫剤を入れてビニール袋にしまってるから〟ってな」

それはつまり日誌はこれでいいということ？

「ここのこのことばだが――」

それは私が換えたかったことばで、彼と私の意見は一致していた。なんという単語だったのかも文脈も忘れたが、表現の問題というよりわれわれが実際に眼にしたものに関することだった。

そのことばがまずいこともわかっているし、どう書き換えればいいかもわかっている、と私は言った。

「ここのところ以外は」と彼は言った。「くそ完璧だよ。これでいい。おまえさん、才能があるよ」

最初の彼の指摘がなければ彼の誉めことばをもっと喜べただろう。起きたことをただ書いただけだよ――私はそう言った。

「みんなそうしてるよ」と彼は言った。「あるいは、そうしようとしてる。だけど、十回に九回は結局どこかでおかしくなっちまう。頭の悪いお巡りがない知恵を絞って書いたみたいになっちまう。おまえの文章はまるでおまえがしゃべってるみたいに書けてる。読んでると、おまえの声が聞こえてくるみたいにな」

「それでいいのかい？　なんだかやけに簡単なことに思えるけど」

「簡単だと？」と彼は呆れたように眼をぐるっとまわして言った。「だったらその簡単なことを今後も続けてくれ、いいな？　でもって、貯金を始めるんだ」

「なんのために？」

「スーツを買うためさ」と彼は言った。「制服を防虫剤を入れた袋に詰め込む頃にはスーツの二、三着は必要になってるから」

＊＊＊

そう言われても、当時の私は半信半疑だった。私の日誌のほうがヴィンスの日誌より手ぎわよくまとまっているのは自分でもわかった。私の書く文章のほうが流れがよく読みやすいことも。それでも私としてはどんな警官をも満足させられる日誌が書きたかった。署名入りの記事をデスクに頼まれる新聞記者並みとまではいかなくても。

ヴィンスというのはただ単に感心しやすい男なのか、あるいは、とりあえず誉めておけば、面倒な仕事を私に押しつけられると思ったのか。そのどちらかだったのだろうが、意外なことに一日の最後にものを書く仕事が私は大いに気に入った。

そのひとつの理由は彼に誉められたからだろう。自分が得意な仕事をしていることが自覚できたからだろう。実際、うまくやれていることが実感できた。得意なことをやりたいと思うのは誰にとっても自然なことだ。

またその仕事には効用があった。タイプライターのまえに坐って、それよりまえの八時間を思い起こすと、現場にいたときより物事が客観的にとらえられた。日記を書くことにはきっとそういう効果があるのだろう。これまで日記を書きたいなど思ったことは一度もないが。

日誌の作成には日記を書く以上の要素がある。少なくとも、日誌は読む者が自分ひとりではない。日常業務として上司がどれほど熱心に日誌を読むものなのかどうかはわからないが、書きおえるなり、それは記録の一部となる。ほかの出来事との関連が出てくると、当然参照されることになり、その後の警察の捜査に影響を及ぼすこともある。

家庭内暴力で呼び出しがかかったとしよう。痣《あざ》だらけの妻は言う、われわれに対しては、自分で転んだだけだと。さらに、警察に通報した隣人に対しては、よけいなお世話だと。こういうことがどれほど頻繁に起きているか。誰もの想像を超えているはずだ。妻が嘘をついているのは明らかだ。転んだことはほんとうだとしても、それは酔った夫に顔を殴られたからだ。しかし、われわれには何もできない。推測を書くかわりに、実際に起きたことを想像させる書き方をする以外何も。

その一週間後か一ヵ月後、夫がまた妻を殴る。今度は拳より堅いもので殴り、妻は病院送りか死体置き場行きになる。通報などこれまでになかったのか？　誰かがわれわれの日誌を読むことになる。

日誌を書くときには省略も必要だ。すべきでないことをしてしまった場合、それを記録するわけにはいかない。最初の二十ドル、ヴィンスに十ドル、私に十ドルなど言うまでもないが、こうしたことは一度で終わらない。私の相棒が見逃すことはかぎりなくあった。有益な握手の機会も。それらはたいてい——歩道をふさいだ荷降ろしを見逃すにしろ何にしろ——服務規程に違反する行為だ。しかし、金で問題を解決することがいつも犯罪行為になるとはかぎらない。また暴力がからむことは絶対にない。被害者も基本的に存在しない。それでも、教科書どおりに行くなら明らかに逮捕案件だ。

「ちょっと話ができないかな、お巡りさん？」これは警官と話を始めるのに便利な皮切りだ。

これだけではなんとも判断できない。賢い持ちかけと言える。

で、実際、話はできたのか。できたこともあれば、できないこともあった。いずれにしろ、そういうときはヴィンスの出番だった。誰かを逮捕したら、これはまちがいなく記録に残る。ただ話をしただけで、その相手を見逃したときには選択肢がいくつかあった。警告を与えて放免したと書くこともあれば、証拠がなかったから放免せざるをえなかったと書くこともあった。あるいは、そもそも苦情もなければ目撃者もいなかったと書くことも。事案そのものを記載しないこともあった。ヴィンスとふたりで話し合い、記述のトーンを決めることもあった。

ただ、ひとつ言っておくと、金が自分のポケットに転がり込む通り道を常に確保しておくなどという汚い真似をしたことは一度もなかった。

＊＊＊

お巡りの中にはそういうことをするやつもいた。

十ドルで人の人生が変わるとも思えないが、私の場合、ある意味では明らかに変わったと言える。十ドルを受け取ったあのとき私がなにより感じたのは、これで自分は試験にパスしたということだった。私とヴィンスはすでにパートナーだった。が、あの十ドルでわれわれのパートナーシップは新たな段階に進んだ（厳密に言えば、共犯関係になった。もちろん、そのときそんなふうにはまったく思わなかったが）。

お巡りの中には――多くはないが――バッジを盗みのライセンスと心得ているような輩《やから》もいた。そういうやつらにとっては盗みが仕事の最優先事項だった。そういった連中も呼び出しに応じて、容疑者を逮捕する。が、それはあくまで見せかけなのだ。

もちろん、長い眼で見た損得勘定はわからないが、窃盗容疑でどこかのヌケ作を逮捕すれば、それで履歴に箔《はく》がつく。が、その数ヵ月後、そのヌケ作の弁護士かその代理人が、ヌケ作を逮捕したのが話のわかるお巡りであることを知ると、接触してくる。その結果、裁判でのそのお巡りの証言はいささかあやふやになり、証人席のお巡りも弁護側の反対尋問にたじたじとなる。こうなるともう、陪審の評決にさえ進まない。判事は即刻閉廷を宣し、そのあとそのお巡りは酒場で同僚を相手に息巻く、弁護士ほど汚い生きものはこの世にいないと。口ばっかり達者な下衆《げす》野郎の術中にはまっちまったよと。仲間は口々にそのお巡りを慰める、おまえもやれることは全部やったんだからと。

そう、やれることはなんでもやったとは言える。それはまちがっていない。

私とヴィンスはそういうことは絶対にやらなかった。そういうことをするお巡りに対しては軽蔑しかなかった。だからと言って、その手のやつらを告発しようとも思わなかった。内務捜査課にチクりはしなかった。ブルーの制服はあくまでブルーで水より濃い。そういうやつらもお巡りに変わりない。汚いお巡り。そう思っていた。自分たちとはちがうお巡りだと。

だったら、自分たちのことはどんなお巡りだと思っていたのか。自分たちはこんなお巡りだったとはっきり言うのはむずかしい。というのも、当時そういうことを考えるのを私はできるだけ避けていたからだ。警察官の給料に加えて余剰所得があれば、生活がはるかに楽になる。それがアニタと結婚し、子供が続いて生まれた時期となればなおさらだ。最初はマイク、続いてアンディが生まれ、買わなければならないもの、払わなければならないものが増えた。おまけに働いているのは私だけだった。もちろん警察官の給料だけでも家族を養うことはできる。それでも余剰所得があって困ることはない。

ヴィンスはどう考えていたのか。今でもよくはわからない。その手の余剰所得についてお互い真面目に話し合ったことは一度もなかった。そもそも私たちは心をさらけ出すようなやりとりをほとんどしなかった。自分は何者なのか、自分のことを、政治のことをどう思っているのかといった話はあまりしなかった。何年ものあいだに数えるほどしかなかった。話す場所はいつもわれわれのことを誰も知らない酒場のブースだった。

ウッドサイドだったか、サニーサイドだったか、いずれにしろ、クウィーンズでのある夜、殉職した同僚の通夜に出たあとのことだ。ヴィンスはその同僚と知り合いで、私は一度だけ会ったことがあった。通夜に出るには充分な関係だった。同時に、長居をせずに辞去するにも。数ブロック歩いたところにとりあえずまともに見えるバーがあった。私たちはそこに腰を落ち着け、そのときにはウィスキーを片手に死について話し合った。

女について話し合うこともちろんあった。アニタと一緒に聖アタナシオス教会で誓いのことばを述べ合う一週間ほどまえ、その日の業務日誌を書きおえると、私はヴィンスを飲みに誘った。私たちはいつもの店のまえを通り過ぎ、より暗くてより静かでお巡りがよりいなさそうな店を選んだ。その店にはいるとき、ヴィンスはバーのストゥールに坐っていた男に会釈した。その男も会釈を返した。

テーブルにつくと、ヴィンスが言った。「あいつか？　一度逮捕したことがあるやつだ。酔っぱらって騒ぎを起こしたんでな。酔っぱらうことにかけても騒ぎを起こすことにかけても筋金入りだ。おれが逮捕した件じゃ、三十日の社会奉仕になったんじゃないかな。で、なんなんだ、相棒？」

「一昨日の夜のことだけど」と私は言った。「アニタと電話をしていて、今そっちに行こうかって彼女に言われて、今日は疲れてるって答えてしまってね」

「おまえ、もう結婚してるみたいだな？」

「一昨日のシフトはけっこうきつかった」

「言われなくても知ってるよ」

「家に帰ってもなんだか気持ちが落ち着かなくて、気がついたら、先週のことを考えてた。われわれがノックしたアパートメントの一軒のことだ」

先週、五番街を少し離れたキャロル・ストリートで婦女暴行未遂事件があった。ある男がある女性のあとを尾《つ》け、その女性が自宅のアパートメントのドアを開けたところで襲いかかったのだ。男はズボンのチャックを開けて女性に馬乗りになったところで、女性に大声を出され、そのまま退散した。われわれはその女性の話を聞いた。無理からぬことながら、男の人相風体について彼女の供述はあやふやだった。そのあとわれわれはほかのアパートメントのドアをノックしてまわった。誰かが何かを見ていることを期待して。

「あの赤毛の女だろ？」とヴィンスのほうから言った。「いや、ああいう色は鳶《とび》色っていうのかもな。彼女の顔を見るなり、おれはおまえの顔を見たよ。いずれにしろ、何をしたんだ？あのとき彼女がおれたちに言い忘れたことがあるかもしれないと思って、引き返したのか？」

実際、弁解しなければならなくなったら、彼女にそう言おうと思っていた。が、ドアを開けて私を見ても、彼女は驚いた顔すらしなかった。彼女が既婚者であることはわかっていた。彼女の夫の仕事が夜勤であることも。われわれが最初に訪ねたときに、彼女はしっかりその情報をわれわれに伝えていた。実際、私を中に入れてドアを閉め、鍵をかけてまず一番に口にしたのが次のような台詞だった。「あなたにはタイミングのセンスがあるわ。十分まえからわたし、あなたを思い浮かべながら自分の体を自分で触ってたの」

私は彼女が言ったそのことばをそのままヴィンスに伝えた。が、それ以外は、一時間ほど彼女のアパートメントで過ごし、そのあとガーフィールド・プレースのわが家に帰ったとだけ彼に話した。

ヴィンスは言った――世の中には相手がお巡りとわかると即、興味をなくす女がいる。一方、それとは真逆の配線になってる女もいる。そういう女に神のお恵みを！

私は言った。「一週間後に結婚をひかえてるのに。いや、正確には六日後だ」

「出席するよ」

「ああ。そう、私も出るよ、たぶん」
いったいそのことは何を意味しているのか。私は結婚をひかえていた。そして、妻になる女性を愛していた。少なくとも愛していると思っていた。結婚を決めたのは彼女の生理が遅れ、きっと妊娠したのだろうとふたりとも思ったからだ。実際にはただ生理が遅れただけで、そのことがわかると彼女は言った。あなた、引っかかってしまったわね、と。私はそんなことはないと言った。われわれは遅かれ早かれ結婚していたと。今度のことでそれが少し早まっただけで、それでどんな不都合がある？

「だから？」

だから、いったい私は何をしにキャロル・ストリートくんだりまで行ったのか？

彼の答を聞くにはもう一杯待たなければならなかった。二杯目のウィスキーが運ばれてくると、そのグラスを彼はじっと見つめた。まるでその中に答が隠されているかのように。

どうやらそうだったらしい。「ま、ヤッちまったわけだ」と彼は言った。「彼女のほうは、こっちは準備万端よってサインをおまえに出してた。でもって、若きマットには独身である日々があと数日しか残されてなかった。で、そのうちの一日をそんなふうに過ごした。よかったのか？」

よかった。しかし、それこそむしろ問題なのではないか？　そうでなければ、私は自分に言い聞かせることができていただろう、あれは今後もう二度と犯さない過ちだったと。あとは忠実な夫の役割を演じるために、聖母マリアの祈りを十回唱えるのと同じようなことをすればいいと（カソリックで子供がいたずらをしたときによく与えられる罰）。

彼は言った。「一週間後？　いや、正確には六日後か？　そのときにはおまえは祭壇のまえに立って彼女の指に指輪をはめるわけだ。それが物事を変える。何が変わって何が変わらないのか、そのときそれがわかる。もしかしたら、それ以降おまえは女房以外の女とは誰とも寝なくなるかもしれない。そんなふうになる男たちもいるだろう。指輪がそういう変化をもたらすわけだ」

私は待った。

「そういう変化をもたらさない場合ももちろんある」と彼は言った。「あるいはたいていの男みたいになるか。女房を愛して、家を愛して、子供を愛して、飼ってる犬も愛す。みんな丸ごとな。でもって、飲む店はおまえみたいなお巡りがいっぱい集まる店で、そういう店のハイライトはジュークボックスに『ゴッド・ブレス・アメリカ』がかかるときだ。誰もが立ち上がって、あのなんとかいう女の歌手と一緒に歌うのさ」

「ケイト・スミス」

「海から輝ける海へ《フロム・シー・トゥ・シャイニング・シー》。いや、それはまた別な歌か。実のなる平原ってやつ。いずれにしろ、それがおまえのやることだ。シングルズ・バーなんかには決して寄りつかず、清く正しい生活が心地よいと自分に言い聞かせる。ところが、たまにおまえの眼に止まる女が出てくる。女もおまえに眼を向ける。そうなるともう清く正しい生活もケイト・スミスも家族で飼ってる犬もくそ食らえってことになる」


彼は酒を飲み、私も飲んだ。そのあと彼が言った。「いかにいい旦那になるかを語るのにおれほど不向きなやつもいないだろうな。もう四年か五年、おれはひとりで住んでる。唯一おれが離婚しない理由は、おれの女房は昔のおれよりずっとずっとカソリックだからだ。女房には男がいて、そいつはおれが女房と一緒に住んだ時間よりも長く、おれの家に住みついてるんだが、女房は週に一度神父に懺悔《ざんげ》に行って、そのことを正直に話すのさ。それで贖罪《しょくざい》ができて、全部チャラになる。それで女房はいい気分で家に帰り、一週間分の罪をまた新たに犯しはじめるのさ。

なんであれ、それでうまく行ってるってことだ。おれの給料の大半を持っていって、それを家事と育児に費やしてる。おれがその残りだけでやりくりしないですんでるのは、もう幸運以外の何物でもないよ。いずれにしろ、おれはあれこれ書類に記入して、弁護士を雇うこともない。なんかの拍子にトチ狂って、再婚しちまう心配もない。だっておれは今でも結婚してるんだから。

さて、これでようやくおまえが耳をダンボにして、おれの意見を聞きたい話題になったな。果たしておまえはクソ真面目な亭主になるんだろうか？　まあ、ならないと思うけど、だからと言って、結婚生活がそれで即、破綻《はたん》するものでもない。そりゃ結婚生活を守るのに浮気が役に立つわけがないけど、うまくいかなくなる要因はほかにもある。おれの場合、そもそも家にいなかった。その理由が女だったこともないわけじゃないけど、大半はそうじゃなかった。ただ単に、おれにとって家というのが自分のいたい場所じゃなかったんだよ。

要はこういうことだ。一週間後か、いや、正確には六日後か。おまえが誓いを立てるところを見にいくよ。その誓いの中には女房以外の女には眼もくれない、みたいな台詞があるよな。その誓いを立ててるときにおまえが中指の上に人差し指を重ねて十字架をつくっても、誰がそれに気づく？（嘘をついたときに罰が当たらないようにと祈る仕種）」

＊＊＊

私は指を重ねたりはしなかった。結婚式当日はネイヴィブルーのスーツを着て祭壇のまえに立ったときには、キャロル・ストリートのアパートメントのドアを叩くというのは――キャロル・ストリートであれどこであれ――私の心からなにより離れた行為だった。

あらゆる感情に襲われ、あらゆることを考えた。それらをひとつひとつ吟味するなどとうていできなかった。まず高揚感があった。言うまでもない――自分は結婚する。われわれは夫婦として新たな生活を始める。自分のことを真剣に大人と見なし、気づいたときにはもう父親になっており、持ち家も持っていることだろう。そのあとカーナシー線の地下鉄の車両と車両のあいだに落ちるまで何年かかるか。

ただ思っただけだ。いいことも悪いこともあれこれ思った。その中のひとつだ。ただ頭をよぎっただけのことだ。

＊＊＊

私たちは〝新婚旅行の世界の首都〟と宣伝しているポコノ山地のリゾートホテルで三日過ごした。そのホテルはその宣伝文句に値するものとしてハート形のベッドとハート形のバスタブを用意していた。それ以外、宿泊客をもてなすものは特にないので、客は当然ただ部屋にいることになる。部屋にいて、ハート形のベッドで汗をかき、ハート形のバスタブで汗を流すことに。
　その繰り返し。
　二日目の夜、私はなんだか落ち着かなくなって、アニタを起こさないようにそっとベッドを出ると、階下《した》に降りて、カクテルラウンジに行った。隅にカップルが一組いるだけで、そのカップルはふたりとも、人生で最大の過ちを犯してしまったことに気づきはじめたような顔をしていた。

　そのホテルのバーは、新婚旅行者向けにいかにもそれらしい名の飲みものを用意しており、その日の夕食のときアニタは〝ウサギ《ラビット》・の習慣《ハビット》〟という名のカクテルを注文していた（ウサギは多産で知られ、常に発情期にある）。結局、全部は飲まなかったが。私のほうはバーボンのソーダ割りだった。カウンターにつくと、私はまたバーボンを注文した。今度はオンザロックで。結局、その一杯が二杯になり、三杯になった。

　そのとき自分が何を着ていたのか、覚えていない。たぶん結婚式で着ていたスーツだと思うが、ネクタイまでしめてはいなかっただろう。スーツは結婚のためにわざわざ買ったものでもなかった。結婚式のふた月ほどまえに四着まとめて買った中の一着だった。ヴィンスとともに制服警官から私服警官に昇進したあと買ったのだ。

「おまえさんにはスーツが要るな」とヴィンスは言った。「おれもそうだが。ただ、お互いそんなものに大金を出すことはない」そう言って、彼は当時ブルックリンの四番街にあったチェーン店の〈ロバート・ホール〉に私を連れていった。私はそこで色がちがう同じスーツを四着買った――ミディアム・グレーとダーク・グレーとダーク・ブラウンとネイヴィブルーの。

その後何年か経って、一級刑事に昇進したときには、ミッドタウン・ノース署の先輩刑事に五番街の四十丁目界隈にある〈フィンチリー〉に連れていかれ、思いきってスーツ三着とスポーツジャケット二着を買うまで、店から出してもらえなかった。そのとき買った一番安いジャケットだけでも〈ロバート・ホール〉のスーツ四着が楽々買えた。

〈フィンチリー〉に行くまえ、服ならもう充分持っていると私がその先輩に反論すると、その先輩は言った、それぐらい知ってるよ、と。だけど、それはおまえの好みで選んだものだろ、と。「つまり、もう明日にも慈善団体に寄付してもいいような代物だ。もちろん好きにすればいいけど、いいか、マット、おまえはニューヨーク市警の刑事なんだぞ。なあ、おまえだってその一員らしく見られたいだろ？」

＊＊＊

ちょっと話をさきに進めすぎたようだ。心というのは気ままなものだ。何かを思い出せばそれが何か別な思いにつながる。そんな記憶をキーボードで文字にしてスクリーンに映し出す。ペンシルヴェニア州のポコノ山地でバーボンを飲みながら、破局の危機にあるカップルをなるべく見ないようにしていたかと思えば、その次の瞬間には〈フィンチリー〉にいて、金バッジにふさわしいスーツを選んでいる。

ポコノ山地のホテルのバーに――バーボンに――話を戻すと、そのとき自分がどんなことを考えていたのか覚えているわけもないが、何か気がかりなことがあったことはまちがいない。夜中に起き出して、ひとりで飲んでいたところを見ると。酒はそういうときの気分のぎざぎざを和らげてくれる。あえて思い出すと、不安と不満が私に服を着させ、階下《した》に向かわせたのだ。さらに思い出すと、私の中にも、ひとつのテーブルにつきながら、互いに顔を見合わすことさえできなくなっているカップル――危機に瀕しているカップル――に通じるものがあったということだ。

バーボンはやるべきことをちゃんとやってくれた。私の心の声を可聴不能な音域にまで引き下げてくれた。

それがバーボンの仕事だ。

三杯目を飲みおえる頃には、結婚の喜びを絵に描いたようなこのカップルについて、どんなふうに話そうか考えていた。アニタはきっと食いついてくるはずだった。私は階段を上がり、部屋に着くまでそのことを考えていた。ベッドにはいると、眠りはすぐに訪れた。

＊＊＊

ヴィンスは、私が書く業務日誌のおかげで、われわれは制服組から〈ロバート・ホール〉のスーツをまとう私服組に昇進したのだとよく言ったが、それはさすがに言いすぎというものだろう。タイプライターのまえで私がしたことが、われわれのキャリア形成に大いに影響したとは思わない。担当した事件にたまたま恵まれたのだ。解決すると見栄えのする事件に。それともうひとつ、警察学校の私の指導教官の私に対する評価も影響したと思いたい。そもそもヴィンスと組めたのもその指導教官の評価のおかげにちがいない。

私が紙に書くことばと私に対する教官の評価は無関係ではなかった。警察学校ではこんな試験があった。授業中、ふたりの男がいきなり教室に飛び込んでくる。ひとりはジーンズにTシャツ姿で、もうひとりのスーツ姿の男を追いかけている。そして、捕まえると、スーツ姿の男を壁まで投げ飛ばす。スーツ姿の男はスーツの上着の内側に手を入れる。あたかもショルダーホルスターに収められた拳銃を抜くかのように。しかし、男の手に握られ、現われたのはペンだった。

そうしたふたりのやりとりの最中に三人目の男が現われ、黒板のところまで行くと、黒板消しを手に取って教室を出ていく。ジーンズの男に手錠をかけ、スーツ姿の男も教室を出ていくと、教官がすでにわれわれも気づきはじめていることを改めて言う。

今のは芝居だ、と。言うまでもない。教官はさらに続ける――これはきみたちの観察力を試す試験だ。覚えていることをすべて今から五分のあいだに書き出すように。最初のうちわれわれ生徒は、芝居のすべてとは言わないまでも大半を現実のものとして見ていた。そのためこのテストはよりむずかしいものとなる。ふたりの男がいきなり現われる。ひとりがもうひとりを追っており、追われているほうが善玉で、追っているほうが悪玉だ。だとすれば、誰かが止めにはいってもいいのに、どうして教官はただ突っ立っているだけで何もしなかったのか？

すべてが明かされたあとすぐに、われわれはリプレーを始めた。自分たちが見たと思うことを書いた。たいていの生徒が与えられた五分の大半を白紙の答案用紙をただ眺めて過ごした。私はと言うと、そのまえから心がさまよっていた。何かが起きていることがわかるまえから、スーツ姿の男が壁ぎわに身を寄せていたことに気づいていたのだ。それでも、私が答案用紙に書いたのは〝起きたにちがいない〟と思ったことで、実際に起きたことではなかった。だから多くを書きはしたが、見落としていることも、まちがっていることも多々あった。

答案を提出すると、教官——名前はユージーン・ギヴンズ、階級は巡査部長だったような気がする——は教室を出たあと、男をふたり連れて戻ってきた。ひとりはジーンズ、もうひとりはスーツの男を。ふたりとも警察官だった。言うまでもない。教官はふたりを紹介したあと、これからふたりがさきほどの芝居を再現するので、注意深く見るようにと言った。ふたりはまた教室を出ていき、ギヴンズは黒板のまえに立ってチョークを持った。ドアがいきなり乱暴に開き、さきほどの芝居が繰り返された。今度は芝居であることがわかっているので、みんな眼のまえの出来事に集中していた。

それでも、生徒全員が第三の男——黒板消し泥棒——に気づいたわけではなかった。

新たに見直したものを書くのにまた同じ五分が与えられたわけだが、この特別な試験についてはひとつ大きな発見もあった。実のところ、この試験を受けたときにすぐに気づいたわけではないのだが、ヨギ・ベラの名台詞に加えてもいいようなことだ。観察することで多くを学ぶことはできるが、それも注意を払ってこそだ。

一日か二日後、答案用紙が返され、少なくともそれらに眼を通したことがわかるコメントがそれぞれに添えられていた。私の答案は私に返されるまえにみんなのまえで読み上げられた。

ギヴンズはそういう答案を三つ選んでいた。書いた生徒は明かさなかった。わざわざ特定の生徒に恥をかかせることはないと言って。実際、最初のひとつはひどい出来だった。誰が書いたにしろ、書いた生徒は恥じ入って当然といった答案だった。二番目のは見事なまでに主観的な作文だった。私はこれを見た。あれを感じた。これが起きたときは怖かった。などなど。まず自分を捨てろ、とギヴンズはそう言った。諸君はカメラであり、テープレコーダーだ。見たこと聞いたことを報告するだけでいい。よけいなことばは要らない。自分のことじゃないんだから。

最後に私の答案が読まれた。すべてはお芝居だったと明かされたあと、書き直したほうだ。最後まで読んだあと、ギヴンズは言った、これこそ報告書だと。まず客観的に書けている。さらに明快で、読めば起きたことが正確にわかる。まるで自分もその場にいて見ていたかのように。もちろん、これを書いた生徒にも誤りはひとつかふたつある。しかし、それは往々にして起こることだ。われわれが望むほど目撃者の証言があてにならないのもそのためだ。それでも、だ。これこそ報告書というものだ。

そうした賛辞を並べるあいだ、彼は私を見もしなかった。が、五分の煙草休憩になって生徒たちが教室から出ていくと、私にだけ聞こえる程度の小声で言った。「いい出来だ、スカダー」

＊＊＊

このことは時々にしろこれまで長いこと考えてきた、もちろん。警察を辞め、お巡りとしてやっていたことを民間人として始めることで生計を立てるようになって、まず依頼人にはっきりさせたのは、私はきちんとした調査記録を取ったりしないということだった。依頼人の便宜はもちろん図り、できるかぎり満足のいく結果を求めて真面目に働きはしてきたが、依頼人向けに詳細な報告書を書いたことは一度もない。どれほど経費がかかったか書いたことも。とりあえず片がつくと、依頼人と会って、わかったこと、あるいはわからなかったことを直接伝える。そして、その場で自分のやったことに見合う額の報酬を求める。相手にその額が払えようと払えまいと。

このビジネス・プラン――そう呼べればだが――はずっと変わらなかった。一時期、探偵許可証を持っていたこともあるが、ずっと持っていたわけではない。そのあいだもあまりビジネスらしくないそのビジネス・プランは変わらなかった。調査報告書も使った経費一覧もなかった。それでもさしたる支障はなかった。

近頃はほぼ毎朝机に向かっている。朝食をすませると、コンピューターのまえに坐り、思い出をワードのドキュメント・ファイルに記すのが第一の作業になっている。禁酒と同様、一日一日こつこつと積み重ねる仕事だ。それが義務のように感じられる日もないではないが、いい仕事ができたと思えることのほうが多い。

しかし、改めて業務日誌のことを思い起こすと、私の作文能力が私を私服警官に――さらには一級刑事に――昇進させたというのは、なんだか奇妙な気がする。バッジと一緒に最初に捨てたものがそうした〝書くこと〟だったことを思うとなおさら。

ただ、書くことに関して考えると、どうしても頭に浮かぶ人物がいる。ラテン語のルーディン先生だ。シーザーの『ガリア戦記』を読んでいたときには毎晩、その叙事的な文章に見合う英語を見つけていた。

文章の書き方を教えてくれたのは、ルーディン先生だけではなかったはずだ。英語の先生はほかにも何人かいた。それでも、やはりラテン語の授業が一番大きかったという思いは拭えない。

このことは、私の作文能力のおかげでわれわれは昇進したという話をヴィンスがしているときに、彼に一度話したことがある。すると、彼は警察官の半分がアイルランド系――当時はあまり高く評価されていなかった――であることを指摘して続けた。そんなアイルランド系の半分は、カソリック・スクールにかよってて、ラテン語をみっちり勉強させられる。

「もちろん全員勉強しなきゃならないわけじゃなくて、聖職者になりたいやつらが勉強する。一方、あんまり頭のよくないやつら――お巡りになるようなやつら――はもっと実用的なクラスを取るもんだ。なのにおまえさんはラテン語が好きだった。だからたぶんおまえさんの言うとおりなんだろうよ」

今、私が書いているのも基本的には報告だ。が、警官時代にシフトの終わりに書いていた業務日誌とはまるで異なる。多かれ少なかれ、実際に起きたことの記録ではある。が、正確なものでも直接的なものでもない。客観的になろうとさえしていない。警察学校の教官ユージーン・ギヴンズは言った、〝自分のことじゃないんだから〟と。しかし、これはそもそも私のことだ。

それも踏まえて、やはりエレノア・ルーディン先生とジュリアス・シーザーのおかげだったと言いたい。業務日誌を書くことに関するかぎり、このふたりは新米警官時代の私の恩人であり、今私が書いている文章にも影響を及ぼしている。

ルーディン先生。彼女にお礼を言ったことはない。シーザーにも。私服警官に昇進したとき、彼女のことを思ったことは思った。ブロンクスまで行って、先生のおかげで私服警官に昇進できました、と報告しようかと。が、実際には、彼女とのやりとりを頭の中で想像しただけで終わった。

来年度はもうラテン語のクラスはないことをマルシア・イッポリートと私に告げたとき、彼女が声を詰まらせたのを今でも覚えている。生徒がふたりしかいなければ、学校側としてもそういうクラスを開くわけにはいかなかったのだろう。それでも、三年生でラテン語を学べなかったことを私は今でも悔やんでいる。

三年生でもラテン語のクラスを受けていたら、私の人生は変わっていただろうか？　そんなことはシーザーでさえ予測できないだろうが、キケロを一年勉強していたら、私はどこまで昇進していたか。市警本部長にでもなっていたか。

＊＊＊

ヴィンス・マハフィに関することで、省くわけにはいかないことがもうひとつある。これまた業務日誌には書けないことだ。

ひとことで言ってしまえば、荒っぽい正義。彼は実践主義者だった。そう言っていいと思う。なんであれ、実効があるものの信奉者だった。そのことは、一般市民に服従を強いる法律を彼が自分で選んでいたことからもよくわかる。たとえば、歩道をふさぐことを配送トラックに許すとか。結果、それで商業活動がスムーズになる。われわれのポケットになにがしかの金がはいろうとはいるまいと。

彼は彼なりのきわめてゆるやかなやり方で教科書に従った。配送トラックは登場せず、袖の下が手渡されたりしない領域においても。われわれにお呼びがかかる大半は家庭内の揉め事だ。家族同士、親しい者同士、同じ建物の住人同士の。私の知るかぎり家庭内の揉め事が好きなお巡りなどひとりもいない。なぜならそんなものに心を浮き立たせるような要素などかけらもないからだ。亭主をナイフで刺そうとしていた女房を宥《なだ》めて昇進したお巡りはいない。そういう件がとんでもない惨事に発展することもあるのに。そういう女房はこっちが何をしようと、くそ亭主を一突きする。下手をすると、こっちもその巻き添えを食らう。

そういった家庭内の揉め事の理想的な結末は誰も逮捕されることなく、もとの秩序が回復されることだ。この手のケースでは揉めている一方がたいてい酔っているものだが、その酔っぱらいが眠りにつけば、それでたいていことは収まる。そうなると、もう警察沙汰ではなくなる。それはもちろん抜本的な解決でもなんでもない。遅かれ早かれ、別なボトルがまた諍《いさか》いを惹き起こし、通報がはいる。しかし、それは今夜ではない。別な夜だ。それにうまくすれば誰か別の警官のシフトのときかもしれない。

私は身長六フィートで、ヴィンスは私より二インチ高く、横幅も私よりあって、体重も私より重かった。そうしたわれわれのがたいはわれわれの仕事では役立った。家庭内の揉め事に対処するときには特に。われわれは物理的にも問題に対処できそうに見えたから。そういう見てくれは強みになる。

警察官になるのに昔は身長五フィート八インチ以上が求められた。厳密には五フィート七インチながら。私が警察を辞める頃になると、その規定に反対する声がちらほらと聞こえはじめた。差別的というわけだ。女性はだいたい男より背が低い。だから、警官としての資質は充分あっても背だけが足りない女性は大勢いる。このことは民族的な少数派——ラテン系やアジア系——にも言えた。ニューヨーク市警はやっぱり男とアイルランド系のものだと思っている一派には、現状で一向にかまわなかった。が、結局のところ、そういう考えは時代遅れのものとなった。

さまざまなことを考えると、これは起こるべくして起こったことなのだろう。しかし、このことのマイナス面に触れないというのはやはりフェアではない。女房を殴りまくって眼を血走らせた大男に対処するのに、背伸びをしてどうにか身長五フィートに達する女性警官が適任と言えるかどうか。もちろん女性警官は銃を持っている。しかし、それは誰もが望む解決法だろうか？

家庭内の揉め事の現場でヴィンスが銃を抜いたことはない。少なくとも私の記憶にはない。そもそもホルスターから銃を抜くことがめったになかった。射撃練習場以外で彼が銃を撃ったところも見たことがない。時々、現場が緊張し、警棒を握ることはあったが、彼の場合たいてい素手で間に合った。

素手を使うことは時々あった。厄介な酔っぱらいに対処するときには、壁に押しつけ、こっちに背を向けさせて逆手に取ることもよくあった。あるいは顔を平手で叩くことも。平手が拳固になることも。

それがたまに行きすぎることも。

ひとつ覚えているのは低所得者向け公共住宅の最上階のアパートメントでのことだ。場所はパーク・スロープとサンセット・パークが接する何丁目通りかだった。男と女でともに酔っており、隣人が通報したのもこれが初めてではなかった。

四階分か五階分階段をのぼった。そういうことをしても気分は晴れなかったが、問題のふたりを見てもそれは変わらなかった。男は下着のシャツにボクサーショーツという恰好で、女のほうはとりあえず部屋着を着ていた。男の背はヴィンスと変わらず、体重は二百五十ポンドはあっただろう。その多くは脂肪だが、その下に筋肉も蓄えていることは容易に見て取れた。大きさでは女も男にさほど劣っておらず、大女が肥ってさらに大きくなったといった感じだった。

すでにパンチをやりとりしていることは見るだけでわかった。中にはいると、互いに身構え、睨《にら》み合っており、ともにその眼をわれわれに向けた。

「とっとと帰りな」と女が言った。「だいたい誰があんたらを呼んだの?」

とりあえず落ち着かせようとヴィンスがなにやら言った。騒音に対する苦情があったんで、われわれとしても放っておくわけにいかず来ただけで、互いに協力し合えたら、大事にならずにすむとかなんとか。それまでに何度も聞いたことのある台詞だったが、たいていの場合、それで平和的解決に向かった。

ところが、そんな月並みなことばはこのふたりには通用しなかった。まず亭主がその場にいない隣人のことを罵《ののし》りはじめた。通報したのはそいつにちがいないと言って——今度あのクソ野郎を見かけたらただじゃおかねえ。女房のほうは〈カルヴァート・エクストラ〉の四分の一ガロン瓶を手に持っていた。それをらっぱ飲みしようとしていた。が、そこでもう中身がないことに気づいたようだった。

それが最後のひと押しになったのだろう。その瓶を見てからわれわれを見て、次に少し体を左に向けてキッチンのシンクを見た。

見るなり、シンクにウィスキーの瓶を力任せにぶつけた。

これはたぶん映画の影響だろう。映画の中で俳優――主人公では決してない――ウィスキーのボトルの首を持ってバーカウンターやテーブルトップに思いきり叩きつける。すると、ガラスの破片があちこちに飛んで、俳優の手には端っこがぎざぎざになったボトルネックが残る。それは立派な凶器となる。

彼女は血を流していた。撥ね返ったガラスの破片が彼女の手と腕に裂傷を与えていた。傷自体は浅いものだったが、それでも血は本物だった。彼女はいかにもショックを受けた顔で、自分の血を見る以外何もできなかった。

私は彼女のところに行こうとした。が、彼女は凶器となりうるギザギザのボトルネックを持っていた。さして効率的な凶器とは思えなかったが、私は握っている手を開いてボトルネックを床に落とすよう彼女に言って聞かせた。が、彼女の耳には何も聞こえていないようだった。ヴィンスも彼女に近づいていた。彼女にボトルネックを安全に手放させる名案が浮かんだようでもなかったが。ふと亭主を見やると、アイロン台に置かれていたアイロンにちょうど手を伸ばしたところだった。亭主はその馬鹿でかい手でアイロンをつかむと、大きな弧を描いて振りまわした。私としてはヴィンスの名を呼ぶのがやっとだった。

ヴィンスの反応はすばやく、すんでのところでアイロンから逃れた。実際、すんでのところだった。亭主は空振りしてバランスを崩し、まえのめりになり、そのまま床に転んでいてもおかしくなかった。が、ヴィンスは下着のシャツをつかむと、亭主を立たせた。亭主は腕を引いてパンチを繰り出そうとした。が、繰り出すまえにヴィンスに胸を強く突かれた。心臓のすぐ下のあたりを。それだけで壁まで吹っ飛んだ。ヴィンスはそのあとすぐパンチを浴びせた。八発か十発か十二発。左右交互に。ビア樽みたいな亭主の上半身をサンドバッグがわりにした。

さすがに息が切れて、ヴィンスが殴打をやめると、亭主は床にずるずるとのびた。ただパンチと壁のおかげでそれまで立っていたのだった。意識はなかったが、頭には一発も食らっていなかった。が、戦意も何もすべてをなくしていた。ただ低い音をたててリズミカルに喘いでいた。そのことを気にする様子もなく。

私は女房から凶器——端っこがぎざぎざになったボトルネック——を取り上げて、少し離れたところに放った。彼女はもう抵抗することはなく、暴れることもなさそうだった。私はキッチンテーブルの椅子に坐らせ、彼女の腕に刺さっていた一インチほどの長さのガラスの破片を取り除き、何か傷を拭くものはないかとあたりを見まわした。

放っておけ——とヴィンスが言った——どうせそんなものは見あたらないし、あってもタオルにしろ布巾にしろ、かえって黴菌《ばいきん》がはいりそうなものばかりじゃないかと。その程度の傷じゃ死なないよ。

「失血死《エクサングウィネーション》なんかしない」と彼はそのことばを思い出せたことがさも嬉しそうに言った。「あのプロスペクト・アヴェニューのクソ野郎みたいなことにはならないよ。あれはいつのことだっけ、三月か？　四月か？」

春だったことはまちがいない。隣人がまずにおいに気づいて管理人に知らせ、管理人はアパートメントのドアを開けて死体を発見するなり、警察に通報してきたのだった。死人は三十後半のまだ若い独身男だった。ひとりで住んでいたアパートメントにあったのは大量の空き瓶で、家具はまばらだった。長年コート・ストリートの法律事務所に勤めていたようだが、弁護士ではなかった。当時はまだ耳にすることが少なかった〝パラリーガル〟だった。

その法律事務所としても不本意だったようだが、彼は解雇されていた。無断欠勤が多すぎたのだ。だから、雇い主が彼の不在に気づくこともなかった。腐敗臭がなければ、ひと月かそこらバスルームの床に倒れたままになっていたかもしれない。そこで発見されたのだが、パジャマの上だけ着ており、下は何も穿いていなかった。便器のまえに立っていたようだが、何かでバランスを崩して倒れた。そのときの打ちどころが悪かった。額から陶器の便器に突っ込んでしまっていた。

そのため意識をなくしたのか。それともそれは飲んでいた酒のせいだったのか。どちらにしろ、倒れてその場に横たわった彼の額の傷からは血が流れつづけた。頭の怪我はほかの場所の怪我よりはるかに出血量が多い。

彼は倒れたまま出血しつづけた。わが身に何が起きたのかもわかっていなかっただろう。無意識のまま死んだのかどうかもわからない。それでも、バスルームで失血死をするのをいい死に方と考える者はいまい。

ただ、実際のところ、そういう事故は多い。私自身何度も立ち会ったが、大半酒がからんでいる。額から血を流して死ぬほど飲まなければならない道理などどこにもないのに。そのような死に方をした有名な俳優がいるが、おそらく彼も飲んでいたのだろう。いわゆる高機能アルコール依存症《ファンクショニング・アルコホリック》だったのだろう。きちんと仕事をこなし、務めを果たしていたのに、そういうことになった。結局、酒は彼を助けてくれなかった。

＊＊＊

われわれがその最上階のアパートメントを出たときには静かなものだった。女房は私が坐らせたキッチンテーブルの椅子にじっと坐っていた。その場に凍りついてしまったみたいに。ひとことも発しなければ、動きもせず、どんな表情も浮かべていなかった。ただ、眼は開けていた。おそらく一時的な意識喪失状態になっていたのだろう。まさにゾンビそのものだった。

亭主のほうも床に倒れたままだった。眠っているのか意識を失っているのか、どっちにしろ。ヴィンスはそんな亭主を横向きに寝かせた。吐物で咽喉をつまらせたりしないように。「吐くようなら」とヴィンスは言った。「もう吐いてるだろうが、わざわざ危険を冒すこともないだろ？」

「命を救ってやったわけだ」と私は言った。すると彼は言った。「そうとも。おれはクソ慈悲深いクソ天使なのさ」玄関のドアの鍵はスプリング錠で、外に出てドアを閉めると、自然と施錠された。階段を降りながら私は言った。「シフトというのはこっちが望むほど早く終わってくれた試しがない」まだ二時間半もあるとヴィンスは言った。われわれがそのアパートメントにいたのはせいぜい十五分程度のことだった。

その日の業務日誌にまず第一に私が書いたのは、そのあとの二時間半中に起きた事件だった。呼び出しに応じて強盗事件現場に急行したのだ。二人組――父親と息子。男同士の絆を確かめたかったのだろう――が酒屋を襲い、撃ち合いになり、ふたりが怪我をし、そのうちひとりは重傷だった。われわれは呼び出しに応じた最初のチームではなかったが、救急車を呼ぶのには間に合った。

署に戻る車の中で、ヴィンスが運転している私に土産の品を見せた。〈オールド・フォレスター〉の五分の一ガロン瓶。「酒屋の店主にはほかに考えなきゃならないことがいっぱいあったみたいなんでな」と彼は言った。「肩に一発食らっちまって。さほど深刻な傷じゃなかったみたいだけど、腕相撲選手権にはもう出られないだろうな。店主に撃たれた父親の怪我は大したことはないから、年末の〈ファーザー・オヴ・ザ・イヤー〉の授賞式には充分出席できるだろうよ。いや、ひょっとしたらできないかもな。そもそも一セントも手にしちゃいないんだから」

「あの酒屋はしょっちゅう襲われてる」

「だからただやられるだけじゃなくて、店主のミスター・ブルーストーンは銃をぶっ放したのさ。ただ、相手も大人しい強盗じゃなかったんで派手な事件になっちまったわけだ。さもなきゃ、誰も怪我をしない地味な事件で終わってたかもしれない。でも、銃を用意していたおかげで店主は自分の命を救ったのかもしれない。スミス&ウェッソンの小型拳銃に手を伸ばすことで。銃がからむとまったくさきが読めなくなる。車輪さえあったら、おれの祖母ちゃんだって手押し車ぐらいにはなれるのとおんなじだ」

「それでもあんたのお祖母さんはあんたのお祖母さんだ」

「そのとおりだ。〈オールド・フォレスター〉だけど、最初〈オールド・グラン・ダッド〉に手を伸ばしたんだよ。〈フォレスター〉のすぐ横に並んでたんだ。下手をすればブルーストーンは手押し車になってたかもしれない。ブルーストーンはこの一本に執着すると思うか？」
「いや、それぐらいむしろあんたに持っていってもらいたがったはずだよ」
「それともおれを撃ってたか。もっとも、それは無理だけどな。銃はすぐに取り上げられてたから。これでおれが知恵のないヌケ作なら、ここで封を開けてるところだがな。慌てることはない。これがここにあるってだけでなんだか気分がいい。わかるか？」

もちろん。

署に戻ると、私は日誌を書いた。内容の大半は酒屋強盗についてだったが、公共住宅の最上階の夫婦のことも書いた——隣人の通報により臨場したところ、アパートメントの玄関のドアは開いており、夫婦はともにまともな反応ができない状態にあった。夫婦間で諍いがあった模様で、互いに暴力の跡も見られた。妻のほうは割れた酒瓶で怪我をしていた。が、軽傷であり、凶器も始末でき、その後大事に至りそうな気配はなかった。

だいたいそんなことを書いた。

その夜のことは今でも鮮明に覚えている。が、いつのことだったのかとなると、急に記憶があいまいになる。結婚はもうしていた。また、私服警官に昇進したあとのことであるのもまちがいない。どうしてまちがいないのかと言うと、アイロンを拾ってアイロン台に戻したとき、ヴィンスがこんなことを言ったからだ。「なんだ、こりゃ、おれはこいつに殺されててもおかしくなかった」そう言ったあと彼はこうつけ加えたのだ。「それとも、こいつはおれが着てるスーツにアイロンをかけようとしてくれたのか」

夏のあいだだったことは覚えている。私の長男のマイケルが生まれた三ヵ月か四ヵ月あとだった。だから、結婚のあと移り住んだアパートメント——プロスペクト・パークからほんの二ブロック離れたところにあった——にまだ住んでいた頃のことだ。その次の年の夏にはアニタがまた妊娠し、われわれは一戸建ての家と質のいい学校を探しはじめた。

その頃には三年落ちのポンティアックを買っていた。が、雨の日以外、署まではたいてい歩いて出勤していた。その夜はパトカーに乗っていた。黒と白のプリムス・フューリー。当時はそれが主流だった。その夜、業務日誌を書きおえると、私はヴィンスの車に乗せてもらった。ヴィンスは、ある通りにはいると、〝パンク修理〟という看板だけが出され、シャッターが閉められている店のまえに車を停めた。

車を降りると、彼は運転を代わるように身ぶりで示し、車のまえをまわって助手席に坐った。そして、ぎゅっと握って持っていた〈オールド・フォレスター〉の蓋をはずすと、私のまえに突き出した。私は酒の誘いを断わることはあまりない。が、そのときは首を横に振った。ヴィンスはそんな私を見ても驚かなかった。これは〝ハンドルキーパー《デジグネイテイッド・ドライヴァー》〟などということばが使われるようになるよりまえの話だ。それでも、私はハンドルキーパーこそその夜の私の役目だと思った。ヴィンスも同じことを考えていたのは明らかだった。

一口飲むと、彼はボトルの蓋を閉めて言った。「〈カルヴァート・エクストラ〉。やつらが飲んでたのそれだったな。あの女房が瓶を割ったやつだ」

「ああ」

「あの酒の広告はおまえさんも見たことがあるだろ？　〝ソフト・ウィスキー〟だ。それが何を意味するにしろ。まあ、飲んでも胸焼けすることはないって言いたいんだろう。色水を飲んでるようなものだって。でも、心配しないでください。ウィスキーがすべき仕事はちゃんとしてくれますから。もし酔わないなんてことがあったら、お代はお返しします、なんてな」

また一飲みして、蓋を閉めた。そして、両の手の甲を見てから私に見せて言った。

「ボディ打ちしただけだからな。あいつにも跡は残らない。こっちにも。まあ、あいつのほうは痣になるだろうが、それは今じゃない。まだだ。顔を殴ったら、下手をすると手の骨を折りかねない。おまけに殴ったことを世界に知らしめることになる」

彼はそれまでじっとウィスキーの瓶を見ていた。その眼を私に向けて言った。「おれはキレちまった。あのくそアイロン。当たりゃしなかったが、当たっててもおかしくなかった」

「ああ」

「ああいう現場であの男をぶん殴るのは悪いことじゃない。きっちりやり返してやらないとな。でもって、明日になってもそいつがちゃんと覚えてるぐらいはやらないとな。おれの言ってること、わかるか？」

わかるよ、と私は答えた。

「だけど、具体的にどれほどやりゃいい？　昔ながらのワンツーか？　まあ、さっきはワンツーというよりワンテンぐらいだったけど」彼は両手をゆるく握って交互にまえに突き出した。今夜のパンチを思い出しているかのように。「十《テン》発から十二発は殴った。下手をすりゃあのクソを殺しちまってた」

「ボディブローで？」

「あいつが起き上がりかけたとき、頭を思いきり蹴りそうになったんだ。あいつのすぐ横に椅子があったろ？　その椅子であいつをぶっ叩きたくなった」

「だけど、やらなかった」

「ああ、思っただけだ」

私にも思うだけのことならいくらもある、と私は言った。彼はほんとうに飲まないのかと訊いてきた。ミスター・フォレスターがどんなやつにしろ、すばらしいウィスキーをつくったことだけはまちがいない。「だけど、ソフトなところなんかどこにもない。飲むとがつんとくる。だけど、おれはこのがつんが好きでな」

彼の言いたいことはよくわかった。

「ソフト・ウィスキーねえ」と彼はなにやら感慨を込めて言った。「空の瓶にもソフトなところなんか何もない。それだけでも充分凶器になりうるが、あのクソ女は瓶を割ってボトルネックを持ちやがった。ネックの長さは二インチほどか。要するに割れたガラスだ。これだけは言っとこう、これでみんながこれほど阿呆じゃなきゃ、おれたちの仕事はうんとむずかしくなるだろうよ」

彼は自分の家まで私に車で送らせ、私にはそのまま彼の車で家に帰らせた。明日の朝、拾ってくれればいいと言って。私は彼のアパートメント・ハウスのまえで彼を降ろし、彼が建物の中にはいるまで車の中から見守った。彼はバーボンのボトルを手に持っていた。中身は半分ほどなくなっていた。車の中で彼は十二オンスほど飲んだことになる。長々と一飲みするとそのたびに律儀に黒い蓋を閉めながら。それでも見るかぎり、広い歩道を横切るときにも六段ばかりの階段をのぼるときにも、水道の水より強いものなど一滴も飲んでいないような足取りだった。

＊＊＊

ヴィンスからはいろいろと学んだが、その中のひとつに自分にできないことは人に任せろというのがある。実際、ほとんどの場合、それが彼の家庭内の揉め事の対処のしかたで、そのことはシリーズ作品の中でも一度描かれている。ほぼ事実どおりとおりに。

騒音に対する隣人の苦情があり、われわれはある夫婦の話を聞いた。ふたりは、互いに声を荒らげたこともあったかもしれないが、もうそんなことにはならないと口をそろえて言った。ふたりに怪我は見られなかった。痣もできていなかった。が、ふたりのうしろに六歳か七歳ぐらいの女の子が立っていた。彼女が暴力の犠牲者であることは一目でわかった。殴られてできた痣に煙草の火を押しつけた跡。なんでもござれだった。

しかし、立件することはできなかった。女の子は怯えて何も言わず、両親はこれまた口をそろえて自分たちの虐待を否定した。近頃は被害者対策特別班なるものがあり、訓練を受けた専門家が被害者の聞き取りをする。が、当時のわれわれにできることは何もなかった。

ヴィンスは女の子の写真を撮った。これは携帯電話以前の話だ。カメラ付きのスマートフォンなど言うに及ばず。ヴィンスはカメラを持っており、フィルム一本分撮った。そして、それをすべて焼き付けると、マンハッタンに向かい、女の子の父親が建設業者仲間でよく行く酒場を探しあてた。

私も一緒に行き、ふたりでその写真をその酒場で配った。客に写真を手渡しながらヴィンスは言ったものだ。「なあ、おれたちはお巡りだ。手を縛られてる。だけど、あんたらは縛られちゃいない」そう言って店を出た。やるべき仕事は彼らがやってくれた。それもきっちり。

この件はシリーズ作品の一作に書かれている。どの作かは忘れたが。そこに詳しく描かれている。

＊＊＊

私が刑事に昇進するまで、ヴィンスと私は数年私服警官を務めた。私服警官と制服警官のちがいはただの見た目でしかない。明るい金バッジのブルーの制服か、〈ロバート・ホール〉の安スーツか。私服警官もパトカーに乗り、制服警官だった頃と同じ呼び出しを受ける。

それでもたまに覆面パトカーに乗ることもあった。警察官であることがすぐにはわからないほうが都合のいい事件の場合だ。と言っても、囮捜査官などというものとはほど遠い。犯罪組織にもぐり込んで麻薬売買や強盗計画に関わったりするわけではない。たとえば——

まあ、こんな場合だ。プロスペクト・パーク・ウェスト通りの二ブロックは、売春婦が客を待つ通りとして長い歴史がある。夜ともなればいわゆる立ちんぼが立つ通りだ。その一帯については、ブルックリンの風紀課が手入れをして、まとめて何人も逮捕するということが定期的にあり、その後一週間かそこらは人通りがとだえる。が、それを過ぎるとまたもとに戻る。そういうことを繰り返していた。

売春は風紀課の管轄でわれわれの仕事ではない。それでなんの問題もないのだが、分署に市民から苦情が寄せられたりした場合、私服警官が現場に向かわされることが時々あった。現場の通りを見まわり、彼女たちに伝えるのだ。自分から客に声をかけるのは駄目だから、客のほうから声をかけてくるのを待つようにとか、バイク乗りとの交渉は脇道でやるようにして、交通の妨げにならないようにとか。さらに、彼女たちを放っておいてもいい時間帯と、放っておくわけにはいかない時間帯があることを教えたりもした。

あれやこれや。

時々、逮捕されるのかと勘ちがいして、われわれに金を渡そうとする女がいた。ヴィンスはそういう金は絶対受け取らなかった。「いいんだよ、そんなことしなくて」とやさしく言ったものだ。「金はちゃんと持っておきな。それでなんの問題もないから」

そのあとしばらくして、彼は私にはこんなことを言った。「あいつらの金をどうしようって言うんだ？　あいつらだってちゃんと働いて稼いでるんだから」

だけど、その金はヒモのところに行ってしまうのでは？

「金があればヒモのところへ持っていける。金がなければ面倒なことになる。なあ、マット、この世は昔から厳しいところなんだよ。さっきの女、なんていったっけ？　ボニーか？　バニーか？　どっちにも聞こえたよ」

どっちでもおかしくなかった、と私は言った。

「どっちみち通り名だ。十年から十五年まえ、縄跳びやお手玉をやってた頃はまた別の名で呼ばれてたんだろう。〝あたしの名前はアニー。父さんの名前はアル。アラバマに住んでいて、ツチブタ《アードヴァーク》を売ってます〟なんてな」

「ツチブタ？」

「Aで始まるなんかだ。まだ縄跳びをしていた頃、彼女が自分にこんなことを言ってたと思うか？〝あたしは将来、停めた車の中で白人のチンポをしゃぶって生きるようになると思います〟なんて。この世界はクソさ。この世界が人に送らせてる人生のことを思うと、そう思わざるをえないよ」

＊＊＊

サイオセット。

ブルックリンを出るということは、そこはどこよりよかったのだろう。サイオセットはブルックリンの住まいから三十マイル離れた、ナッソー郡ロングアイランドのノース・ショアにあった。車だと混み具合でだいぶ変わるが、車に頼らなくてもいい。ロングアイランド鉄道が走っている。それに乗れば、ペンシルヴェニア駅にもブルックリンのアトランティック・ターミナル駅にも容易に行けた。

息子たちを育てるのにいい場所だったのだろう、たぶん。近くにいい学校があったのだ。

結婚生活がうまくいかなくなったのをサイオセットのせいにしていたことがあった。いや、サイオセットというより引っ越ししたこと自体のせいにしていたというほうが正確だ。実際、無関係ではなかったのだろうとは思う。が、同時に、どんな結婚生活もその時点ではまだ決定されていない道をたどるだけのものだとも思う。そういう意味では引っ越しが〝追い風〟になったとは言える。

引っ越しは自然ななりゆきだった。何か特別な理由があったわけでもなんでもない。二番目の子供が生まれてくることがわかると、住んでいるアパートメントが手狭に思われはじめたのだ。次の子供が男の子なら長男のマイクと部屋を共有させればいい。が、これは出生前超音波検査などというものが出現する以前の話だ。男の子か女の子かわからない中、アニタはきっと女の子を産むと義母が断言したのだ。

どちらにしろ、部屋がもうひとつあって悪いことはない。子供を遊ばせられる庭があるのも。

そういう場所があればいかにも家族がやりそうなことができる。バーベキュー・グリルでホットドッグを焼く類いのことだ。車も持てる。その車をしまっておくガレージも。そのガレージのまえに柱を立てて、バスケットボールのリングを取り付けることもできる。芝を植えて、雑草に悪態をつくことも。秋には枯葉を掃き集め、冬には雪掻きができる。

などなど。

当時、ニューヨーク市警には警察職員は全員ニューヨーク五区内に住まなければならないという規則があった。これはもっともな規則に思えた。警察職員も勤務時間に従って職務を就いているわけだが、五区内に住んでいれば、一日二十四時間週七日、潜在的に五区内にいることになる。

市警察官は勤務中も非番中も官給品のリヴォルヴァーを携行しなければならない、という補足規則も当時はあった。警官が家に帰ったらサンドウィッチをつくろうと思って、〈ダゴスティーノ〉スーパーマーケットにたまたまはいったとする。すると、なんとまぬけな若造がレジ係に飛び出しナイフを突きつけて、強盗を働こうとしていた。そんなとき、リヴォルヴァーを持っていたら、その若造の頭を吹き飛ばすことができるというわけだ。

まあ、そういうことだ。

銃を持ち歩くのにもそのうち慣れる。これだけは言える。腰に銃がないとまるで裸になったような気分になる――これは陳腐な言い種かもしれないが、言い得て妙だ。なぜなら、銃を腰に差さないのは服を着ていないときだけなのだから。しかし、これはもちろん誇張だ。自宅にいて銃の携行が求められることはない。と言って、警官は家に帰ったらすぐ銃をしまうともかぎらないが。私はすぐに箪笥にしまうことが多かったが、それでも時折忘れることがあった。テレビを見たり、息子と遊んだりしていて、まだ銃を携行していることにあとから気づくことがあった。

誰かの家に夕食に招かれるときにも銃は携行した。が、相手の家に着いて数分も経てば、たいていホルスターから取り出して、テーブルなり本棚なり平らなところに置いた。これは儀式みたいなものだった。それとなくこちらの気持ちを伝えるのだ――私は警戒なんかしていませんよと。ガードを解いて、わが家にいるような気持ちでいますよと。

この儀式は私の発明ではない。ほかの警官がやっているのを見て真似したのだ。私なりにその意味を理解し、そうするのがふさわしいと思われたときにはそうした。いつもするわけではなかったが。するときもしないときもあった。そして、それは自分の率直な気持ちを映す鏡となった。銃を手放さないのは何かが私に手放さないよう告げているからだ、おまえは自分が思っているほどにはくつろげていない――そういうことだ。

＊＊＊

仕事もそれまでの生活も何もかもを手放したとき、新たな境遇に慣れるのには少し時間がかかった。銃の不携行もそのひとつだ。と言って、一番大きなひとつではない。私の場合、もうバッジを持っていないということのほうがより強く意識された。銃を携えているかどうかより、もう法の執行官ではないのだということのほうが大きかった。

銃を持ち歩かなくなると、自分がやけに無防備になったような気がした。それはよく言われることであり、容易に想像できることでもあった。同時に、肩の荷が降りたような気もした。私が官給品のリヴォルヴァーを最後に撃ったことには、もちろんわけがあった。が、撃った結果は複雑きわまりないものになった。

この件についてはまたあとにする。書かねばならないことだ。書くのが待ち遠しいことではまったくないが。

＊＊＊

アニタが二番目の子供を妊娠して、われわれはブルックリンから引っ越すことに決めたわけだが、ナッソー郡に引っ越したのは、子供部屋がもうひとつ必要になったからだけではなかった。私は悪くない給料をもらっており、残業代もしっかり稼いでおり、さらに私とパートナーには制服時代にも私服時代にも、ニューヨーク市とは関わりのない収入があった。だから、より広いアパートメントを探すこともできなくはなかった。が、売りに出される一戸建てに常に眼を光らせている身内がいた。義父だ。

その物件はブルックリンのベンソンハースト地区、ベイリッジ・アヴェニューにあった。義父の家から歩いて五分ほどのところだ。二層型住宅で、義父の友人の電気器具店の店主の所有物件で、その店主は店をたたみ、家も処分し、引退して、妻とフロリダかアリゾナに引っ越すことを考えているのだった。

買い得の値段だった。それはまちがいなかった。われわれは一階分を購入することになるのだが、すでに二階に住んでいる家族もちゃんとした人たちで、一階には居間と大きなキッチンと寝室が三つあった。ロケーションもよく、子供がひとり増えるわが家にはまさに持ってこいの家だった。

ただ、私としては妻の実家の近くにだけは住みたくなかった。実際のところ、妻の実家には週に一度夕食を食べにいっていたのだが、私にとってそれは少しでも口実があれば逃れたい夕食だった。また、仕事を終えてアパートメントに帰ると、義父母が来ていることがよくあった。

マイクに何かを持ってきたり、ナスとパルメザンチーズのパスタのお裾分けをしにきたりで。

彼らを嫌悪しなければならない何か特別な理由があったわけではない。それでも彼らがいなくても私は少しも困らなかった。私の眼に、義母はいかにもけちくさい人に映り、さらに人を操りたがる人にも思えた。義父のほうも好きにはなれなかった。何か証拠があったわけではない。が、私には彼が陰で義母に暴力を振るっているような気がしてならなかったのだ。繰り返すが、証拠はない。が、このふたりには感じられたのだ。呼び出しに応じてヴィンスとともにパーク・スロープの現場に向かうと、よく出くわした夫婦とどこか共通するものが。

何度も繰り返すが、実際のところはわからない。義父は飲んべえというわけではなかった。知るかぎり、アニタの実家に警察がやってきたなどということもない。義母の顔に暴力の跡――痣なり鼻の骨折なり――があったわけでもない。アニタに直接訊いたこともない。だから訊いて何か情報が得られたわけでもない。ただ、それとなく探りを入れたことは一、二度あった。

家庭内暴力の通報を受け、ヴィンスと現場に向かったあと、彼女にこんな話をしたことがある。「まさに驚くほどだよ。家庭内暴力がこれほどはびこっているとはね。見た目はまるで『ビーバーちゃん』と『パパは何でも知っている』（ともに五〇～六〇年代の人気ホームドラマ）を足して二で割ったような家族なのに、よくよく見ると父親がすぐに手を上げるやつだったりすることがなんと多いことか」

反応はなかった。だから、ただの私の妄想なのかもしれない。義父は見た目どおりの人物なのかもしれない。堅気の市民で、善き夫で善き父親なのかもしれない。私は無理やりそんな彼の粗《あら》探しをしていただけなのかもしれない。

マイケルが生まれたとき、彼とこんなやりとりをしたのを覚えている。「きみは約束したよね？　子供たちはカソリックとして育てるって」

約束していた。私も改宗すれば教区司祭は喜んだことだろうが、私が約束を果たしたことで少なくとも満足はしてくれたはずだ。ルター派の家に育った義父も私と同じことをしており、私に請け合った。「大したことじゃないよ。アニタはただカソリックの小学校にかよったというだけのことだ。それでなんの問題もなかった。いい学校だし。ただ、その年頃の子供は自分と同じ毛並みの子供とつるみたがるもんだけど、高校は公立だった。まあ、私のカソリックの妻にしたところが娘を尼にしようとは思ったわけでもないし」

そもそもそれはありえない、と私は内心思った。

「宗教なんてものは所詮たわごとだよ」と彼は続けた。「信じる必要なんでない。きみもきみの息子も。ただ信じてるふりさえしてれば、子供もそれを学ぶ。それですべてうまくいく」

義父ジョージ・レンバウアーはそんな打ち明け話をする男だった。それはともあれ、いったい私は何が言いたいのか？　証拠は何もない。今も生き残っている誰かの証言があるわけでない。それでも私はあのクソ野郎は妻を殴っていたと思う。

＊＊＊

私たちはすんなりサイオセットに引っ越した。サイオセットにはわれわれより数ヵ月まえに引っ越した、ハーブ・ポランダーという一年か二年先輩の同僚がいた。土曜日、彼は私たちを彼の家の夕食に招待して、裏庭でバーベキューをしてくれた。そのとき家の中を見せてくれ、近所も案内してくれ、学校の情報なども教えてくれた。そこに引っ越すまえ、彼の家族――彼と妻と子供ひとり――はマリン・パークの彼の妻の実家に住んでおり、引っ越したあともニューヨーク市警に届けてある住所はそこのままだった。「だからおれたちはまだブルックリンに住んでる」と彼は言った。「ほんとはもう住んでないけど。でも、そういうことをやるやつがどんどん増えてて、この近所もこれまで住んでた近所に似てきてる」

お巡りも同じ毛並み同士でつるみたがるということか。義父が言ったように。

引っ越しするのには迷わなかった。サイオセット以外どこも考えていなかった。ポランダーに紹介された不動産屋に五、六件の物件を見せられた。私にはどれもあまり変わらなく思えたが、アニタはその中のひとつを強く主張した。不動産屋は、五万ドルの売り値を十パーセント下まわる言い値でも売り主は売ってくれると思うと言って続けた。「ただし、区切りのいい値を持ちかけたりしないように。四万五千よりちょっとばかり低い額を言うといいです。たとえば四万四千六百九十三ドルとか。出せる額は最初からしっかり決まってるみたいに思わせるんです」

私は言われたとおり売り主に言ってみた、そんな小技に意味があるとも思えなかったが。結局、売り主は四万五千ドルならいいといい、私は私でそれでなんの文句もないと応じた。

＊＊＊

妻の実家を名義だけの住まいにすることもできなくはなかった。が、そんなことは思いもしなかった。かわりに以前住んでいたガーフィールド・プレースのアパートメントの大家に電話して、私が住んでいた部屋は今どうなっているか尋ねた。埋まっていた。が、大家は彼女の友達が所有する手頃な物件があると言った。すぐ近くのポラマス・プレース通りの角に。

借りると、そこはなんとも便利だった。着替えをそこに何着か置いたり、暑く長い一日には手早くシャワーを浴びたり、時には昼寝をしたりすることもできた。たまにシフトが重なったりしたときにはそこで仮眠を取って、通勤時間を節約した。

マディソン・スクウェア・ガーデンでのスポーツイヴェントなど、心惹かれる催しがニューヨーク市内でおこなわれるときにも便利だった。同僚と遅くまで飲んだときにも。終電車に乗り遅れたり、ハイウェーを走るには飲みすぎたりしたときにも。

誰かを連れて帰るのにも。誰にも遠慮は要らなかった。

＊＊＊

キャロル・ストリートの赤毛のドアをノックするつもりはもういっさいなかった。アニタと夫婦の誓いを立てたときに何かが変わっていた。赤毛とのいきずりの関係はどこまでも過去の出来事だった。

ヴィンスと一緒にノックしたドアを今でも覚えている。その向こうに立っていた女性も。老人の歩行者が轢き逃げされた事件の目撃者だった（犠牲となったその男は確か六十二歳だった。当時はそれぐらいの歳でも老人と呼んだ）。

われらが目撃者はわれわれを中に入れると、クッキーを出してくれ、われわれの質問に答えてくれた。が、有益な証言になりそうなものはひとつもなかった。彼女のアパートメントを出るなり、ヴィンスが言った。「気づいたと思うけど、あの女、もうおまえさんが触れなば落ちんみたいだったな」

彼女が実際に何か言ったり、意味ありげな視線を私に送ったりしたのだろう。ヴィンスにそこまで言わせるところを見ると、それはあからさまなほどだったのだろう。なのに私はまるで気づかなかった。

「それはつまり、おまえさんはもう現役選手じゃなくなったってことか」とヴィンスは言った。「さもなきゃ絶対気づいてたよ」

そのときはたぶんそうだったのだろう。が、私の場合、そのスポーツは野球よりフットボールかバスケットボールに近かったようだ。つまり、試合から一度退けばもう二度とその試合に出られないスポーツではなかった。そういうことだ。

＊＊＊

それほど何人もの女性をポラマスのアパートメントに連れ込んだわけではない。そこを借りていた数年のあいだに四人か五人といったところだろう。場所はどちらでもいいとなると、私は相手の住まいを選ぶことが多かった。そもそもそういう機会が何度もあったわけではない。女性を追いかけてはいなかった。そういう衝動によく駆られていたわけでもなかった。タマニー・ホールのあの政治家と似ている。チャンスがめぐってきたからつかんだ。それだけのことだ。

最初の機会はサイオセットに引っ越す数ヵ月まえに訪れた。その日は取り立てて言うほどのこともないシフトで、ほぼそのとおり日誌を書きおえると、同僚数人と飲みにいった。「そろそろ帰るよ」と私は同僚に告げ、当時住んでいたアパートメントに向けて一ブロックほど歩いた。そこで一軒のバーのまえで足が止まった。その店にはまえから興味を惹かれており、初めてはいってみた。そこである女性と話をした。話が進むうち、その女性はヴィンスと私が過重暴行で逮捕したヌケ作を弁護した弁護士の秘書であることがわかり、さらに私が公判で証言をしたとき、彼女も同じ法廷にいたということまでわかった。

「あなたが証言して」と彼女は言った。「わたしたちはもう終わったって思ったわ」

どこかの時点で彼女がジュークボックスに文句を言った。それに対して私はもっと静かな場所がいいと応じた。すると、彼女は鋭い視線を私の左手の薬指に向けていった。「その指輪は偽物？　それともあなたはほんとうに結婚してるの？」

私は答えた。「これはたいていの馬鹿を騙《だま》す小道具だ。でも、まがいものを見抜いたきみの慧眼《けいがん》には敬意を表したいね」

彼女はそのとき呆れたように眼をぐるっとまわしただろうか。たぶん。いずれにしろ、立ち上がると、店を出た。私は彼女についていき、彼女の家まで行った。一時間か二時間後、彼女は私の結婚指輪に触れて言った。「まあ、これが初めてじゃないみたいね」

実際のところ、私にとっては初めてだった。しかし、そんなことを彼女が知りたがっているとも思えなかった。

そのとき自分はどんな感情を覚えたのか、よく覚えていない。罪悪感？　そうは思わない。特別な一線を越えてしまったことは重々自覚しており、一番強く感じたのは自分が変わってしまったということだった。それまで私は妻に忠実な夫だった。その忠実さがそれまで試されたことはなかったものの。自分はもう今はそういうカテゴリーの夫にはいらない。そう思っていた。

アニタを傷つけたのだろうか。彼女が知らないかぎりそれはない。彼女が私から聞かされることもない。それだけは言えた。

＊＊＊

しかし、ポラマスのアパートメントを借りたのはそういうことが理由ではない。同じ女性を二度以上連れ込んだこともない。さきに書いたとおり、余分な時間ができたときに仮眠を取ったりするのに都合のいい場所だったのだ。長いこと車を運転して家に帰りたくない夜を過ごすのにも。

それでも、留守番電話を確かめるのにほぼ毎日寄っていた。

それはそこを借りたときには思いもよらないことだった。そもそものアパートメントに電話を引くつもりなどなかった。留守番電話をつけるなど言うに及ばず。制服警官から私服警官に変わった頃のこと、プロスペクト・パーク・ウェスト通りで起きた騒ぎを収めるために現場に向かったことがきっかけだった。

そこに臨場して売春婦やヒモや野次馬たちの話を聞くうち、私は多くの人が生まれながらに知っていることを改めて学んだ――それは人間は人間だということだ。これは警察学校で教えてくれる知識ではない。ブルーの制服を着て街場を歩きはじめると、天啓が降りてくるように理解されるものでもない。ただ、気づいたときにはすでに深く理解している。人間にはふたつのタイプがあることを――善玉と悪玉がいることを。
お巡りのことばで言えば、一般市民《シティズン》と宿な《スケル》しだ。

この感覚は制服時代に強化される。どこに行こうと、善玉は制服を見てほっとし、悪玉は眼が合うのを避け、それとなく逃げ道を探す。善玉と悪玉、一般市民と宿なし。そのふたつを見分けるのはさほどむずかしいことではない。だからいずれ、お巡りはその見きわめに準じた関係をその双方と持つようになる。

制服をクロゼットにしまい、〈ロバート・ホール〉で買った吊るしを着て歩きまわるようになると、そのあたりの事情が変わる。私の場合、制服を脱いでもやはりお巡りっぽく見えていたと思う。それはバッジと銃を警察に返しても変わらなかった。それから半世紀が経った今も私にはお巡りっぽいところがはっきりと残っている。それは私が人を見る眼つきに一番よく表われる、とエレインは言う。彼女によれば、人を見る私の眼つきは、相手を見る権利が百パーセント自分にあるかのような眼つきだそうだ。眼を向け、値踏みするのがまるで仕事のような。そういうことは昔ほどやってはいないと思うが、時々、自分でも気づくことがある。今のがそういう眼つきだと。これはもう私のこの世のあり方の一部のようなものなのだろう。

そうだとすれば、人をよく観察できて不思議はない。

私服警官になって、そうした観察を制服時代ほどしなくなったとは思わないが、それでも話す相手を善玉と悪玉、一般市民と宿なしにはっきり区別しなければならない機会は減った。ヴィンスも同じだったと思う。それは彼が人と話す態度に表われていた。人と言ってもその多くは売春婦か、たまたま出くわす彼女らのヒモだったが。ヒモの中には見るからにヒモというやつらもいた――馬鹿でかい紫の帽子とか、黒かミラーのサングラスとか、いかにも〈フィル・クロンフェルド〉で売っていそうなスーツとか、テイルフィン付きの車高の低いコンヴァーティブルとか。とはいえ、全員が同じというわけではもちろんない。ただ共通点がひとつあった。全員がヴィンスの言う〝ノルウェー人〟だったことだ。

もちろん、それには私が出会ったかぎりはという但し書きがつくが。ヒモがアフリカ系アメリカ人の専売特許ではないことぐらい私もすぐに学んだ。白人のヒモもいる。これはいくつかの情報源から聞いたことだが、ユダヤ教の教義を厳格に守っているヒモもいるそうだ。ブルックリンのボロ・パーク地区出身の敬虔なユダヤ教徒で、耳のまえの髪を長く伸ばし、顔じゅうにひげを生やして、ブルックリンのミッドウッド地区に建つ娼館で、六人の女を働かせていたそうだ。そんなやつがほんとうにいたのかどうかは別にして、少なくともそいつは長いことブルックリンの都市伝説の英雄だった。

いずれにしろ、私が理解したのは――広い心の持ち主なら私よりずっと早く理解しただろう

――売春婦もまた人間だということだった。彼女たちを働かせているヒモも。彼女たちのサーヴィスを求めて金を出す男たちも。彼らはみな与えられた手札でプレーしているのだ。そうして与えられた人生を生きているのだ。それぞれできるだけのことをして。

実際のところ、それ以外に人は何をしているのか？　私はこれまでいったい何度ＡＡの集会に出たか知れない。それが相当な数になるのだけはまちがいないが、そこで実に多くの人々の話を聞いてきた。彼らの多くが自らの両親について語った。そんな彼らの両親の中には、驚くほどのネグレクトや、信じられないほどの精神的、物理的、性的虐待を子供にする親がいた。

が、自らの親について語る人々の結論はおおむね決まっていた。父親は父親で、母親は母親で、あるいは両親は両親で、彼らは彼らでできるだけのことをしていたというのだ。この類語反復めいた言及は何も親だけにとどまらない。

実際、われわれは誰もみなできるだけのことをしているのだろうか？

とてもそうは思えない特異な例もある。男の首に膝を押しつけて窒息させたミネアポリスのあの警官もまた、できるだけのことをしていたのだろうか？　連続殺人鬼のテッド・バンディも？　ヒトラーも？

たぶん。たぶんこれは人間という生きものの定義の問題なのだろう。人は何をしようと、それがどれほど極悪非道のことであろうと、できるだけのことをしているのだろう、自分に与えられたものを使って。

いや、そうともかぎらない？　どうして私なんかにわかる？　三年目のラテン語講座も受けられなかった私なんかに。

＊＊＊

ともあれ、私服警官になって私は街場の人間とさらによく話をするようになった。売春婦やヒモや街角に屯《たむろ》しているような連中と。そして、彼らに伝えたのだ、私の関心は多岐にわたり、そんな私と情報を共有し合えば何かいいことがあるかもしれないと。

さらにわかりやすく言えば、私は自分でタレ込み屋をリクルートしようとしていたということだ。長年ブルックリンの街場を仕事場にしていたヴィンスはすでにかなりの数の情報源を確保しており、私もそれに倣ったわけだ。

しばらくは何も起こらず、時間の無駄かと思った。ただ、無駄な時間の使い方としては面白かったが。そんなある日、かなり低いレヴェルのマリファナの売人が私を横目で見て言った。

「この話、あんたにしてないよな?」そう言って、少しまえに起きた事件の容疑者の名前を教えてくれた。何者かが七番街六丁目の交差点で信号待ちをしていたビュイック・リヴェラに近づき、その車の運転者——同乗者はいなかった——の頭と胸に三発の銃弾を撃ち込むという事件があったのだ。目撃者はふたりいたが、犯人は近くに停車していた車まで走って逃げた。

体型は中肉中背、黒っぽい服を着た黒人だった。ふたりの目撃者から得られた情報はそれだけだった。逃走車についてもタイヤが四つあったということだけだった。被害者はアゾレス諸島にルーツを持つポルトガル系の男で、現場から半マイルほど離れたところにランドリーを一軒とドライクリーニング店を数軒持っていた。逮捕歴はなく、駐車違反で切符を切られたことがあるだけで、近所の評判が悪いわけでもなかった。ただひとり彼が吸う安物の葉巻のにおいに関する文句を言った女がいたが。

われわれがその事件を担当したわけではない。制服警官の二人組がまず現場に向かい、そのあと当該分署の私服警官の二人組が担当しても、捜査になんの進展も見られないことがわかると、そのあとはブルックリン殺人課に委ねられた。被害者にはなんの問題もないように見えた。結婚生活に妙なところもなかった。被害者を卑語で呼ぶ理由がある者もいなかった。被害者の頭を吹き飛ばす理由など言うに及ばず。

「まちがいだったんだよ」と私のタレ込み屋は言った。「ビュイック・リヴェラの男はまちがいだったのさ。コカインの取引きでふたり殺したやつがいたんだけど、そいつはリヴェラのやつじゃなかった。なのにヌケ作がまちがって殺しちまったのさ。そのくせそのヌケ作は報酬をもらいたがっててさ。誰がそんなやつに金を払う？　だから、そいつは今もまだ殺さなきゃならなかったやつを捜してる。たぶんそいつもリヴェラに乗ってるんだろうけど、今頃はもうジョージアかどこかにトンずらしてるよ」

そのときのタレ込み屋とのやりとりは今でもよく覚えているが、その事件に関して言えばそれだけわかれば充分だった。私は知りえたことを分署の刑事に伝えた。情報源を明かすことなく。その刑事はブルックリン殺人課のしかるべき刑事に伝えた。容疑者に関するタレ込みがないかぎり、解決不能の事件だった。セニョール・オリベイラと、彼を殺した男のあいだにはいかなる関係もなかったのだから。ともにできるだけのことをしていたこと以外、共通点もなかったのだろう、たぶん。

＊＊＊

私のタレ込み屋は銃撃犯の名前と動機だけでなく、そいつがよく姿を現わす場所も教えてくれた。逃走車の運転をしていた男に関する情報も。それでふたりはすぐに身柄を確保された。銃撃犯は凶器をまだ処分していなかった。殺すべきやつがようやく見つかったときのために取っておいたのだろう。そうして任務を遂行すれば報酬が得られると思ったのだろう。

共犯の運転手は状況判断を過《あやま》たなかった。裁判では銃撃犯に不利な証言をして、自らの罪を軽くした。銃撃犯について言えば、法廷で弁護士にこんなことを言うのが傍《はた》にも聞こえた。

「みんなに言ってやってくれ！　おれはまちがったやつを撃っちまったんだって！」

そんな弁護方針を弁護士が立てるわけもないが、タブロイド紙とローカルニュース局はそれに飛びつき、弁護士としては審理無効を申し立てるしかなかった。ただの大穴狙いながら。陪審にはサンドウィッチを注文する時間も要らなかった。判決は仮釈放なしの終身刑となった。まだ生きていれば、その殺人犯は今も服役中のはずだ。

＊＊＊

可笑しなことに、こうした正直すぎる自己弁護がその昔功を奏したことがある。西部開拓時代、十九世紀後半のこと、ある男が売春婦とホテルの一室にしけ込んでいたら、別の男がドアを蹴破って中にはいり、手にした二丁の拳銃の弾倉がともに空になるまでぶっ放した。ところが、男の撃った銃弾は、狙った相手にはあたらず、売春婦に命中して、売春婦は死んでしまった。その結果、その男は殺人罪で起訴された。

裁判でその男は売春婦を殺すつもりはなかったと主張した。彼女のことなど知りもせず、彼女にはなんの恨みもないと。判事はその男の言い分を聞き入れた。被告人には、被害者に危害を加えようとしたふしはいっさい見られないというわけだ。被告人が危害を加えようとしたのは彼女の客だったわけだが、その試みには完全に失敗した。そのことを考えると、被告人が犯した唯一の罪はホテルの部屋のドアを蹴破ったことである。ところが、被告人はそのことでは告発されていない。よって被告人は無罪。一件落着。はい、次！

実際にあったことなのかどうか、詳しいところはわからない。事実とするには都合がよすぎるように見えなくもない。それでも一理ないとは言えない。

＊＊＊

私はヴィンスに倣ってタレ込み屋を開拓したとまえに書いた。その結果、われわれは手柄を立てることができた。ヴィンスはそのことを大いに喜んだが、私には正直に言った、この件はすべておまえさんのおかげだと。「正直なところ、あいつのことはまったノーマークだったよ。売ってるのも安物のマリファナだし。そもそもちゃんと商売してるのか、ただラリってるのかも、はっきりしないようなやつだったし。あいつがラリってないところなんか見たことがない。眼のまえで起きてることとさえ気づかないようなやつだよ」

私は言った、私のタレ込み屋はいつもハイになっているのかもしれないけれど、傍が思うほどハイではないのかもしれないと。

「確かにそういう酔っぱらいもいるからな」とヴィンスは認めて言った。

いずれにしろ、そいつは何も見ていなかった。事件現場の近くにいたわけでもなかった。ただ、知っている女から聞いたのだった。そして、たまたま狙撃犯もその女を知っていた。

「よくある話さ」と私は言った。「こういうふたりが登場するのは。実のところ、その女はわれらがタレ込み屋の女だった。銃撃犯はそんな女に手を出そうとして、われらがタレ込み屋の恨みを買った」

私は手柄を得ると同時に、情報源を開拓することの大切さを改めて学んだ。誰が何を知っていて、何が捜査に有益となるか。そんなことは誰にもわからない。だからこの件ののち、私はこれまで以上に、捜査に役立つことを口にしそうな人々が集まる場所に顔を出すようになった。

これで私が証券取引委員会の調査官なら、銀行や証券取引所や会社の重役室にタレ込み屋を探しにいっただろう、そこで見つかる連中もきっと、売春婦や万引き常習者や酔っぱらいやジャンキーと同じくらい面白いやつらにちがいない。

もっとも、世界が変わると様子はまったく異なるかもしれないが。

勤務が明けると、私にとって酒を求めるのはごくごく自然なことで、求める場所が私服警官になって以降はますます怪しげな酒場になり、そういう場所で過ごす時間も長くなった。それが二時間ほどになる夜も、三時間を過ぎる夜もあった。

私は、妻とまだ幼い子供と過ごしていていい多くの時間を怪しげな酒場で怪しげな連中と過ごしていた。

これは仕事だ、と自分には言い聞かせて。実際、そうだった。残業申請することはできなくても。バーカウンターに放る金を経費にすることもできなくても。それでも払っただけのものはちゃんと受け取っていた。うまくすれば、有益な相手と関係を結ぶことができた。有益な情報を仕入れることもできた。何もなくても飲むことができた。そして、それが悪い考えに思えたためしが私にはなかった。

酒場でなければどこにいたか。家か?

人に訊かれ、そのときこちらも人と話したい気分なら、妻と一緒にいると幸せだし、結婚してよかったと思っている、などときっと私も答えただろう。札入れを取り出し、息子の写真を見せたりしたかもしれない。

その行為に嘘はない。真実だ。すべての真実と言えるかと問われれば、答は明らかにノーだが、それでも真実であることに変わりはない。

だったらどうして私は仕事のあとまっすぐ家に帰らなかったのか。それは少しでもいいお巡りになりたかったからだ。そのための時間だった。それは誰にとっても有益なことではないか？

＊＊＊

ポラマス・プレース通りのアパートメントの電話に取り付けた留守番電話は、今のヴォイスメールとは比較にもならない原始的なものだが、そのサーヴィスにつながると、私のこんな友好的な声が流れた。――「ハイ、只今電話に出られません。通信音が鳴ったら、名前と電話番号を教えてください。こちらからかけ直します」そのあと通信音が鳴り、電話をかけてきた者がそのあと何を話そうと最長五分かそこら録音された。

相手のメッセージを聞くには、その都度ポラマス・プレース通りのアパートメントに行って、ボタンを押さなければならなかった。聞いたあとは録音したままにもできれば消去することもできた。別の場所でもメッセージが聞ける留守番電話はその頃にもうあったのかもしれないが、私のにはそういう機能はなかった。

当時は、留守番電話につながっただけで驚く人が多かった。私の場合も最初のうちはたいていの人がメッセージを残さなかった。発信音のあと一分か二分黙っている人も多かった。何か起こることを期待するかのように。

あるとき――サイオセットに帰るまえにちょっと寄っただけだったと思うが――留守番電話の録音テープが丸々使われてしまっていたことがあった。かけてきたのは女性で、クウィーンズのマスペスにいる妹とどうしても連絡を取りたがっていた。ただかけている番号が私の番号で、まちがえたその番号に延々とかけつづけているのだった。それを繰り返すうち、忍耐力は薄れ、フラストレーションがどんどん溜まったのだろう。「只今電話に出られないって、あんた、言いつづけてるけど、でも、実際、出てるじゃないの、こうやって。ほんとに出られないのなら、なんでわたしがかけるたびに応じられるの？　この番号にまちがいはないんだから。この馬鹿女！　わたしは一生この番号に電話をかけつづけてきたんだから。まちがい電話にどうしてあんたが出られるのよ？　いったいあんた、どうしちゃったの？」

などなど。

当時、私は署から数ブロック離れたところにあった印刷屋に名刺の印刷を頼んでいて、そんな名刺を見て、ポラマス・プレースの私のアパートメントに電話をかけてくる人もいた。印刷は一度に百枚か二百枚かで、どちらにしろ最少枚数だった。書かれていたことも最小限だった。ただの三行――私の氏名、新しい電話番号、それに〝メッセージをどうぞ〟ということば。

名刺を配るのは、ブルックリン殺人課の刑事から名刺をもらったことがあり、私も真似をしようと思って始めたのだ。その刑事にはその後一度すら電話をした記憶がないが、それでもその刑事が私の知るかぎり名刺を持っている初めての刑事だった。私にはそれがすばらしいアイディアに思えたわけだが、サイオセットへ引っ越しするに際しては、そうしたことすべてが理に適って思えた――名刺をつくることも、アパートメントを持つことも、電話を引くことも、その電話に留守電サーヴィスをつけることも。

近頃は十歳を越せば誰でもポケットにひとつは電話を持っている。新人警官の全員がさまざまな必須アイテムを選ぶことができ、名刺をつくりたければ、警官のための必需品を売っている店に何百枚でも注文できる。

私の場合、たとえその番号に誰からも電話がなかったとしても、名刺をつくったこと自体いい考えだった。街角や酒場での多くのやりとりで、何かわかったら、あるいは何か秘密の情報が伝わってきたら教えてくれ、というのは刑事の常套句みたいなものだが、名刺はそんなときに、手に触れられるものとして大いに役立った。街角や酒場でのやりとりの翌日、何かを思い出したり思いついても、ポケットかバッグに名刺がなければ、そのまま何もなく過ぎしまうかもしれない。

たまに重要なメッセージが録音されていることもあった。

「ビリーだけど、今、駐車場にいる。来られるなら——」

「こっちの名前は名乗れないけど、でも、あの七丁目通りの件についちゃ、誰かがロジャー・マカルピンを調べるべきだよ。あののっぽのロジャーだ。ちょっと足を引きずって歩く。誰のことかわかるだろ?」

＊＊＊

サイオセットに引っ越して一年は経っていなかったと思う。巡査部長試験を受けたらどうかと人に勧められた。昇進したいなら受けなければならない試験だった。昇進はすなわちより高いサラリーを意味する。巡査には巡査共済会というものがあり、巡査部長には驚くなかれ、その名も巡査部長共済会というものがあって、部長刑事共済会のほうが巡査共済会よりいささか影響力を有していた。

最初は自分には縁のないことと思っていた。が、設問の例題をいくつか見て思った、これなら受かるかもしれないと。試験のために何週間か勉強しなければならないような設問もあった。が、大半は読解力を試す高校の試験問題と変わらなかった。そこそこ複雑なパラグラフを読んで、書かれていることの意味が理解できるなら、分署内での中心的役割を果たす機会を喜んで与えてあげよう。ニューヨーク市はそう言っていた。

私はヴィンスに話した。「ビル・ウォルシュに言われたよ、おまえは巡査部長試験を受けるべきだって。それも早けりゃ早いほどいいって。彼が勉強してたときに使っていた単語帳も貸してくれるって」

ウォルシュというのは七八分署の受付担当巡査部長で、大いに気さくな男だった。ヴィンスは言った。「単語帳とはね」

「ビルが言うにはそういうのが役に立つそうだ」

「おれもまえに一度見たことがある。巡査部長になれると思ったわけじゃないが。そもそもなりたいとも思わなかった。ほんの好奇心で見てみたんだ。読んでたら頭が痛くなった」

彼の言いたいことはよくわかった。警察の仕事とはなんの関係もない、ただ事実を羅列しただけの問題もあった――「スーザンはマークより年上だが、リタより若い。五年まえ、マークはシャーリーの年齢の1・5倍だった。リタの弟はシャーリーの妹より一歳若い――」

「おまえさんなら受かるよ」とヴィンスは言った。

「そうかな」

「ああ、そうとも。おまえさんにはそういう才覚があるよ。問題を解き明かす才覚がな。それでも、勉強しなきゃならないのは厳然たる事実だ。アニタにも協力してもらって単語帳を使って丸暗記すりゃいい。まあ、仕事中も勉強しなきゃならんか。そこはちと問題だが、それぐらいやらなきゃな。それに集中するんだ。椅子にしっかり腰を落ち着けて暗記すりゃいい」

「まあね」

「何が気に入らない？」

彼には私の気持ちがわかっていないようだった。

「おまえさんなら受かるって」と彼は言った。「それも楽勝で。それで巡査部長の肩書きがついたら、異動先のリストに載る。でもって、〝スカダー巡査、一二二署に巡査部長の空きができたんだがな〟って言われる。場所はスタッテン島のハイラン・ブールヴァードだ。なんでおれがそんなことを知ってるのかは訊かんでくれ。〝スカダー巡査、そこでよけりゃ赴任できるぞ。それともクウィーンの端っこあたりに空きが出るのを待つか？〟」

「いや、そういうことじゃ――」

彼は手を振って私のことばをさえぎった。「上のやつらがおまえさんをどこの分署に配属しようと、そんなことはどうでもいいことだよ、マット。サイオセットからかよいやすいかかよいにくいか、ただそれだけの問題だ。どっちみちその分署勤めは一時的なものだしな。警部補試験を受ける頃にはまちがいなくまた配属される。結局のところ、そこのところがすべてだ。自分を何者かに変えて、出世するっていうのが」

「あんたはあんまりいい考えだとは思わない？」

「いや、普通それがお巡りの生きる道だよ。おまえさん、ビル・ウォルシュは好きか？」

嫌いじゃない――と私は答えた――それほどよく知ってるわけじゃないが、悪いやつじゃないと思ってる。

「だったらビル・ウォルシュみたいになりたいか？　毎朝同じ時間に出勤して同じ机についていて同じ仕事をしたいか？」

私はそういうことはあまり深く考えていなかった。

「おまえさんとおれが今やってるのは」と彼は続けた。「市《まち》を歩いたり、車で流したり、ドアをノックしたり、ときにはドアを蹴破ったりなんてことだ。つまりおれたちがやってるのは〝お巡り〟の仕事だ。巡査部長や警部補や警部がやってるのは、そんなおれたちがちゃんと仕事をしてるかどうか、見届けることだ。巡査部長試験を受けて受かったら、その時点でお巡りではなくなって、お巡りのボスになる。それって大切な仕事だよ。組織を管理するやつがいなくなったら、おれたちは何もできなくなる」

彼はさらに話しつづけた。が、私には彼のことばが右の耳から左の耳へと素通りしていた。私は今自分たちがしていることとまるで異なる仕事――管理業務――をこなしている自分を想像していた。想像の中の自分はもうプロスペクト・パークを歩いていなかった。ミニマリズムの名刺を売春婦やヒモやジャンキーや分類不能の街場のヌケ作に配っていなかった。

そういう仕事のかわりに、そりが悪くなったパートナーの仲裁にはいったり、熱心すぎる駐車違反監視員に対する市民の苦情を聞いたり、葬式にでなければならない警官の朝のシフトを空けたり、ヨンカースで開かれる結婚式に出なければならない警官のシフトを組み替えたり……

「そのあとは」とヴィンスは言っていた。「だいたいのところケツの問題になる」

ケツ？

「どのケツを蹴飛ばし」とヴィンスは言った。「どのケツにキスするか」

政治。そういうこともまるで考えていなかった。しかし、それまた考えて当然のことだ。出世コースを選べば、当然その手のことも考えなければならない。ゲームに参加しなければならない。

そういうことは望まない、と私は言った。お巡りのままでいたいし、今自分がやっていることを続けたいと。次に誰かから巡査部長試験のことを尋ねられたら、興味がないと答えるよ。

ヴィンスは首を振って言った。「今おまえさんが言ったのは、家の仕事がもうちょっと楽になったら、本腰を入れて勉強するよなんて言ってるのと変わらない。おまえさんだって、なんの野心も向上心もない男だなんて思われたくないだろ？」

「たとえそうであっても？」

「いや、おまえさんはそういう男じゃない。それはちゃんとおまえさんの名刺に書かれてる」

「私の名刺にはただ名前と――」

「おまえさんの名刺には、非番のときには自分のタレ込み屋を集めてあれこれ情報を仕入れてるって書かれてる。まだ発生もしてない事件を解決するために。それが野心じゃなかったらなんだ？」

「私はただ家に帰りたくないだけかもしれない」

「家に帰らなくてもいい方法なんて、もっと楽なやつがいくらもあるぜ。くそロング・くそアイランドなんかに住んでるんだったら、寸暇を惜しんでゴルフコースに出てりゃいいじゃないか。でもって、勤務時間の半分はゴルフのことをくっちゃべって過ごすのさ」

「シモンズみたいに」と私はサム・スニードになりたがっている同僚の名前を出した。

「こないだあいつがなんて言ったと思う？　〝そこでおれはおれの九番アイアンをぶっ込んだわけだ〟」

「なんか卑猥に聞こえる」

「まったくだ。だけど、いずれにしろ、マット、おまえさんには野心があるよ。それをおまえさんが自覚していようといまいと。刑事になりたいんだろ？　そんなことは考えもしなかったなんて言わないでくれ」

「言わないよ」

「そうとも。巡査のおまえさんが何かにたまたま出くわすとする。何か面白かったり、重要だったり、込み入っていたりする何かに。でも、次に起きることはなんだ？　金バッジを持ってるくそったれにその事件を取り上げられることだ。〝巡査のきみ、ほんとうにごくろうさん。捜査の結果はきみにも知らせるから〟ってなもんだ。おまえさんが金バッジ持ちのくそったれになりたいと思うようになるのに、それほど時間はかからない」

しかし、どうやって金バッジ付きくそったれ刑事になればいいのかわからない、と私は言った。すると、彼は私がすでに知っていることを言った。金バッジになるのに試験は要らない。受験申込み用紙もない。

「要は」と彼は続けた。「今やってることを続けることだ。無理をしないで」

「わかった」

「それとあくまでクリーンでいることだ。おまえさんの履歴書に添付された推薦書なんてものは、おまえさんにちょっとでもマイナスのイメージができると、あっというまに消えてなくなる。酒場や街角に自分の時間を注ぎ込むのはいいが、面倒にだけは巻き込まれるな。あくまで飲むのが好きなだけのお巡りでいることだ」

「勤務中には飲んでないよ」

「一度もか？」

まあ、一度や二度は。ヴィンスにしても——

「おれはどこにも行きやしない」と彼は言った。「おれはパトロール警官のまま十年勤めあげるよ。追い越し車線も登攀車線も走らない。でもって、たまに飲むことがあったとしても、誰かにそれを注意されなきゃならないほどは飲まない。おまえさんも勤務中はビールをグラス一杯だけにとどめておくことだ」

「わかった」

「非番のときも破目ははずすな。おれの見るかぎり、おまえさんが酒に問題を抱えてるとは思わないが。けっこう飲むところは何度も見てるけど、おまえさんが千鳥足になったり、やたらと大声になったり、同じ話を何度もするようになったりしたことは一度もないからな」

「まったく、そう願いたいよ」

「それでも、心配しなきゃならないことがあるとすれば、家に帰るには、なんとかいうところまで長いこと車を運転しなきゃならないことだ」

「サイオセット」

「ロングアイランド・エクスプレスウェーはゆっくり走れ。これまで何度パトカーに停められた？」

「切符を切られたことはないよ」

「停められたのは一度か？　二度か？」

「二度だ。二度ともちょっとばかりアクセルを踏みすぎた」

「スピード違反か」

「一度は十五マイルほどオーヴァーしてた。もう一度は車の流れに乗れないくらいとろとろ走ってた。まあ、普通は捕まらないことだけど、あのお巡りにもノルマがあったんだろう」

「で、おまえさんは二度ともバッジを見せて謝った。そのお巡りはそのバッジに敬意を示してくれた。そういうことか？」

　そういうことだ。法の執行官になることには副次的利点があるが、そのひとつが交通違反の目こぼしだ。私の例は大昔の話だが、事情は今もさほど変わっていないのではないだろうか。停車を命じた車の運転手が同業者でも、交通警官はその運転手にも進んで切符を切るだろうか？　いや、たぶんそういうことは今でもしないだろう。

「何かにぶつけちまったり、ぶつけられたりした場合は」とヴィンスは続けた。「なんでもいい、どんなものでも。そういうときにはお巡りの絆も一気に弱くなる。なぜってそういう現場にどんなやつが来ようと、選択の余地はないからだ。東に向かう車線を西に向かって走ってたヌケ作にいきなりぶつけられても、やっぱりおまえさんも血中アルコール濃度検査をされる。で、基準値を超えちまったら、そこでもうアウトだ」

だから——制限時速は守れ。いかなる交通規則も破るな。お巡り同士の絆などくそ食らえと思っているようなやつに、いつ出くわさないともかぎらないのだから。そもそもニューヨーク市警が——いや、ニューヨーカー自体が——嫌いなやつなど掃いて捨てるほどいるのだから。だから常に気をつけておくべきこととして、なにより大切なこととして、これだけは覚えておくことだ——酔っていることが自分でわかったら、絶対に車を運転するな。どうしても家に帰らなければならないのなら、電車に乗れ。さもなければ、運転する時間を節約してアパートメントで寝ればいい。

そのためにこそアパートメントの家賃を毎月払ってるんじゃないのか？　留守番電話を取り付ける必要などなかった。電話応答サーヴィスでもよかった。だいたい酒場から連れ出したくなる女性の大半が自分の住まいを持っていた。緊急事態ともなれば、時間で貸してくれる安ホテルはいつでもどこにでもある。

それでも寝て酔いを覚ましたければ、身を横たえる場所がなくてはならない。

＊＊＊

いいアドヴァイスだ。それは聞くなり理解できた。だから心にとどめ、それに従った。

たいていのところは。

百パーセントではない。ウィスキーがからむとどんなことも百パーセントではなくなる。よく言われることだが、最初は人が酒を飲んでいるのだが、そのうち酒が酒を飲みはじめる。さらにそのさきの第三の段階——酒が人を飲む段階——まで行かなくても、へまをやらかす可能性などかぎりなくある。

人は時々やるべきことを忘れる。覚えていてもこれは例外だと自分に言い聞かせる。今夜だけは朝まで飲み明かそう。運転しないに越したことがないのはわかっているが、今夜だけは車で帰ろう。

今回だけは。

それでも処罰は免れた。覚えているかぎりヴィンスに答えたあと三回は路肩に停車するよう命じられている。一度は私のブルックリン管轄署内の道路で、二度はロングアイランド・エクスプレスウェーで。七八分署管轄内のときには、私の車を停車させた警官は、私の車に気づかなかったと謝った。ロングアイランド・エクスプレスウェーの場合も、同業のよしみでなんの問題もなかった。いい夜を、と言われただけだった。

ほかの車とバンパー同士軽くぶつかったこともあった。相手の車の男も少なくとも私と同じくらい飲んでおり、ぶつかったのは百パーセント自分の過失だと思っていた。実際には私のほうがたぶん六割方悪かったのだが。私は自分が警察官であることを明かした。すると、相手の男は私に逮捕されると思ったらしい。われわれは話し合い、互いにダメージは大したものでもないということにして、今互いにとって重要なのは、こんな事故などなかったことにするということで合意した。

それで彼は彼の道を進み、私は私の道を進んだ。それでもなんの支障も問題もなかった。

ただ、このバンパー同士のぶつかりは私に考えさせた。こういう事故が金バッジへの道の障害になる可能性は大いにある。制限速度超過は必ずしも警察官の身分を危うくするものではない。アルコールの呼気検査も同様だ。数値によっては問題になるかもしれないが、結局のところ、どれほどの実害があったのか。

が、今回、私は実際に車をぶつけた。大した損壊ではなかった。比べれば私の車のほうが被害は大きかった。それでも〝軽傷〟の部類だった。衝突とは言ってもその程度のものだった。

ただ、そのことから学ぶことは少なくなかった。その一件のあと、飲んだら決して車を運転しなかったとは言えないが、それ以降事故を起こしたことはない。交通警官の注意を惹くような運転をしたこともない。少なくとも、刑事になるまでは。刑事になると、いろんなことが楽になった。

車の運転は昇進の邪魔になることもある。が、運転を続けたら昇進できないというものでもちろんない。バッジを一度与えてしまったら取り上げるのはむずかしい。

いずれにしろ、私はついていた。

＊＊＊

そう、ついていた。

今日、九月七日は私の誕生日だ。この文章を書きはじめて十週間か十一週間、生まれてからは八十四年。誕生日の朝には何が食べたいとエレインに訊かれたので、私は通りの反対側にある〈モーニング・スター〉で食べたいと言った。私たちは外のテーブルについた。彼女はフレンチトースト、私はブルーベリージャムを添えたパンケーキを注文して、ふたりでシェアした。飲みものはオレンジジュースとコーヒー。フレンチトーストもパンケーキもエレインがつくるほうが〈モーニング・スター〉のコックのより美味いが、この店のブルーベリージャムはなかなかのものだ。太陽は照っていたが、ハドソン川からの川風があって、適度に涼しかった。完璧な朝とは言えなくても、そう言ったとしてもあまりはずれてはいない。

そのあと家に帰り、机について、コンピューターで昨日書いたものを読み返した。だいたいいつもそうしている。最後の文を読んだ——いずれにしろ、私はついていた。

そうかと改行キーを押して〝そう、ついていた〟と繰り返している。

さて、そこからだ。

時々、私は自分に思い出させる。起きていたかもしれないことを考えても意味がないと。なぜなら起こらなかったのだから。実際に起きたこと、昨日実際にあったことのみが今日という日に変わる。ほかに選択肢はない。星座にどんな運命が記されていようと、現在の現実が唯一の現実だ。

ジョン・グリーンリーフ・ウィッティアーの詩を引くまでもない。

話されたことばにしろ、書かれたことばにしろ、
〝だったかもしれない〟こそなにより哀しいことばだろう。

誰のことばだったのかも、正確な引用もグーグルの世話になったが、高校の英語の授業で教わったまま正確に覚えていた。調べたついでに全篇を読んでみた。リズミカルで調子のいい二行連句で百行を超えていた。男の子が女の子に出会う話で、互いに関して互いに秘密を持っているふたりは、永遠に別々の道を歩むが、ふたりともその秘密を乗り越えることができない。読み返すと、粗削りなところがめだつ。たぶんずっとそうだったのだろう。が、七十年まえと同様、私は今もその詩を批判的には読めない。

その詩はブレット・ハートという別の詩人——名前は知っていたが、読んだことはない——にとってはなかなか喚起的な作品だったのだろう。そのウィッティアーの詩のパロディを書いているところを見ると。ハートはウィッティアーの本歌取りをしながら、末永く続く男の子と女の子とお互いの絶望を後世に伝えている。

話されたことばにしろ、書かれたことばにしろ、〝だったかもしれない〟こそなにより哀しいことばなら、さらに哀しいのはわれらが日頃眼にすることばだ。そう、〝こうなるべきではなかった〟だ。

昔の人々はどうやって日々暮らしていたのだろう？　これだけは言える、グーグルもウィキペディアもなかった時代はそれほど生きにくい時代ではなかった。あらゆる枝葉、あらゆる脇道、あらゆる方角にあっというまに導くものなど何もなかったのだから。

＊＊＊

運についてもう少し考える。

もっと早く酒をやめていたらどうなっていたかというのは、ＡＡの集まりでむしろ定番の話だ。依存症を容認する気持ちがもう少し強く、否定するつもりがもう少し弱ければ事態はだいぶ変わっていたのではないか？

容認が否認を上まわった例は私の場合、二年ほどまえにまったく別の分野でもあった。耳鼻咽喉科を受診し、医者にも私にも少しも意外なことではなかったが、私には補聴器が必要なことがわかった。医院を出るまえにはもうひとつわかったことがあった。その二年ほどまえから使用していればよかったことだ。

「十年」とその耳鼻咽喉科医は言った。耳の聞こえの悪さになんとか対策を取ろうと老人がするまでにかかる平均年数がそれだそうだ。

そんなに長いあいだ、もっと大きな声で言ってくれと話し相手に頼んでいたとは思えなかったが、実際のところ、公の場のまわりの音が気になりはじめたのは、十年以上まえのことだったかもしれない。たとえばレストランなどで、いつ頃からかまわりの人々のざわめきしか聞こえなくなったのだ。映画やテレビでも会話が聞き取りにくくなった。イギリス英語は特に。

十年。私の場合、どれほど早く禁酒を勧められていればよかったのか。坐る椅子をバーのストゥールではなく、教会の地下で開かれる集会の折りたたみ椅子にしていればよかったのか。

なんだって？　もうちょっと大きな声で言ってくれるかね？　まわりがこんなにうるさくちゃ聞き取れないよ。

＊＊＊

再開する。
ここ数日、何かが私を机に向かわせなかった。八十四歳になって一週間。昨夜、私とエレインはレイ・グルリオウと一緒に夕食をとった。彼の家から数軒と離れていないところに――コマース・ストリートに――新しくできたレストランで。

レイは私とエレインがそれぞれの仕事を続けるより長く弁護士としてのキャリアを積んだ男だ。今は引退してしばらく経つ。それでも、彼の家には、今でも時々同業者がアドヴァイスを求めて訪ねてくるそうだ。「依頼人に対して説得力があるんだそうだ」と彼は言った。「ハード・ウェー・レイも同じ意見だ、と言えば。なんだかことばに箔がつくらしい。こっちはそれでこづかい稼ぎができる。私の意見にさほど価値があるとも思えないが」

われわれ三人だけの夕食だった。彼の一番最近の離婚がいつだったかも、一番最近の相手が誰だったのかも思い出せない。われわれはノンアルコール・ディナーのわりには長いことテーブルについていたのだが、そのどこかの時点で彼が明かした、自分は今、結婚と結婚のあいだ《ビトウィーン》にいると。家への帰り道、私とエレインはその彼の言いまわしについて話し合った。
「そもそも」と彼女は言った。「ふたつのあいだを意味する〝ビトゥウィーン〟じゃなくて、いくつかのあいだを意味する〝アマング〟と言うべきなんじゃない？　彼の結婚は一度や二度じゃ全然すまないんだから」

私は言った――そう思ったのなら、そのときそう指摘すればよかったのに。彼の文法的な過ちを指摘するのは万民の愉しみだよ。

「文法じゃなくて言いまわしの問題だと思うけど、そのとき気づいたんじゃないのよ。今気づいたの。それに結局のところ、彼のその言いまわしは正しかったのかもしれないんだから。次の結婚が予定されてるなら。わたしとしてもちょっと細かすぎたわね」

「きみがそう言うなら」

「でも、実際のところ、彼はどこにいるわけ？　〝ビトゥウィーン〟なの？　彼、また誰かとつきあってるの？」

「もしそうなら、夕食のときにきっと話題にしてたよ」

「けっこう真面目な段階になってても」

「あるいは、まだそういう段階でもなくても」

「自慢したくて。彼の場合、それもあるわね。でも、彼としてもどうしても皮肉っぽくならざるをえなかった。だから〝ビトゥウィーン〟なんて言い方をしたのよ、きっと。なのにどうしてわたしは彼を放っておいてあげないの？」

「それは彼のことがきみは心配だからさ」

「あんまり元気そうには見えなかった。なんだかおかしなことも一度か二度言いかけたし。そのたびに気づいて、言いつくろいはしてたけど。それでも——」

彼は私より年上だ。もっとも二歳ほどだが。いずれにしろ、お互いもう充分すぎるほど老人だ。だからそんなにしょっちゅう会っているわけではなく、会ったあとの別れぎわにはいつも思う、また会えるだろうかと。あるいは、次に会ったときには一方がもう一方のことをわからなくなってはいまいかと。

マクギネスとマッカーシーみたいになるかもしれないとも。

レイとのつきあいは私よりエレインのほうが長い。そのことにレイが気づいているかどうかは別として。その昔、彼は彼女の客だった。常連客ではなかったようだが、一度か二度彼女とベッドをともにし、ベッドサイド・テーブルに金を置いていったことがあるのだ。この話は、私が関わった事件で彼が重要な役を演じたことがあり、そのとき彼女から聞いたのだが、その事件が解決したときには私と彼は親しい友になっていた。

事件のときにエレインと会って、レイには彼女がわかったのだろうか？　なんとも言えない。そのことに関してふたりから何か聞いたこともない。そもそもそれに何か意味があるのか？

いやはや、まったく。

今朝、書こうと思って、机のまえに坐ることは坐ったのだ。そして、〝もし～なら？〟の世界に身を投じようとしたのだと思う。酔っぱらい運転で捕まらなかったことは果たしてよかったのか悪かったのか。そんなことを考えようと思ったのだ。しかし、そんなことにどんな意味がある？　起きたことは起きたことだ。

このパラグラフもまえのパラグラフもこのあと消すかもしれない。が、今のところはそのままにしておく。

今日はやめておく。

＊＊＊

しばらくのあいだ、金バッジは私の緑のゾウだった。

私が九歳か十歳か十一歳の頃だったと思う。父親がこんなことを言った。「十ドル儲けたくないか、マット？　ひとこともしゃべらず、身動きひとつしないで稼げる方法がある。このあと十分、緑のゾウのことを考えないでいられたら稼げる」

最近ではそういうのも〝おやじギャグ《ダッド・ジョーク》〟というのだろうか。しかし、そのとき私はまだ幼かった。だから緑のゾウのことを考えまいとした。もちろんできなかった。何かを考えまいとすると、人は何かほかのことを考えようとする。幼い私もそうした。ヤンキースのバッティング・オーダーを頭の中で書いてみたり、九九の7の段を心の中で唱えたりした。しかし、その間ずっといるのだ、くそったれゾウが。色はフォレストグリーンにしろ、ライムグリーンにしろ。長い鼻を振りまわし、大きな耳をぱたぱたさせているのだ……

七八分署でその姿を初めて見かけて以来、私は刑事になることをよく夢見ていた。当然のことながら、全員私より年長で、見るからに有能そうで自信に満ちあふれて見えた。まさに羨望の的で、同時に自分には手の届かない存在と思っていた。

ポラマスのアパートメントを借りて、電話には留守番電話を取り付け、名刺を注文したときにも、緑のゾウのことはむしろ進んで考えまいとした。その実、手に餌を持ってゾウの気を惹こうとはしているのだが。いずれにしろ、刑事になる一番の近道は私服警官としてまずはめだつことだと思っていた。

しかし、今から振り返ると、その考えは正しかったのかどうか。警察内で政治的に立ちまわる方法などきっと無数にあるだろう。が、私にはそうした方面の才覚も志向もなかった。あるいは時間も。ただお巡りでいることに忙しかった。

それでうまくいっていた。情報源を徐々に開拓することができていた。おもに勤務する分署内のものが多かったが、それだけでもなかった。そうした努力が実り、ある事件をヴィンスとふたりで解決することができた。『フレンチ・コネクション』とまではいかなかったが、大量のヘロインを押収することができ、何人も逮捕することができた。地方検事局が政治的にうまく立ちまわり、大物が何人かグリーン・ヘイヴンの刑務所送りにもなった。そういうことの起点は私とヴィンスにあるということで、われわれの評判は一気に高まった。新聞にも載った。一番注目されたのはわれわれから捜査を引き継いだ刑事だったが、それでもヴィンスと私の名前が新聞紙面を飾ったことに変わりはなかった。

そんなことのあと、私がある男を殺し、それで一気に局面が進行した。

＊＊＊

誰かを撃たなければならないとなったら、ルーフ・タガートほど撃ちやすい的《まと》もなかっただろう。出身はウェスト・ヴァージニア州のどこかで、ある新聞記事によれば彼の母親は〈アメリカ革命の娘（米国独立戦争当時の精神を継承しようとする女性団体）〉の一員だったとしてもおかしくない。ワシントン将軍の指揮のもと、トレントンの戦いに参加した者の末裔だということだったから。

私と彼の互いの人生が交わったとき、彼は三十七歳だった。彼のほうはその年月のうち十年はどこかの刑務所で過ごしていた。そして、わかっているだけで、ふたりの人間を殺していた。そのふたつの事件のひとつでは、証人が消えてしまった。死んだのか、それとも怖気づいて姿を隠したのか、それはどんな噂を信じるかによる。もうひとつの件では司法取引によって謀殺が減刑され、故殺が認められたのだった。

そもそも犯罪常習者だったのだろう。ひったくりなどを専門にやっていたのだろう。いわば大人が子供のランチ代をぶん取るみたいなことをして生計を立てていたのだろう。ただ、ルーフの場合、そういう犯罪がほんとうの欲望――性的な欲望――の代償行為になっていた。性犯罪者登録簿ができるのは一九九六年で、それは彼が死んで三十年もあとのことだ。まだ生きていたら、まず真っ先にそこに名前が載っていただろう。最初は十代の頃ののぞき見だった。そういうことを繰り返し、やがて自分がほんとうは何を求めているか気づくようになる。未成年との性行為をしたがっていることに。

そもそも子供が好きだった――いや、ことばを換えれば憎んでいたということか。対象は白人でも黒人でもよかった。男の子でも女の子でも。これはけっこう珍しい。こうした性的異常者はたいてい自分と同じ人種に固執し、対象の性別もどちらか一方ということが多い。が、稀に誰でもいい変態《イコール・オポチュニティ・パヴァート》もいる。このことばを聞くたび、私は今でも真っ先にルーフを思い出す。

夕刻のシフトを半分ほどこなした頃だった。ヴィンスと私はともに〈ロバート・ホール〉のスーツを着て、白と黒のパトカーで巡邏していた。そこへ無線がはいった。現在進行形の犯罪の通報だった――アパートメント・ハウスの一階の部屋から叫び声と銃声がしたというもので、住所はわれわれが走っていたところからほんの二ブロック先だった。今から急行する、とヴィンスが無線に応じ、伝えられた住所に着くと、パトカーを二重駐車した。建物のまえにひとりで立っていた女がわれわれに建物の中を指差した。

その女によれば、そこは廃ビルだが、不法占拠者が何人か寝泊まりしているということだった。われわれは銃を抜いた。そのとき私はまだ射撃練習場以外で銃を撃ったことはなかった。点検するとき以外、ホルスターから銃を抜いた記憶もなかった。いずれにしろ、銃を構えた。

それはいいことだった。なぜなら、建物にはいり、まず眼に飛び込んできたのが私に向かって銃を向ける男の姿だったからだ。

男はなんの躊躇もなく引き金を引いた。私は撃たれたと思った。何も感じはしなかった。音もしなかった。弾丸《たま》づまりを起こしたのだ。男はなにやら言った——たぶん「くそっ」とか——そして、銃を放り、そのあとおそらく降参のしるしに手を上げようとしたのだろう。が、男はもう脅威でもなんでもないというそのメッセージは、私の脳にはすぐに届かなかった。私はすでに銃で反撃する態勢にはいっていた。だから撃った。はずさなかった。

あとからわかったことだが、私の射撃は完璧だった。もっとも、それは射撃の腕というより運に左右されたのだろうが。実際の射撃というのはそういうものだ。私は狙いをつけたことも覚えていない。ただ銃を向けただけだ。そのあと反射的に引き金を引いたら、私の銃はちゃんと仕事をしてくれた。それだけのことだ。私が撃った弾丸《たま》は相手の心臓に命中しており、男の死は即死かそれに近いものだった。一瞬かそこら、キッチンの壁に銃声が反響するあいだ、私はヴィンスが撃ったのだと思った。撃ったのは自分だったことはあとからわかった。男が死んだことも。

ショック状態に陥っていたのだろう。ヴィンスが私をつかみ、私の手から銃を取り上げ、私のホルスターに戻し、椅子を引っぱってきて、私を坐らせた。その間《かん》ずっとしゃべりつづけていた——おまえがおれたちふたりの命を救ったのだと。おまえはやるべきことをやったのだと。そのあと深く息をひとつついてから、何も問題はない、すべてうまく行く。そう言った。

そして、舞台を整えた。ルーフ・タガートの体はそのままにした。両腕を脇に伸ばして仰向けに倒れたままにした。体の輪郭線をチョークで引く鑑識の仕事を楽にさせてやろうとするかのように。タガートの銃——私を殺そうとしてなんとも親切なことに弾丸《たま》づまりを起こしてくれた銃——は床をすべり、少し離れた床の上にあったが、ヴィンスはその銃のところまで行くと、手を伸ばしかけ、そこで考え直したらしく、足を使った。それから何年も経って、小さな子がサッカーボールをドリブルしているのを見て、不意にこのときのヴィンスのことを思い出したことがある。ヴィンスは銃を足で蹴り、彼の望む場所まで動かした。死んだ男の伸ばされた右手のそばまで。

このクソは床に倒れるまで銃を離さなかった——とあとでヴィンスは言い、さらに続けた。そう、おれは証拠を捏造《ねつぞう》したりしちゃいない。だって、何が起きたのか、それは眼と頭がちゃんとある人間にとっちゃ誰にだって明らかなんだから。なのにどうしてわざわざそいつらを混乱させるような真似をしなきゃならない？　おまえさんは銃をきちんとしまうべきところに戻した。決められたとおりのことをした。そう、この場にいたら、神さまだってきっとなさるだろうことをおまえさんはやった。誰に対してもそう言えばいい。

彼がアパートメントのほかの部屋も調べるあいだ、私はずっと椅子に坐っていた。が、彼がすぐには戻ってこないので、捜しにいった。すぐに署に報告しなければならなかった。だから、きっとヴィンスは使える電話を見つけて、報告しているのだろうと思った。こんな廃ビルに使える電話があるとも思えなかったが、あるわけがないと決まったものでもない。

彼が見つけたのはふたつの死体だった。女性と男の子の。女性は男の子の母親で二十七歳、男の子は十歳だった。ふたりの名前も覚えている。しかし、それをここに書くことで誰かの人生がより豊かになるものでもない。検死所見によると、殺されたのは女性がさきで絞殺だった。ただ、それは頭を強打されたあとのことで、意識はもうなかったのではないか、というのが検死医の所見だった。

タガートは男の子をかなり長いこと生き長らえさせた。そして、とことん自分を愉しませた。そんなどこかで男の子は死んだ。早すぎることなく。誰もがそう思うことだろう。

そのときヴィンスと私にわかったのは、寝室で眼にしたことだけだが、私は自分がその光景をそこでどれくらい観察したのか、どれくらい理解したのかまるで記憶がない。ただ、自分が撃った銃の銃声がこだまのようにまだ耳の中で鳴り響いていたのは覚えている。たぶん脳震盪を起こした高校のクォーターバックみたいな状態だったのだろう。

ヴィンスは私をつかむと、最初の部屋に連れ戻した。ひとりしか死んでいない部屋に。そして言った。「おまえさんの頭の中じゃクソみたいな声が聞こえてるかもしれない。よくあんな真似ができたなとか、よく人の命が奪えたなとかな。だけど、思い出せ。おまえさんはおれたちの命を救っただけじゃない。おまえさんは怪物を仕留めたんだ」

そう言って、ヴィンスは私をじっと見た。ちゃんと私に伝わったかどうか探るように。私は言った。「あの女性」

「子供の母親だ。そうにちがいない」

「そうじゃない」と私は言った。「この場所を教えてくれた女性だ。そもそも通報した女性だ。電話があるにちがいない」

ヴィンスはまじまじと私を見て言った。「おまえさんは年じゅう考えごとをしてるんだな。それよりおれが今からパトカーに戻って無線で連絡をするというのはどうだ？」

＊＊＊

彼が戻ってくると、こんなやりとりをした。

「坐ってなきゃ駄目じゃないか」

「いや、大丈夫だ。それよりわからないのが銃だ」

「なんだと？　いや、銃に関しちゃおまえさんはちゃんと対処した。あのクソがおれたちを撃つまえに撃ったんだから」

「あいつは弾丸《たま》を撃ち尽くした。あの女性はそう言った。少なくともそんなふうに聞こえたと。で、通報したんだと。だけど、母親も子供も撃たれてない。調べたんだ」

「寝室に戻ったのか？」

「薬莢があちこちに落ちてた。ここにも落ちてるけど。あれは一丁の銃の分じゃない。だから少なくともどこかで装塡し直したはずだ。なのにふたりはどこも撃たれてない」

「だったらこのクソは何を撃ってたんだ？」

私はシンクの左側の薄暗い隅を指差した。

「なんてこった。ネズミか？」

「ネズミが死ぬほど嫌いなやつもいる」

「で、このクソは銃に弾丸《たま》を装塡し直してまで撃った？　ただ一匹のネズミを殺すために？」

「まず寝室で見つけたんじゃないかな。寝室にも薬莢が落ちてるところを見ると」

「でも、死んだネズミはいなかった？」

「見たかぎりは。ネズミは一匹だけで、寝室で撃ちそこねたあと、追いかけてこの部屋に出てきた」

「でもって、やっとやっつけた。そのせいで通報があった」ヴィンスは死んでいるネズミをとくと見て言った。「いったい何発撃ったんだ？　おれだってネズミは好きじゃないよ。子供がいる家なんかにいるネズミは特にな。だけど、ネズミだって生きていかなきゃならない。家族を養わなきゃならない。もちろん、ネズミ捕りもありだよ。猫いらずもな。だけど、ネズミの体がばらばらになるまで機関銃で撃とうとは思わないね」

「あんまり銃の扱い方を知らないやつだったみたいだね」

「それで助かったな、マット。顔を見せてくれ。もう大丈夫そうだな、ええ？」

「ああ、大丈夫だ」と私は答えた。

＊＊＊

実際、そうだった。厳密にはなんらかのショック状態にあったのかもしれないが、アパートメント内を動きまわったことがかえってよかったのだろう。銃声の理由について考えたことも。私には見てまわる必要があり、考える必要があった。それはお巡りがしなければならないことであり、お巡りこそ私がならなければならないものだ。警察官こそ。自分が慌てて取った行動の結果に直面して、おたおたするヌケ作ではなく。

お巡りらしく振る舞うことで、また自分がお巡りらしく思えるようになった。その男は脅威だった。その男は怪物だった。そんな男が死んだのだ。誰が悲しむ？　そんなやつはくそ食らえだ。

私はまったくもって大丈夫だった。

＊＊＊

今は時代が変わった。射撃練習場以外で銃を撃ったら、二週間はデスクワークに就かされ、きわめて入念な内務調査がおこなわれる。誰かが死んだりしたらそれこそ大騒ぎになり、強制的ではないものの、精神科医のカウンセリングを受けることが強く勧められる。

しかし、私のこの話は……そう、六十年近くまえのことだ。銃は取り上げられたが、それはただ私の撃った銃弾がまちがいなく、ルーフ・タガートの左心室を撃ち抜いたことが射撃特性から判明するまでのことだった。供述は口頭でも書面でも取られ、その確認もすむと、精神科医を受診するかと訊かれた。私はその必要はないと思うと答えたが、受診を拒否することもしないと言った。

診察の予約を取った。その精神科医は大変高齢に思えた。それでも、今の私より少なくとも十五歳は若かったと思うが。フクロウのように見える眼鏡をかけ、パイプ煙草を吸っていた。壁には卒業証書と、カードテーブルについてソリティアに興じている道化の油絵が飾ってあった。

何を覚えているか、奇妙なものだ。医者の名前でもない。医者とのやりとりでもない。いずれにしろ、尋ねられ、私は現場で何があったのか説明した。ヴィンスと私がすでに報告したシナリオどおりに。タガートに銃を向けられ、ぎりぎりのところで私は発砲した。自分が陥ったショック状態にも少し触れた。フットボールで脳震盪を起こした高校生よろしく。この点についてはそのときまであまり話していなかったのだが、医者の表情に何かを見て取り、話す気になったのだろう。銃を撃ったあと呆然としていたが、犯人がネズミたち——あるいは一匹のネズミ——を撃っていたことを推理したことが心を平穏を取り戻す一助になったと明かした。

「なるほどね」と彼は言って、夢について訊いてきた。続いて、よく眠れるかどうか、酒を以前より飲むようになってはいないか、といったようなことも。夢は見ているのかもしれないけれど、覚えてはいない、熟睡できている、と私は答えた。酒は非番のときにたいていビールを一杯、時には二杯飲むけれど、それも変わっていない。そう答えると、彼はうなずいた。そういう答が聞きたかったのだろう。実際、そういう答をしょっちゅう聞かされているのだろう。そういう答を返す者たちの大半が嘘発見器にかけられないですんでいるのはいいことだ。

きみは問題なさそうだ、と医者は言った。ただ、遅延反応というのもあるので、何かあればすぐに連絡してくれとつけ加えた。そのあとはスポーツの話になった。医者は言った、ドジャースがニューヨークからロスアンジェルスに本拠地を替えてしまったことに今もまだ馴染めないと。「選手のことは好きなんだよ。オーナーのオマリーがブルックリンのファンを裏切ったのは選手の責任か？　もちろんちがう。だから選手は好きなんだけど、チームは嫌いになってしまった。でも、そんなことがどうして可能なんだろうね？」

考える種は尽きない。

昇進して一年か二年後――結婚生活はすでに下り坂になっていた――また精神科医の診察を受けようかと思ったことがある。が、ただ思っただけで受けることはなかった。診察にどんな意味がある？　よくてその老精神科医のメッツに対する心境の変化を聞かされるだけのことだろう。

＊＊＊

ルーフ・タガートを撃ったおかげで、撃ち殺したおかげで、私は金バッジがもらえた。

それは証明できることではない。実際、昇進したのは私とヴィンスがブルックリンのダイカー・ハイツで逮捕劇をひとつ演じたあとのことだった。われわれが逮捕したのは連続強盗犯の逃走中の容疑者で、その男に恨みを持つ女が私に通報してきたのだ。私から名刺をもらっていたことを思い出して。

そのあと、その女は容疑者に電話をして、自分が何をしたか伝えた。こうなるともう漫画の世界だ。実際、男が隠れていたアパートメントのドアをわれわれがノックしたのと、逃げようとした男がそのドアから出てきたのが同時だった。何が起きてもおかしくなかった。が、男はただひとこと言っただけだった、くそっ、と。それも困ったというよりむしろほっとしたといった口調で。パトカーに乗せるとこうも言った。「まったく疲れるぜ」弁護士が来るまで男が口にしたのはそれだけだった。

それはわれわれの見映えをさらによくする事件だった。と言って、新聞の見出しになるような事件でも、昇進理由になるような事件でもなかったが。ただ、私はそのまえにルーフ・タガートを撃ち殺していた。それは警察官として誰からも誉められる行為だった。現場の事後処理も完璧だった。そういうことがすべて、非公式の昇進リストに有利な条件として載ったのだろう。

それに加えて、われわれはダイカー・ハイツの強盗犯を捕まえた。だから、私が刑事に昇進したときには誰もがその件を口にした。ルーフ・タガートのことを持ち出した者は誰もいなかった。

＊＊＊

おかしなものだ。ルーフ・タガートのことなどもう何年も思い出すこともなかった。

書くという行為自体、おかしなものだ。今朝は彼について昨日と一昨日に書いたことを読み返すことから始めた。そこに書かれていたのはもちろん事実だ。必要なディテールだ。起きたのはずいぶん昔のことだ。それでも当時思ったことや感じたことを思い起こすのは、さほどむずかしいことではなかった。そのときの自分の思考と感情についてははっきりと自分に語れた。もっとも、自分に語る自分をどれほど信用していいものか、そこのところには大きな疑問符がつくが。

ただひとつ明らかな事実は、その廃ビルにはいるまで私は誰に対しても銃を向けたことなどなかったということだ。七歳の誕生日に買ってもらった水鉄砲を除くと。なのに、その廃ビルを出たときには私は人を撃っていた。人を殺していた。

おまけに私は武器を自ら捨てた相手を撃ったのだ。そのことを考察するのに紙幅を費やすというのもできないことではない。ただ単にすでに起こしはじめていた行動だったからなのか。だから、相手が武器を放棄したという情報を得たときにはもう、引き金を引かないわけにはいかなかったのか。それとも、相手が武器を放棄したという情報は、漠然としながらも伝わっていたのに、意識的にしろ無意識にしろ、それでも相手を撃つという決断を私はしたのか？

まえに書いたとおり、私はそのあとしばらくショック状態にあった。だからそのときどんなことを考えたのか覚えていない。いや、たとえ覚えていても、思い出せたとしても、それが事実かどうか自分でも信用できない。

そののちタガートについてわかればわかるほど――どんな男だったのか、どんなことをしたのか――自ら覚える疑問をますます容易に脇に追いやれるようになった。タガートがいなくなったことでこの世がより貧しくなったと思う人間などいやしない。そう思えた。

あらゆる人間の死が私を細らせる、なぜなら私もまた人間のひとりなのだから、とイギリスの詩人ジョン・ダンは書いた。彼の言いたいことは私にもわかる。わかりにくいことではない。とはいえ、だったら私はルーフ・タガートの死に細らされたかと言えば、それはありえない。彼の死に責任を感じて罪悪感を覚えたこともない。

＊＊＊

タガートのことは当時より今のほうが気になる。

「神は決してまちがわない」

私の知るかぎり、これはジョン・ダンのことばではない。もっとも、このことばに彼が反論するとも思えないが。実のところ、ＡＡの集会で何度も聞かされることばだ。そういうことを言う人間の存在そのものがこのことばの恰好の反証になっているような気もしないではないが、これまた言いたいことはわかる。

もしまちがうことがあるとすれば、ルーフ・タガートはその好例ということになるだろう。彼を悪の権化みたいに描くのは簡単だ。実際、彼の死を報じ、彼をそのように形容した新聞記者はひとりではすまなかった（その同じ新聞記者たちが私のことを将来が約束された、非の打ちどころのない完璧なお巡りとして読者に紹介した）。

悪の権化。それがどういうものなのか、何を意味するのかはわからない。ソシオパスがどういうやつらかは知っている。そういうやつらがこの世にいかに多いかということも。彼らは物事の善悪を知っている。可否も。それでいながら、自らの欲得のためなら、彼らにはそんなことはなんの意味もなくなってしまうのだろう。

そういうやつらの大半が刑務所にいる。が、中には会社経営をしているやつらもいる。政治や軍隊の世界で成功しているやつらも。

そういうことを考えると、ソシオパスはソシオパスで自らできるだけのことをしているのかもしれない。

タガートにしても自らできるだけのことをしていたのだろう。生まれながらにしろ、幼少期の育ち方にしろ、それらが彼の非人間性を増幅したのだろう。彼は彼で配られたカードで勝負していたのだろう。

そう、私と同じように。

私としてもいい加減このメリーゴーラウンドからは降りたい。私にはタガートになんの借りもないのだから。彼のことがあろうとなかろうと、いずれ私は刑事になっていただろう。あの男は私を殺そうとしたのだ。そして、そのときあの男の銃が弾丸《たま》づまりしなければ、あの男のかわりに私が死んでいたのだ。あのことを悔やんだことなど一度もない。

あのときも今も。

なのにあの男のためにこんなにことばを費やしてしまっている唯一の理由は、ことばを連ねては消したり加えたりを繰り返している一番の理由は、タガートが私の殺した最初の人間だからだ。

さらに言えば、彼が最後にはならなかった。

＊＊＊

刑事になれたことで私は興奮していた。

サラリーが上がったことも理由のひとつだ、もちろん。しかし、それは興奮の理由としてはかなり小さな部類だ。巡査が見つけた事件を実際に捜査できること、それがなにより大きかった。そういう仕事ができることについてはまわりから敬意が得られる。が、それだけではない。当時、ニューヨーク市警の刑事で自らの地位を誇らしく思っていなかった者など、ひとりもいなかったと思う。

ただ、いい面ばかりとはかぎらなかった。そのことは数日でわかる。私はもうヴィンス・マハフィとはもう一緒に仕事ができなくなった。

理解できない、と私は彼に言った。私は常に彼とともにいた。常に彼と仕事をしていた。タガートがいた部屋にはいったのもふたり一緒だった。ダイカー・ハイツのあの哀れなヌケ作を逮捕したのもふたりでやったことだ。われわれは常に一緒だった。マハフィとスカダーだった。ヴィンスとマットだった。最初はふたりともブルーの制服で、次はふたりとも〈ロバート・

ホール〉のボタンがふたつの安スーツだった。ふたりでいい仕事をしたのだ。

なのにどうして私だけが昇進するのか？

なぜなら、おれが刑事になるというのはあまりありそうなことじゃないからだ、とヴィンスは言った。まず歳ではねられる。勤続二十年のうち半分を超えて刑事になったやつがいるか？いや、歳は関係なくてもいい。歳はどうでもいい。要するに、おれは刑事になるタマじゃないってことだ。おれにはそういう資質がないってことだ。学歴もないし——

学歴？　何を言うかと思ったら。あんたも私も高卒じゃないのか？

——だったら向き不向きということでいい、と彼は言った。おれはお巡りでいられりゃいいんだよ。そもそもそれが望みだったんだから。お偉方はそれだけじゃ駄目だと言うかもしれないが、おれは自分の時間をお巡りでいることに注ぎ込められりゃ、それで満足なのさ。実際、野心なんぞ持ったことがない。巡査部長試験のことも、ブルックリン以外の世界のことも考えたことがない。もっと言えば、七八分署の管轄以外のこともな。

辞令を拒否するよ、とかなんとか私は言った。私も今のままでいいと。新しい階級は新しい分署を意味し、グリニッチヴィレッジのチャールズ・ストリートにある六分署が私の次の勤務先だとすでに知らされていた。グリニッチヴィレッジのことなど何も知らないのに、と私はヴィンスに言った。どうしてそんなところに行かなきゃならない？　私のタレ込み屋は全員七八分署の管区にいる。お巡りとしての私のすべての人生もここにある。そのすべてと金バッジを交換する？　辞令は引っ込めてもらって、あんたとここにいつづけるよ。

私としてもどこまで本気で言っていたのかはわからない。が、ヴィンスの反応は速かった。おまえさんは刑事になるべきお巡りで、おれはちがう。即座にそう言った。おまえさんと一緒に仕事ができなくなるのは淋しいよ。だけど、ぶっちゃけたところ、おれたちはお互い相手がいなくてもやっていける。

などなど。

彼が選んだキャロル・ガーデンズ地区の酒場でのふたりのやりとりは今でも覚えている。互いに深酒をしてもよさそうな場面だったが、実際には二杯ずつ飲んだだけだった。店を出て、言うべきことが何も思いつかず、私は彼に言った、あんたは最高のパートナーだったと。

「おれたちは互いにプラスし合える仲だった」と彼は言った。「でもって、一緒にいい時間を過ごせた。それより運転、大丈夫か？」

私は大丈夫だと答え、彼は自分の車に乗り、私も自分の車に乗った。運転するのは実際何も問題はなかった。が、その夜、なによりしたくなかったのが長い運転をして、アニタの待つ家に帰ることだった。考えただけで心が沈んだ。

その夜はアパートメントに泊まり、ヴィンスのことを考えることで夜の大半を過ごした。今後も連絡を取り合おう、と互いに言いはしたが、実際、私はどれぐらいそうするだろう？ 彼は？

われわれは友達でいつづけるだろう。そう思ったそばから私は思い直した。どうしてそんなことができる？ われわれは初めから友達などではなかったのに。われわれはパートナーだった。友達より親密なパートナーだった。多くの点で。われわれには共通の話題があり、話し合えることがたくさんあった。パートナーと友達は異なる。そのちがいについては今でも、これほど年月が経った今でも説明することはできないが。

いや、気にしないでもらいたい。それより私の結婚生活はすでに死に瀕していた。私の妻はたぶん浮気をしており、子供たちの成長は見ればわかったが、見てもわからないところで、彼らも私から遠ざかりつつあったのだろう。離婚をしなかったのはただそのほうが面倒ではなかったからだ。理由はそれだけだった。

＊＊＊

もう一度書き直す。

昨日は二時間ほどかけ、今日も一時間近く使って六分署での最初の頃のことを書こうと思った。刑事捜査班のリーダー、エディ・コーラーについて。一緒に仕事をした数人の同僚について。新しい職場に対する緊張について。そんな緊張は自然と消えたことについて。すぐに頭に浮かんだ事件のひとつやふたつについて。

が、書いたことすべてを今消した。

一度書いたら決して消すな、と言われている。書いたことが気に入らなければ、リターンキーを二度叩いて先に進み、別なことを書けばいいと。それでも、だ。悪すぎた。昨日と今日書いたのは私が言いたいことでもなんでもなかった。

書く必要があるのはこれだけだと思う――新しい職場にはさして苦労なく馴染めた。それだけだ。好きなやつとそれほど好きでないやつはいたが、みんなとうまくやれた。逆に誰とも固い絆で結ばれることもなかった。

生活水準は上がった。身にまとうスーツもそれまでは〈ロバート・ホール〉だったのが、ミッドタウン・ノース署のフィル・アイエロに〈フィンチリー〉に連れていかれて、グレードアップした。留守番電話もアパートメントに戻らなくても、どこか別なところにいてもメッセージを確認できるものに取り替えた。それをチェルシー地区の西二十四丁目通りにあった、家具付きアパートメントの電話に取り付けた。そう、新しいアパートメントの電話に。ポラマス・プレースのアパートメントよりずっと立地条件のいいアパートメントだ。しかも家賃はポラマスより安かった。大家に便宜を図ってやったことがあったのだ。面倒なテナントを無理やり追い出すという少々荒っぽい仕事だった。チェルシーのアパートメントは大家の返礼だった。

地下のある長屋造りの四階建ての建物で、一階部分は歩道から半階分上がったところにあり、地下は歩道から半階分下がったところにあった。私の部屋は地下だったが、窓がふたつあり、エントランスは専用だった。ただ、郵便受けに私の名前はなかった。賃貸契約書にも。ひと月百ドルという家賃が記された書類もなかった。

名刺は新しくした。が、電話番号は変えずにすんだ。義理の弟が電話会社で取り付け業務をやっている男を知っているやつがいて、たまたま私はそいつを知っていたのだ。で、何ドルかが何人かの手に渡り、その結果、私のブルックリンの電話は西二十四丁目通りの地下のアパートメントで鳴ることになったのだった。私の新しい留守番電話がメッセージを受けるのもそこだった。

自然のなりゆきとして、私はより多くの夜を新しいアパートメントで過ごすようになった。時にはひとりで。時にはひとりではなく。

＊＊＊

人生には変わり目というものがあると思うが、その変わり目が決定的に思えるときもあれば、そうでないときもある。

私の場合、武器を捨てた男に銃を向けて引き金を引き、撃ち殺したときが明らかに変わり目となった。しかし、その行為はその行為にしか連れていけないところへ私を連れていったのどうか。私とヴィンスがルーフ・タガートを生け捕りしていたらどうなっていたのか。結果は私が彼を殺したのとさして変わらなかっただろう。金バッジはルーフを殺さなくてもいずれもらえただろう。

ダニー・ボーイ・ベルに初めて会ったのも、私の人生の大きな転換点と言えるだろうか？そうだとしても、そのときのことを正確には思い出せない。すでに六分署勤務になっていたのはまちがいない。誰かに紹介されたのだ。トニー・カンツォネリの店で。マディソン・スクウェア・ガーデンでボクシングの試合を見たあと、観客がいかにも飲みにいきそうな店で。

改めて思い起こすと、それ以前にすでに誰かに紹介されていたような気がしてきた。私がまだ七八分署の私服警官の頃、誰かに彼を指差された場面が記憶にある。ただ、場所はマンハッタンだったはずだ。ダニー・ボーイがブルックリンまでやってきたとなると、それだけで驚きだからだ。また、それは夜のことだっただろう。なぜなら、ダニー・ボーイが昼間、カーテンをしっかり閉めた家から出ることは決してないからだ。

そもそも彼はめだっていたはずだ。初めて会ったのがどこであれ。彼みたいな見かけの人間を私は彼以外ひとりも知らない。そう、それがダニー・ボーイだ、みんながそう呼んでいる。歌みたいに。プロのタレ込み屋。もっとも、彼自身は自らを情報ブローカーと呼ぶかもしれないが。実際、彼の情報収集力は半端ではない。

知り合うようになると、われわれは互いに気が合うことがわかった。彼はジャズの大ファンで、ジャズに関する知識も豊富だった。私はそれほどではないにしてもジャズが流れている場所だと、基本的に快適に過ごせ、それに気づくようになると、自然とジャズへの関心が深まった。われわれはボクシング・ファンでもあった。マディソン・スクウェア・ガーデンでのある夜のこと、われわれはリングサイドでボクシングの試合を見ていた。ヴィンス・ショヨモというウェルター級の選手のセミファイナルの試合が始まると、高級スーツを着た黒人の男がしゃがれた声でショモにあれこれ声をかけはじめた。その黒人の顔には見覚えがあったが、ボクシング関係者ではなさそうだった。それでも、ショモはその男のことばどおりの動きをしているように見えた。

その男のかけたことばに意味があったのかどうかはわからない。が、ショモは第二ラウンドで相手を二回ダウンさせ、第三ラウンドの途中でレフェリーストップを呼び込んだ。試合を終えてショモが選手控え室に戻る際、スーツの男も付き添い、そこでダニー・ボーイに気づいたようで笑みを浮かべて男は言った。あの声で。「ダ《D》ニー・ボ《B》ーイ。あんたもこいつを応援してくれ」

「ああ、そうするよ、マイルス」

そのあとダニーは今のがマイルス・デイヴィスだと教えてくれた。そのときには私も気づいていたが。ショモがマイルスのお気に入りということだった。

ダニー・ボーイがよく姿を見せるバーが何軒かあり、彼を捜したいときにはそこにいけばよかった。が、ジャズクラブで偶然に出会うことのほうがずっと多かった。そういうときには必ずことばを交わし、彼が空いてる席を指差し、そこに私が移動して一緒にジャズを聞くことも時々あった。

彼には連れがいることもあった。女性がひとりかふたり。決まって魅力的な女性で、白人のほうが多かった。いわゆる〝アーム・キャンディ（男性の腕に手をまわして一緒に歩くアクセサリー的な美女）〟的な女性たちのような印象を受けた。そんなことばがあの頃からあったかどうかはわからないが（グーグルで調べてもいいが、あの大詩人のチョーサーも使っていたなどということがわかったら、なんだか心おだやかではいられなくなりそうだ）。

ある晩春の夜――もしかしたら六月になっていたかもしれないが、五月末だった気がする――いずれにしろ、私は途方に暮れていた。事件をふたつか抱えていたのだが、捜査にまるで進展が見られなかったのだ。ただ推移を見守るしかないといった状態で、苛立たしいことこの上なく、何か起きてくれることばかり祈っていた。要するに、ただ手をこまねいているしかなかったということだ。

サイオセットの自宅に帰るのにお誂《あつら》え向きの夜だった。が、それこそ私のなによりしたくないことだった。もうすでに数日続けて帰っていなかった。だからと言って、そのために帰巣本能が増すなどということはまったくなかった。

チェルシーのアパートメントに行った。が、そのとき初めて、そのアパートメントがいかにも地下室そのものという気分になった。じっと椅子に坐って、電話をかけられそうな相手を思い浮かべた。が、電話に手を伸ばすことさえしなかった。

私はアパートメントを出て、何軒かバーをはしごした。注文すらしないまま出た店もあった。どこの店でも一杯しか飲まなかった。はいった店はどこもうるさすぎるか静かすぎるか混みすぎているか空《す》きすぎるかしていた。その夜の私は、童話の『三匹のクマ』の家にはいり込んだ女の子より気むずかしかった。

何軒目かにハドソン・ストリートにあったジャズクラブにはいった。そこで私の人生が変わった。

＊＊＊

四人のミュージシャンのセッションの途中で、私はバーカウンターに席を見つけて彼らの演奏を聞いた。サックス――アルトだったと思う――とピアノを含むリズムセクションのバンドだった。バンドのメンバーをはっきりと思い出すことはできないが、強いて名前を挙げると、サックスを吹いていたのはルー・ドナルドソンだったような気がする。もっとも、これは記憶が私に言わせているのではなく、想像が言わせているだけだが。

飲みものを注文し、一口飲んでまわりを見まわすと、ダニー・ボーイがいた。小さなステージに近いテーブルについており、女性ふたりと一緒だった。椅子がひとつ空いていた。私が彼のほうを見ているときに彼がなにやら言い、女性ふたりが笑った。

彼らの輪に加わりたい。私も彼女たちの笑いを誘うことばを言いたい。何かが私にそう思わせた。それでもバーカウンターからすぐには離れなかった。誰かがトイレから戻ってきて、空いている席に着くのを待った。彼らに加わりたいとは思ったが、五つ目の車輪になろうとは思わなかった。

振り返って見ると、どうしてそのとき自分がそんなことにこだわったのかわからない。同じ店に友達がいることに気づいたときに、その友達が三人連れなのか四人連れなのかにどれほどの意味がある？　どっちにしろ、友達の眼をとらえたら挨拶をするのが普通ではないか。

しばらくのち、私は実際そうした。曲がひとつ終わり、ピアニストが次の曲を伝え、その演奏でこのセッションは最後になると言った。私は立ち上がると、もう少しめだつ場所に移動した。そこでダニー・ボーイが私に気づいた。私は手を上げてそれに応じた。彼も同じことをしたあと、手招きして空いている椅子を示した。私はその椅子に坐った。そのあとは四人ともミュージシャンに敬意を示して静かに演奏を聞いた。

最後の曲が終わると、ダニー・ボーイはウェイトレスに向かって手を上げ、指で円を描いて飲みもののおかわりを注文してから私をふたりの女性に紹介した——「彼はマシュウ。ニューヨーク市警の本物のお巡りさんだ」ハニーブロンドの女性はコニーで、黒髪のほうはエレイン。苗字は全員呼ばれず、私についてもただ警官だと言われただけだった。

「完璧なタイミングだな」とダニー・ボーイは言った。「マシュウ、次の演奏が始まるのは二十分後だけど、まあ、ミュージシャンは雰囲気を変えるのには三十分はかかると思うかもしれない。次の演奏はもちろん三十分待っても聞く価値のあるものだ。それでも、一緒にいる相手が愉しいやつなら時間なんてものはあっというまに過ぎる」

「役に立てるようなら嬉しいよ」と私は言った。

ふたりとも魅力的な女性であることは遠目にもわかっていた。着ているもののセンスもよかった。近づくと、ふたりの魅力度はさらに増した。われわれの会話はまず音楽から始まった。そのあとダニー・ボーイが別の話題を提供した。今となっては思い出せないが、何にしろ、彼が持ち出す話題がつまらないわけがなかった。

私は私でけっこう饒舌《じょうぜつ》になっていた。私の話すことに女性がふたりとも興味を示してくれているように見えることにも鼓舞されて。どこかしら言外の意味もありそうな会話になっていたような気がする。どう解釈するかは相手の自由といったやりとりだ。

女性のことはふたりとも気に入った。第一印象はコニーのほうが強かった。私の言うことにはどんなことであれ、いかにも熱心に聞いてくれているように見えたせいもあるが。そのうち私の関心はエレインに移った。エレインはいかにも一心に耳を傾けているというふうでもなかったが、その眼を見れば、私のことばを真面目に咀嚼《そしゃく》しているのがわかった。

十分ほど経ち、そのエレインが立ち上がって言った。「ちょっとお手洗いに」そう言ってコニーをちらっと見やった。コニーは黙って立ち上がり、ふたりともにテーブルを離れた。

「女性はよくやるね」と私はダニー・ボーイに言った。「男はあんまり――」

「いや、絶対やらない」と彼は言った。「それは小便をするときにしゃがむことと何か関係があるのかね？」そう言って、彼は自らを訝《いぶか》しむように眉をひそめてから言い直した。「このあとどういう展開になるのか、ふたりはそんなことを話し合いにいったのかもな」

それが当たっていた。帰ってくると、エレインが言った。「ダニー、すばらしい演奏だった。でも、わたしは音楽はもう充分って感じ。ここで帰ってもわたしのことを嫌いになったりしないわよね？」

大丈夫？　と私は訊いた。大丈夫、と彼女は答えた。でも、今言ったとおり、もう充分愉しんだわと。

そのあと私の手に軽く触れて続けた。「マシュウ、タクシーを停めてくれない？　まだそれほど遅い時間じゃないから、わたしだけでも停められると思うけど、でも――」

もちろん、と私は答えて立ち上がり、財布を取り出そうとした。が、ダニー・ボーイに仕種《しぐさ》で制された。私は彼とコニーに別れを告げ、エレインと並んで店の出口に向かった。その途中、エレインは私の腕を取った。

外に出ると、私はエレインに言った、タクシーを停めるまでもない、私の車があるから家まで送ると。彼女は言った、わたしの家は東五十丁目なんだけれど、あなたの帰り道から離れすぎてない？

まさに同じ方向だよ、と私は言った。

スプリング・ストリートの消火栓のまえに停めていた自分の車を運転し、東五十丁目通りに向かい、やはり便利な消火栓のまえに停めた。なんと言っても私はニューヨーク市警の刑事なのだ。ダッシュボードに置いて示せるカードがあれば、ニューヨーク五区内ならどこでも車を停められる。さすがにニューヨーク市長の家の前庭はまずいだろうが。

彼女のアパートメントに行くことは、私が車で送っていくと申し出るまえから決まっていたようなものだった。アパートメント・ハウスのドアマンは彼女を名前で呼んで挨拶した。「お帰りなさい、ミズ・マーデル」私たちは白と黒だけの内装のアパートメントにはいった。まるで雑誌に出てきそうな。

彼女はドアを閉めると、鍵をかけた。私たちは立ったまま見つめ合った。彼女の表情にはいろいろな感情が浮かんでいたが、その中には怖れもあった。いや、そう思うのは後知恵のようなものか。私が手を伸ばすと、彼女は私の腕の中にはいってきた。私たちはキスをした。

＊＊＊

行為のあと、私たちは話した。私は前日か前々日勾留した男の話をした。その男が訴えたアリバイはまず信じがたいものだったのだが、誰もの予想に反して真実だったという話だ。彼女のほうは彼女が見た芝居の話をした。見てがっかりした芝居の話だ。そのあと彼女はワインとチーズが出されるダウンタウンのある画廊のオープニング・パーティの話をした。こちらは当たりだった。その彼女の話に引っぱられ、私は彼女のアパートメントの居間に飾られている絵を話題にした。深紅の爆発のような抽象画だった。

彼女が一年まえに一目惚れした絵だった。まさに一目でわたしのアパートメントの居間に必要なものだとわかったらしい。毎日見ていても絶対飽きないことも。「実際に壁に掛けたときにはこうも思った。みんなこうやって始まるんだろうかって。気づいたら、全財産を絵に注ぎ込んでいることになるんだろうかって。でも、そういうことは起こらなかった。この絵みたいにわたしを捕まえた絵はまだ現われてないわ。あと、この絵が気に入っているひとつの理由として、この絵だけがこのアパートメントで白か黒じゃないところがあるかも」

「あときみ自身もね」と私は言った。

「そう、わたし自身も。そうよ、マシュウ、ユダヤ系のわたしも白でも黒でもないわね。あなたは、そう、みんなからはマットって呼ばれてるの？　ダニー・ボーイはマシュウって呼んでたけど」

そう、たいていマットと呼ばれている、と私は答えた。それでも、きみにマシュウと呼ばれると、なんだかいい気分になる。

「略式にしないほうが親密さが増すこともあるし」そう言って、彼女はただ「マシュウ」と口にした。そのあと沈黙がかなり長く続いた。私の腕に手を置いて彼女が言った。「このことを心配してたのよ、わたし。マシュウ、わたし、とても愉しいときを過ごしてる」

「私もだよ」

「どういうことになるのか見てみたい。どうにもならないことはわかってる。あなたは結婚してるんだし、わたしはあなたがこの世で誰より見つけたい相手とは言いがたい。誰かの結婚生活をめちゃめちゃにするのが、わたしにとってこの世でなにより愉しいことってわけでもない。まったく。いいかしら、聞いてくれる？　運の悪いマシュウ、あなたが今なによりしたがってるのは服を着たらさっさとここを出ることよ」

私は待った。

彼女は言った。「それとも、もしかしたらわたしたちには話し合うべきことがあるのかもしれない。たとえば、どうやればお互い同じ〝ページ〟にいられるかとか。つまり、わたしにはあなたが警官だってことがわかってるけど、あなたにはわたしがなんなのかわかってない。それともわかってるの？」

「正直な想像を言えば――」

「言ってみて」

「専門的な仕事をしてる《ユー・アー・イン・ザ・ゲーム》？」

ありそうにないアリバイを主張したヌケ作の話をしたとき、彼女が軽く声をあげて笑った声はさきほど聞いていた。が、今度の笑い声は心の底から思いきりあげた笑い声だった。その声が聞きたくてまた彼女を喜ばせたくなるような笑い声だった。

「なんなの、それ！」と彼女は言った。「わたしはまだ最初の文を考えてるところなのに、あなたはもう一ページ全部書いてくれた。そして、完璧な尋ね方をしてくれた。〝専門的な仕事をしてる？〟。わたしがもしそうじゃなかったら、わたしにはあなたの質問の意味がわからなかった。だからあなたのその質問を悪く取るわけがない。でも、どうしてわかったの、マシュウ？」

略式にしない親密さ。「まあ、私は刑事だからね」と私は言った。

「休むことのない探究心の持ち主ってわけね」

「きみたちのテーブルに行って、きみとコニーを近くで見たときの第一印象はモデルだった。いかにもそんなふうに見えたし、着ているものもそれらしかったし」

「でも、そのあとわたしたちの生まれながらの淫らさがにじみ出てきた」

「きみはモデルでも全然おかしくない。でも、コニーは今のファッション業界としてはちょっとグラマーすぎる」

「おっぱいとか？」

「それとモデルというのは私には常に満足していない人種に思える。今の自分は充分魅力的と言えないいんじゃないかなんていつも心配してたり、食べることに神経質になりすぎていたり」

「〝今日のランチ、わたしはすごくいい子だった。だってリンゴと浣腸だけだったんだから！〟とか」

「それ、笑える。いずれにしろ、次に思ったのはショービジネスだ。女優とか、ダンサーとか、その類いだ」

「でも？」

「でも、ダニー・ボーイが私に何か訊いたときのことだ。その質問に私はけっこう時間をかけて答えた。そのときのきみたちの聞き方に気づいたんだ。特にコニーは私の眼を見つづけ、私が答える一語一語に耳をすましていた」

「プライドの高い女優はそんなことはしない?」

「いや、そういうことじゃなくて、すぐに気づいたんだよ、コニーはほんとうは聞いちゃいないって。いや、もちろん注意はしっかり向けてるように見えるんだよ。そういう見かけに関するテストがあったら、彼女はきっと高得点を取るだろう。実際のところ、彼女は相手の話を真剣に聞いているように見せるのが実に巧い。でも、彼女のほんとうの関心は彼女の眼が示すほどには相手の話に向かってない。そういうことだ」

「それってとっても面白い。だったらわたしは? それともあなたはコニーだけに注意を向けてたの?」

「きみはほんとうに聞いていた」と私は言った。

「それとも、人を騙すことにかけたらきみはコニーの上を行っているのか」

「それはないわね。わたし、聞き入ってた」と彼女は言った。「あなたがテーブルにやってきたときから思ったのよ。この人はお巡りだって。ダニー・ボーイがひとことも言うまえから――」

「すぐわかった？」

「一瞬で。あなたの眼、あなたの歩き方、あなたの全身から受ける……なんて言えばいい？　そう、オーラ。あなたは潜入捜査官向きのお巡りさんじゃないわね」

「型通りのお巡りか。まあ、悪徳警官の真似もできなくはないけど」

その軽口に彼女はまた思いきり笑ってくれた。「そうやってわたしはこのハンサムなお巡りさんを見て、あなたの指の指輪を見て、あなたの眼の表情を見て、わかったのよ」

「何が？」

「あなたとわたしは今夜わたしの家に来ることになるって。で、ふたりとも運がよければ、ここに来た目的を果たして、あなたはさっさと服を着て、わたしの人生からいなくなる。そして、ふたりはともに愉しい思い出のひとりとなる」

「それがきみの望みか？」

「いいえ」と彼女は言った。

わたしの望みはたぶん叶わない——と彼女は言った——たとえあなたの望みがわたしの望みと同じでも。わたしはこのままでいい。幸せな結婚をしているお巡りさんと自分の仕事を愉んでるコールガールのままでいい。あなたはわたしのボーイフレンドということで。今のこの現実からわたしを連れ去ってほしいとは思わない。あなたをあなたの今の現実から連れ去ろうとも思わない。あなたの奥さんと子供からはなにより。でも、自分にとって大切な誰かがいてくれるというのはいいことよ。こんなふうに夜を一緒に過ごせる相手がいるというのは。ベッドの中でも外でも親密でいられる相手がいるというのは。

高校三年以来彼女にはボーイフレンドはいないということだった。で、そのボーイフレンドはあまり賢くない男だった。が、それがわかったのが、ちょうど彼女が妊娠してしまったときだった。だからそのまま行けば、そのボーイフレンドと結婚していただろう。彼女のボーイフレンドは〝そういう類いの〟あまり賢くない男だった。が、彼女が幸運だったのは、妊娠のことをヴィッキおばさんに相談できたことだった。ヴィッキおばさんにはある人物を知っているいとこがいて、その人物のおかげで、手早く面倒なく彼女は中絶できた。

その二年後には、彼女はミッドタウンにある会社で働いていた。そんなある日、カレンという同僚とランチを食べていたときのこと、着ている新しいカシミアのセーターをカレンが自慢した。そのとき何かがエレインに尋ねさせた、あなたのサラリーでどうしてそんな贅沢ができるのかと。

「デートをするのよ」とカレンは言った。「わたしってとっても優秀なデート相手なの」

カレンがなんのことを言っているのかエレインが理解するには数秒かかった。が、それはあくまでほんの数秒だった。そして、なにより彼女にとってショックだったのは、カレンが何を言っているのかわかっても、自分がいかなるショックも受けていないことだった。むしろ興味を持った。と言っても、引き出しをカシミアのセーターでいっぱいにしたかったわけではない。したかったのは育った家を出ることだった。嫌いな仕事を辞めることだった。寝室が三つでスキップフロアのある家と、もう少しで結婚しかけた男とさして変わり映えしない夫とともに郊外族になる以外、なんの面白味もない未来から逃げることだった。

カレンは彼女にデート相手を引き合わせてくれているリタにエレインを紹介してくれた。その二日後、仕事場に電話がかかってきた。エレインは上司に頭痛を訴えた。会社からホテルまで五、六ブロック歩いていけなくもなかった。が、彼女は自分に言い聞かせた、今のわたしはタクシーをよく使う人のひとりじゃないの、と。「〈シェリー・ネザーランド〉」と彼女は運転手に告げた。行き方を説明する必要はなかった。

客はホテルの備え付けのタオル地のローブを着ていた。シャワーを浴びたところのようで、彼女はその点については快く思った。しばらく話をした。男はどんな仕事かは明らかにしなかったが、商用でインディアナポリスから来ているということで、ニューヨークへの出張はしょっちゅうあると言った。そのあと、服を脱ぐかと訊いてきた。彼女は脱いだ。彼女の裸を見て、男はすごくきれいだと言った。誰にでもそう言っているのだろう、と彼女は思った。いちいちそれを口にはしなかったが。男は椅子の背にもたれ、ローブのまえをはだけた。何を望んでいるのか考えるまでもなかった。彼女は男が望むとおりのことをした。

男から金を受け取る必要はなかった。金は直接リタに支払われ、その中から取り分をもらうことになっていた。服を身に着けると、彼女はやさしい笑みを男に向けて言った。またいつか会えるといいわね、と。男はやさしいことを言うんだな、と言い、「これはきみに」と紙幣を一枚彼女にくれた。あとで見ると、五十ドル札だった。

彼女はうしろを振り返らなかった。貯金が貯まるとすぐにマレーヒルのアパートメントに引っ越した。そして、そのアパートメントの一年契約が切れる頃には五十丁目通りのアパートメントに引っ越す準備がもうできており、私と出会ったときにはそこにすでに三年住んでいた。

その時点でもまだリタ経由で客を取ることはあった。が、彼女の客の大半はリピーターとリピーターに彼女を紹介された客だった。

彼女にヒモがいたことは一度もない。ヒモのいる売春婦の知り合いは何人かいたが、その全員がなにかしら精神的な問題を抱えていた。問題自体は人それぞれだったが。そして多くが麻薬をやっていた。彼女は麻薬に魅力を覚えたことは一度もなかった。だぼだぼのスーツに紫色の帽子をかぶっているようなアップタウンのヒモにピアスを買い与える以上に、麻薬などやる気になれなかった。マリファナを二、三度試したことはあった。コカインも。どちらも自分向きのものでないことはすぐにわかった。実際のところ、アルコールもそうだった。ワインはグラスに一杯飲むことはあったが、それが二杯になることはまずなかった。

それが彼女という女性だった。私としてはそういうことまで知る必要はなかっただろう、たぶん。が、彼女は心のどこかでなんでも話せる相手を探しており、私がそんな相手候補に見えたのだろう。その彼女の判断は正しかったのだろうか。それはいずれわかる。

私はどう思ったのか。

私は言った。「ふと思ったんだが、私がタオル地のローブを着ていたとする。きみが行くような高級ホテルの――」

「〈シェリー・ネザーランド〉のような?」

「ああ、そういうホテルの。でもって、私はそういうローブのまえをはだけるわけだ。そういうことをしたら、私はどういう気分になるんだろう?」

「きっと愉しい気分になると思う」と彼女は言った。「ふたりとも愉しい気分になると思う」

＊＊＊

実際、たいていそうなった。

週に一回か二回。たいていタートルベイ地区にある彼女の黒と白の内装のアパートメントだった。一時間のこともあれば、一晩のこともあった。私が電話をかけて今ひとりかどうか、ひとりなら今誰かと一緒に過ごしたい気分かどうか尋ねる。行くと、ドアマンは私がミスター・スカダーであることを確かめる。

エレインのほうから電話してくることもあり、そういうとき彼女は留守番電話に、いとこのフランセスに電話して、というメッセージを残した。が、それはそうしょっちゅうあることではなかった。だから、その後、何年も経ってそういうメッセージが留守番電話に残っていたとき、私にはすぐには誰からのメッセージかわからなかった。

彼女が〝コミット〟しているときに私が電話をかけてしまうこともあった。そう、彼女は〝コミット〟ということばを使うのが好きだった。だから、電話をかけても留守番電話が出ると、私は思ったものだ、彼女は今シャワーを浴びているのだろうか？　美容院に行っているのだろうか？　それとも、衣料業界の男と〝コミット〟しているのだろうか、と。

あるいはどこかの弁護士と。彼女の客には法曹関係者が多かった。

そういう状況をあの頃自分はどう思っていたのか。複雑な気持ちだったのはまちがいない。が、ひとつはっきりと言えるのは、できるだけ考えまいとしていたことだ。あの頃の酒の飲み方がそれだった。そもそもボトルに詰められているのは、そういうことを人に許すためのものではないか。

ジョー、おかわりにダブルにしてくれ。今、頭からどうしても追い出したいことがあってね。

何十年も経った今、自分が何を思っていたのか、思い出すのはむずかしい。自分を誇らしく思うところはあった。それはまちがいない。私より金持ちで社会的にも成功した男たちが金を払ってしてもらっているのである、私には彼女が進んでしてくれることを。しかも彼女は頭がよくて話していて愉しい美人なのだ。そんな女性がわざわざ私と会ってくれているのだ。

だから私は自分が誇らしかった。自分の運のよさにも重々気づいていた。

同時に、モラル的にもすぐれていると思っていた。いや、それはちがうか。少なくともそれは正確ではない。金を払わなければよりモラル的にすぐれているというものでもないだろう。

そう、できるかぎり考えまいとしていた。それはつまり、必ずしもそんな自分自身に満足していたわけではないということだ。というか、現実の自分が居心地悪かった。私は自らの結婚生活が崩壊していくのをただ手をこまねいて見ていた。私は情ない父親であり、さらに駄目な夫だった。程度を超して酒を飲んでいた。そして、そのことを深く考えまいとしていた。深く考えざるをえない日がいつかは必ず来ることを考えまいとしていた。仕事もいい加減になっていた。お巡りなら誰でも学んで実践する範囲内の違法行為もするようになっていた。範囲を超えたことも少し。それでもうまくやりおおせていた。いつかは腰を落ち着けて考えなければならないことなのに、ずっと先延ばしにしていた。二杯目の酒に許してもらって。

それでも、私が身を置いていたのは法の側だ。言うまでもない。私のモラルはかなり融通の利くものだったとしても、そう、彼女のやっていることを改めて考えたことはなかったのだろうか。彼女は彼女の家の寝室で男に金を払わせるたびに法律を破っていた。上品な暮らしをしてはいたが、その上品な暮らしはおよそ上品とは言えない仕事で支えられていた。彼女は多くの妻が夫にもやらないことを見知らぬ男相手にやっていた。私は完璧な夫にも完璧な父親にも完璧なお巡りにもほど遠かった。それでも、夫であり父親でありお巡りだった。そして、彼女は淫売だった。

今になってことさら思い起こしたいことでもないが、当時もそういうことをしょっちゅう考えていたわけでもない。しかし、考えないですむことでもなかった。だから時々、心に浮かんだ。そのたび追い払った。

いずれにしろ、会うとたいてい愉しかった。会うと実際よりことは簡単に思えた。ふたりでクラブに出かけ、いい音楽を聞くこともあった。お互いよく話した。お互い少しは嘘もついただろう。が、多くはなかっただろう。

今にして思うと、私はそれまでどんな女性に対しても、常に自分を抑えてことばを発し、自分を少しでもよく見せようとしていたような気がする。結婚がその一番いい例だ。それでうまく行くあいだはうまく行っていた。アニタが望む人間に見せかけることが私にはできていた。エレインが相手のときにはそういうことをする必要がなかった。そして、私が自分を彼女にさらせばさらすほど、彼女はそんな私に興味を持ってくれた。少なくとも、わたしにはそう思えた。

＊＊＊

今朝はコンピューターのまえに坐るのが少し遅れた。朝目覚めるなり、気になることがあったのだ。で、朝一番にしたのが本棚から本を一冊取り出して、それを持って椅子に坐ることだった。私が主人公の一冊で、シリーズ中頃の作品だ。けっこう起伏のある展開のスリラーで、かなりの人間が死ぬのだが——ネタバレ注意！——私とエレインが再会を果たす一冊だ。

その本の中には、それより何年かまえの私たちの出会いも、その後の再会も描かれている。が、事実とは少しちがう。本の中では、私がダニー・ボーイのテーブルに行くのは、ダウンタウンのジャズ・クラブではなくて、ダニーのお気に入りの店のひとつ〈プーギャンズ・パブ〉になっている。ほかにも事実と異なるところがある気がして、実際に本に当たってみたくなったのだ。実際、そういうところはあった。だいたいのところ、どれも些細なことだが。たとえば、エレインのアパートメントの居間に掛かっていた絵。白と黒の内装とは対比的な赤の飛沫のような抽象画。それがふたつになっている。どうしてそんな変更が要るのか？　一幅では足りなかったのか？　読むと気になった。が、一時間ほど経ってあれこれ考えているうち、気にならなくなった。重要なことことは思えなくなった。

その一冊だが、著者が目論んだとおりドラマティックなスリラーに仕上がっている。現在と未来を変えようとする者が過去から姿を現わすところから始まり、実際、その企みを叶えてしまう。作中語られる出来事は実際私が覚えているとおりのものだ。同時に、もちろん変更もある。それについて私には説明することはできないが、著者はそのほうが話がドラマティックにもスリリングにもなると思ったのだろう。

その一連の出来事が実際に起きているあいだ、私はそれをスリリングなどと思ったことは一度もないが。そう、当事者としてはスリルを感じてわくわくなどできるわけがない。ただ、ドラマティックな出来事だったことにまちがいはない。それは認める。もっとドラマティックでなかったほうがこっちとしてはずっとよかったけれども。

いや、気にしないでほしい。私の誕生月を九月から五月に変えることができるのなら、著者には私とエレインの出会いの場所をソーホーから西七十丁目界隈に変える権利もあるのだろう。

＊＊＊

昔《アーリー・タイムズ》に戻すと――私のためにエレインが自分のアパートメントに用意してくれていたバーボンの銘柄が〈アーリー・タイムズ〉だった。別に特別なバーボンでもなんでもない。飲みやすく酒としての仕事をちゃんとしてくれる酒だ。

セックスと会話以外にもわれわれは互いの役に立った。一、二度――いや、たぶんそれより多いはずだ――彼女がたまたま客から聞いた話が事件解決の糸口になったことがあった。彼女が証人席に坐ったり、尋問室で供述したりしなければならないようなことは一度もなかったが。彼女からの情報を同僚に伝えなければならないときには、私は常に匿名の情報提供者とした。それでも、彼女の協力によって解決できた事件が新聞の見出しを飾ったことも一、二度あった。

私のほうは彼女のどんな役に立っていたのか。社会の周辺で暮らす者にとって、バッジをつけている人間といい友達になるというのは、ま、悪いことではない。たとえば、刑事がエレインのことをドアマンにあれこれ尋ねにやってきたとする。その場合、私には刑事を特定し、彼女にはなんの問題もないとその刑事に伝えることができる。実は彼女は大切な情報源なのだと。だから友好関係を保っていると。わかった、それ以上は何も言うな、と刑事は言い、それで話は終わる。

一度こんなことがあった。これはどんな娼婦にとっても悪夢だろう。心臓麻痺だったか脳卒中だったか、どちらにしろ、客が彼女のベッドで死んでしまったのだ。

この一件のあと、こんな文句が書かれたTシャツを見かけた――〝家具なんかを動かすのを手伝ってくれるのが友達。死体を動かすのを手伝ってくれるのが真の友達〟。いとこのフランセスからの緊急を要するメッセージを読んで、私は自分が真の友達であることを証明するチャンスを得た。

このことはシリーズ作品の中に書かれていて、一語一語にまちがいがない。私が死体を捨てたマンハッタンのフィナンシャル・ディストリクトの通りまで。その客のポケットから私が失敬した金が五百ドルだったことまで。手を貸してくれた巡査とその金を分けたことまで。死んだ男はむしろ私にそれぐらい払いたがったはずだと思ったものだ。結局のところ、私のおかげで男は売春婦のベッドの上で死んだことを妻に知られずにすんだのだから。

われわれは相手の人生でそれぞれの役割を演じ合った。そんなわれわれに真の脅威が迫ったことがあった。そのときには私が対処した。

後知恵にすぎないが、もっとうまく対処できていてもよかった。

＊＊＊

これまた作品に正確かつ充分詳細に書かれている。それをここで再現しようとは思わない。それでも私とエレインにとって最大の危機だった。だから、おおまかなところを振り返ることぐらいは許されるだろう。

ジェイムズ・レオ・モットリーというのは、まさに悪夢から出てきたようなサディストのサイコ野郎だった。そんな男が彼女の人生に割り込もうとしてきたのだ――さらにほかの数人の女性の人生にも。コニー・クーパーマンもそのひとりだった。私はまずエレインに警察に届けさせた。が、実際のところ、モットリーを止める手段はなく、私が考えた最善策は彼をおびき出し、罠を仕掛けることだった。

その策略は成功した。が、私が望んだほどうまくはいかなかった。結局のところ、取っ組み合いになった。あのサイコ野郎がガラスの顎の持ち主でなかったら、どうなっていたかわからない。が、結局のところ、私の肘がけりをつけてくれた。私の渾身の肘打ちが。

一度彼はエレインのアパートメントに不法侵入していた。そのときアナル・セックスで彼女をレイプしていた。途方もない指の力で彼女を一度ならず凌辱してもいた。モットリーの不法行為を列挙すれば、長いリストができあがる。それでも、地方検事を動かすことはできなかった。なんと言っても、エレインは売春婦で、私はそんな彼女と多くの時間をともに過ごしているお巡りだったからだ。なりたての若い弁護士でもきっとこう思うだろう、私もモットリーも同じ穴の貉《むじな》だと。だから、その弁護士が司法取引きを申し出たら、地方検事はライカーズ島の拘置所にモットリーを九十日間勾留することに喜んで応じるだろう。

私の望みは言うまでもない。彼を殺すことだった。あの男の首の骨を折って、その死体をどこかに遺棄することだった。しかし、どこかに移動させるにしろ、心臓発作の客の死体と殺人死体とではわけがちがう。きわめて緊迫した状況で——殺《や》るか殺《や》られるかといった状況で——人を殺したことは一度あった。が、それはあくまで警察官の任務としてやったことだ。モットリーについて言えば、私は相手が寝ているときにさえ殺していただろう。それはもう人殺しとしかほかに言いようがない。

初めて自分が殺した男のことは当時もよく覚えていた。ヴィンスがその現場の見映えをいかによくしてくれたかということも。彼は男が明らかにわれわれを撃とうとしていたことを示す位置に——男が倒れたすぐそばに——男の拳銃を置き直してくれた。私はモットリーの身体検査をした。ありがたいことにモットリーは銃を持っていた。私はその銃をモットリーに握らせて、その力強い指で引き金を引かせた。居間の壁に向けて二発撃たせた（下手をすれば、絵にも当たっていたかもしれない）。

そのあと私とエレインは裁判での証言の口裏合わせをしたが、結局のところ、私も彼女も裁判に出ることはなかった。反対尋問にさらされることもなかった。私は報告書を書き、エレインとコニーは供述し、モットリーは司法取引きをして、警察官を狙った殺人未遂容疑は過重暴行罪に格下げされ、モットリーはアッティカ刑務所での一年から十年の禁錮刑に処せられた。

今でも思う、あのときあのクソ野郎を殺しておけばよかったと。

＊＊＊

モットリーに関する体験は、私とエレインの関係をさらに親しくさせても、逆に疎遠にさせてもおかしくなかった。われわれの場合はその両方になった。

われわれはともに危険な状況に置かれながら、自分たちの努力で無事にその状況を脱した。ただ、その過程で自分を偽り、証拠も捏造した。そうすることでひとりの男を刑務所送りにした——その男は無実の男でもなんでもなかった。無実とはどこまでも無縁の男だった。それでも、われわれが証言したことは彼が実際にしたことではなかった。

偽証したことはそれまでにもあった。それもお巡りの仕事の内とまでは言わないが。しかし、立件を補強するために事実と異なる証言など一度もしたことがない、などという刑事がいたとすれば、その刑事はきわめて珍しい部類ということになるだろう。実際に現場にいて見て聞いたことにはまちがいなく、そのクソ野郎がやったことにもまちがいがないのに、悪辣で有能な弁護士の手にかかれば、戦車さえ通しかねない穴ができる。そんな穴を残す必要がどこにある？

彼女の仕事もまた真実を裏づける証拠にはならなかった。彼女がちゃんと〝仕事〟をしたら、客はみな彼女自身も〝仕事〟を愉しんだと思う。会話も行為も愉しんだはずだと。実際、彼女の客につまらない男は少なく、彼女もたまに仕事を愉しむこともあった。普通はただふりをするだけのオーガズムに達することも。もちろんきわめて珍しいことではあるけれど。

この手の経験を共有し、〝共犯者〟になると、互いを隔てる障壁が取り除かれたりするものだが、私は今でもこの一件は〝部屋にいる一頭のゾウ（大きな問題であることがわかりながら、あえて誰も話題にはしないこと）〟のようなものだと思っている。それもわれわれふたりの眼にしか映らないゾウだ。その一件に起因して何か別なことを話すことはよくあり、その一件は常にそこにあった。それについてわれわれが話し合おうと思おうと思うまいと、考えようとしようとしまいと。

いずれにしろ、この一件のあと、われわれは自分たちの関係をできるかぎり隠そうとした。当然のなりゆきだった。私はそもそも既婚者だった。だから、タブロイド紙に記事が載るほど一緒に市《まち》を出歩いていたわけではない。それでもレストランで食事をともにしたり、ジャズ・クラブにジャズに聞きにいったりはしていた。が、この事件以降、われわれは彼女のアパートメントでだけ会うようになった。それすらモットリーのアッティカ刑務所行きが決まるまでは極力ひかえた。刑務所に収容されたあとも、彼の存在はわれわれを自制させた。自分たちの関係がめだつことを極力避けさせた。

＊＊＊

もう何年も忘れていたことだが、これもまたこの事件と関係のあることかもしれない。ある平日の夜、事件が解決してから半年ぐらいは経っていたと思う。寝室から居間に戻ると、彼女は私にはコーヒーをいれてくれて、それに〈アーリー・タイムズ〉を垂らし、自分は缶入りダイエットコークを開けた。そして、いかにもさりげなく近々一週間ほどヨットでカリブ諸島をまわると言った。

誰と？

「あるお金持ちの男の人がヨットを持っていて」と彼女は言った。「その人が何かのお祝いをしたがっていて——貧民を虐げたお祝いとかなんでもいいけど——三人の友達をクルージングに誘って、それぞれ誰か連れてくるようにって言ったわけ」

「その誰かがきみなのか？」

「誘ってきたのはお客よ。でも、手帳を調べて記憶を確かめたら、その人と会ったのは三回きりで、それもその最後が一年半もまえのことなのよ」

「相当きみのことが忘れられなかったんだろう」

「たぶん彼はわたしのことを上品で洗練された女とでも思ったんでしょう。少なくとも、ディナーでまちがったフォークを使っちゃって、彼に恥ずかしい思いをさせるような女じゃないって。実際、そういった意味のことを彼自身口にしたわ。だから旅行中、その人と火星人の車をつくったりはあんまりしないんじゃないかな」

省略しすぎた。今のはそれ以前に彼女が言ったジョークがもとになっている――地球に火星人のカップルがやってきて、地球人に関してあれこれ知りたがった。その中にひとつ、地球人はどうやって自らを再生産しているのかというのがあった。が、口で説明してもなかなか伝わらない。で、勇気ある男女の科学者がひとりずつ名乗り出て、火星人のまえで実践してみせた。それを見ていた火星人は途中からくすくす笑いだし、最後には大笑いになった。科学者は尋ねた、何が可笑しいんだ？　すると火星人は答えた、われわれはそうやって自動車をつくってる。

「なるほど」と私は言った。「天気がいいといいね」

「そう、海が荒れたら酔っちゃうものね。わたしは酔うほうじゃないけど。それでも一度ひどい目にあったことがあるのよ。あのときのことだけは忘れられない。そうそう、あなたは何をすべきかわかる、わたしがいないあいだ？」

「毎日泣きながらベッドにはいる？」

「コニーに電話して」

「コニーに？」

「あなたが電話すれば、彼女、きっと喜ぶわ」

「真面目に言ってるのか？」

「もちろん。彼女、あなたのことが気に入ってるもの。実際、わたしたちが初めて会った夜もわたしがさきにあなたの所有権を主張しなければ、あなたは彼女といい仲になっていたかもしれない」

「きみはかまわないのか？」

「わたしは二千マイルも離れたところで船のへりからゲロを吐いてるわけよ。そんなときにあなたが誰かと会ってるとして、その相手が上品で洗練された人じゃなきゃ嫌だなんてわたしが思うと思う?」

＊＊＊

コニーに電話はしなかった。番号を調べ、一度しかけたのだが、ちょうどそのときタレ込み屋のひとりから電話がはいり、それが急を要する情報だったのだ。電話をかけてもいい夜がほかになかったわけではない。が、実際には、その夜は大学のバスケットボールの試合を息子たちと見にハムステッドに出かけた。ホフストラ大学と確かアデルファイ大学の試合だったと思うが、どうして見にいったのか、記憶にない。たぶん誰かがチケットをくれたのだろう。

一週間はあっというまに過ぎた。われわれはまたもとに戻った。が、どこか以前とちがっていた。自分の一番の親友に電話をかけるよう促した彼女の気持ちが私にはよくわからなかった。彼女が私の希望に沿うと思った提案をしたこと自体は、寛大な行為だったと言えるだろう。しかし、それはまた私がほかの女と寝てもかまわないという宣言でもある。その相手がたとえ自分の親友であっても。

＊＊＊

ジェイムズ・レオ・モットリーがライカーズ島の拘置所からアッティカの刑務所に送られる

ことになった事件のあと、私がニューヨーク市の公務員を辞める契機となるワシントンハイツでの事件が起こるまでには、どれだけの時間が流れているのか。調べようと思えば調べられないことではないだろう。ともに公共の記録に残っていることで、そうしたデータにアクセスするのはさほどむずかしいことではないはずだ。実際のところ、ものの数分とかからず、机を離れることもなくできるかもしれない。

が、時間と労力をかけてまでその頃の自分の人生を見直す気にはどうしてもなれない。その期間はおそらく一年半以上はあっても二年はなかったはずだ。それが何ヵ月であったにしろ、ひとつはっきりしているのは、その期間こそ私の人生のすべてが下り坂に向かった数ヵ月だったということだ。

今回の機会がなければ、こういうことは書けなかったかもしれない。とはいえ、少なくとも自分の人生がうまく行っていないことだけはそのときからわかっていた。仕事にも満足できなくなっていた。受付の巡査部長やほかの刑事と親しくつきあうこともすでになくなっていた。私の机には委託された仕事のファイルだけが溜まった。が、私の心はいつも業務に向かっているとは言えなかった。非番のときに使うエネルギーもますます枯渇していた。

明らかに新たな段階にはいっていた。私はそれまで働きバチだった。勤務が明けてもサイオセットに帰ることなく、努めて仕事のためになることをしようとしていた。そんな自分が変わってしまったとそのとき気づいても、自分にきっとこう言っていただろう、それが自然ななりゆきというものだと。金のバッジもそういつまでも輝くものじゃない。刑事もただの仕事だ。その仕事ができていればそれでいいじゃないかと。

プライヴェートなふたつの関係についても同じように考えていた。私は家族を支えることだけはやっていた。妻も子供も食べるものに不自由をするようなことはなかった。確かに家族とともに過ごす時間は少なかったが、そう、いったい世の中のどれだけの家族がバラ色に包まれている？　確かに私とアニタのあいだでの口論は少なくなく、と同時に互いに押し黙って過ごす時間も少なくなかったが、それでも子供のまえでは親としての体面を保っていた。たまにはふたりで外食をすることもあった。もっとたまにベッドをともにすることも。ただ眠るためだけでなく。

ちょっと飲みすぎた酒がふたりをそんな気分にさせたある夜、私は彼女の隣りに横になって確信した。私と同じように彼女もまた別の相手のことを思っていると。で、そのことを口にしかけた。が、そのときには彼女はもう眠っていた。そのあとそのまま私も眠った。

エレインとのあいだに口論はなかった。長い沈黙もなかった。それでも気づくと、彼女に電話をする回数が減っていた。こっちが電話をしても、彼女の都合が悪いことがいくらか増えた。そのうちベッドの中にしろ外にしろ、一緒に過ごす時間そのものが減っていった。

まえに書いたとおり、われわれが一緒に外食することがなくなったのは、モットリーの件があったからだが、それが復活することはなかった。静かなフランス料理店やイタリア料理店でのディナーはもうなくなっていた。〈ファースト・スポット〉でセロニアス・モンクを聞くことも、マイケルの店でチェット・ベイカーを聞くことも。

彼女のアパートメントに行ったときには、セックスはまだしていた。が、その前後の会話は少なくなり、その中身もあたりさわりのない話題が多くなった。

そんなふうになれば誰でも気づくだろう。こうしたことはある意味避けられないことのようにも思う。情事——とあえて呼ぶが——もまた結婚と変わらない。時間というものが互いの役割を腐食させ、遅かれ早かれ、最良の部分が時間に洗い流される。

お巡りになることにも夫になることにも恋人になることにも一生懸命になれなかった時間、私は何をしていたのか。

西二十四丁目で多くの時間を過ごしていた。そこの地下のアパートメントで。そこはサイオセットに帰らないときのために借りたわけが、実際、多くの夜をそこで過ごした（借りたときには女性を連れ込む場所としても考えていた。が、そのアパートメントを借りていた数年のうち、そういう機会があったのは二度だけだった）。

ただ、その頃は寝るためだけにそこに行っていたのではなかった。ほかにどこにも行く場所がなくなると行っていた。そして、ラジオで音楽を聞き、ボトルの蓋を開け、グラスに酒を注ぎ、グラスが空になると、また注いでいた。

ひとりで飲むことは危険信号とは言えないまでも、注意すべきサインであることは知っていた。が、その利点ももちろんわかっていた。そもそも酒場で飲むよりはるかに節約できた。話をするのはもちろん、隣りにさえ坐りたくないような相手と飲む必要もなかった。自制することなく好きなだけ飲んでしまうと、家に帰り、ベッドにはいること自体リスキーなことになる。どこで飲むにしろ、そこまで車で行くと、酔っぱらい運転で家に帰るか、車を置いて帰るかの選択を迫られる。置いていった場合、翌日はどこに置いたか思い出さなければならない。

自分のアパートメントで飲めば、好きなラジオ局の音楽に耳を傾けられる。どこかのヌケ作がかけるジュークボックスの音楽ではなく。そうしてその夜の最後の一杯——脳みそをバラバラに切り刻んでくれる一杯——を飲んだあと、自分の家に帰ることを心配しなくてもいい。もうすでに自分の家にいるのだから。

＊＊＊

わかった、話をもっと早く進めよう。

これまで何度となく話してきたあの夜がやってくる。ここ何年ものあいだＡＡの集会で話すたび、今では私のアイデンティティの一部になっているようにさえ思える。初期のシリーズ作品の中でも何度も語られている。私自身、もう誰もが聞き飽きているはずと思わざるをえないほど。

（右のようなことを私はローレンス・ブロックに以前話したことがある。すると、彼はそれでもこれは重要な情報だと言った。私が何もかもを捨てた大きな動機なのだから、と。その後、さすがにこの話はもう省いてもいいのではないかと彼に言うと、だいたいのところ、彼は私のその申し出に従ってきてくれた。ただ、今回彼はこんなことを告白した。ある作品では私は強盗が上り坂を逃げるところを撃っており、別の作品ではそれが下り坂になっていて、実はこの点を指摘する読者からの手紙を何通も受け取っているのだという。で、彼も気にしているらしい。強盗が逃げたのは上り坂だったのか下り坂だったのか？　私は彼に言った、覚えちゃいないよ、と）。

だから簡単にすまそう。ある夜、ちょうど勤務を終えた時間だった。と言っても、勤務時間の最後の二時間は正確なところ市から盗んでいた。とりあえず勤務時間は守っていたが、追っていた事件の捜査についてはもう何もしておらず、二十四丁目のアパートメントにいた。そこで近所の店で買ってきたサンドウィッチを食べ、冷蔵庫から取り出したビールを飲んでいた。そのあと一眠りして、八時半頃眼を覚まし、サイオセットに帰ることをまず考えた。

ラジオをかけたまま寝ていた。サイオセットまでの車の運転を考えていると、ちょうど天気予報になり、これから雨になると告げていた。実のところ、その夜はニューヨーク市内でもロングアイランドでも雨は降らなかった。が、アナウンサーは雨になる確率が高いと言っていた。それで心が決まった。雨降りの中、たとえそれが小雨でもサイオセットまで車を運転して帰りたくはないと。

その天気予報を聞かなければよかったとつくづく思う。天気予報なんかくそ食らえとばかり、車を運転していればどんなによかったかとも思う。雨だから運転できないわけではないのだから。子供ではないのだから。雨に濡れたら溶けてしまうわけでもないのだから。車も。

帰らないと決めると自然と飲みたくなった。酒は残っていないかと探したが、アパートメントにはなかった。あの頃はそういうことが多かった。封を切ったら、すぐに空けてしまっていた。近くに酒屋があった。だから十分もあれば、そこで一本買って帰ってこられた。そうしようと思った。〈アーリー・タイムズ〉か〈エンシェント・エイジ〉か、安いバーボンの五分の一ガロン瓶を買ってこようと思った。アパートメントでそれを飲みながら音楽を聞こうと。いとも簡単なことだ。ラジオはもうついているし……

が、そうはしなかった。あの夜以来、どうしてそうしなかったのかと悔やまない日は一日もない。

この話を長引かせようとしているのが自分でもわかる。どうしてなのかまではわからないが。その夜にかぎって言えば、今夜もひとりで飲むのはうんざりだとでもいった気分だったのだろう。エレインのことはもちろん思った。受話器を取り上げ、ダイヤルをまわしもした。が、話し中だった。五分待ってかけ直してもよかった。が、すぐに悪い結論を導き出した。こっちが電話をかけると、どうしてこういつもいつも彼女は誰かと話しているのか？

私はアパートメントを出て、車に乗った。そして、はっきりとしたあてもなく流した。そのうち誰かに連れていかれて一度だけ行ったことのある店を思い出した。それはアップタウンのワシントンハイツなんぞにある店だった。が、一時間かそこら過ごすにはいい店だった。混み合いすぎることも空きすぎることもなさそうな店だった。バーテンダーが出す酒もまがいものではなかった。ジュークボックスから流れる曲はカントリー＆ウェスタン寄りで、私の好みとは言えなかったが、バーボンにはよく合う。ただひとつの問題はその店を見つけられるかどうか。

見つけられた。バーテンダーは私を覚えていた。そればかりか私が何を飲んだかも覚えていた。

＊＊＊

私は何を覚えているか。

あることがずっと心に居坐り、それがいつまでも続く。そのことを幾度も思い出しては、まわりの人間にも繰り返し語る。実際のところ、そんなとき人は何をしているのだろう？　実際に起きたことを繰り返し話しているのか。それともそのことの思い出を話しているのか？　鏡に永遠に写りつづける像を追っているのか？

このことはもう充分ではないのか？

＊＊＊

もうこの一度だけにする。

彼らが店にはいってくるところは見なかった。私はバーカウンターで金を払い、飲みものを受け取ってテーブルについていた。背もたれのないカウンターのストゥールより、キャプテンチェアのほうがくつろげた。それでも、彼らがはいってきたのには気づくべきだった。なぜなら私はお巡りなのだから。自分が身を置く部屋の様子には注意を払っていてしかるべきだった。誰が今もいるのか、誰が出ていって今はもういないのか、誰が新しくはいってきたのか。それは非番だろうと関係ない。銃を携行することを常に求められているのだ。眼も耳も休ませるべきではなかった。

が、私は彼らに注意を払っていなかった。それ以外の大半のことにも。意識して耳を傾けていたわけではないが、そのときジュークボックスから流れていた音楽をただ漫然と聞いていた。そんなときにバーテンダーの声が聞こえてきたのだ。「わかった、わかった」バーテンダーはそう言っていた。その声に私はバーカウンターのほうに眼を向けた。バーテンダーはふたりの男に向かってそう言っていた。男のほうはふたりとも背中しか見えなかった。バーテンダーはふたりに何かを渡していた。たぶんレジの中の金だろう。そこで私にも自分は何を見ているのかやっとわかった。ふたりの男の背中の向こうに何か光るものも見えた。たぶん店内の照明が拳銃に反射したのだろう。

銃声が轟き、客の叫び声が聞こえた。私が立ち上がり、ホルスターから銃を抜いたときにはもう二人組は店のドアから出ていた。私はそのあとを追った。二人組も私も三人とも外に出た。二人組は上り坂か下り坂を走って逃げた。どっちだったか、それにどんな意味がある？

ふたりのうちのひとりが振り返り、私を撃ったのだろうか？　このことは時々思い出すのだが、確信はない。次に起きたことを正当化したくて私の記憶がねじ曲げられている可能性がある。が、それも上り坂か下り坂のちがいぐらいの意味しかないことだ。

私は片膝をつくと、膝にのせた右肘を左手で押さえて固定させた。これは両手でグリップを握る撃ち方が教えられるまえのことだ。的をさえぎるものはなかった。私は撃った。教わったとおり、撃ち尽くした。

巧みな射撃と言えた。ひとりは即死で、もうひとりには重大なる障害を負わせた。あとからわかることだが、ふたりはバーテンダーを撃ち殺していた。また、私が撃ったときふたりとも銃を持っていた。その銃で私に向かって撃ち返していた、とたまたま居合わせた女性はそう証言してくれた。もっとも、彼女のその証言の信用度は私の記憶と同程度のものだろうが。

その夜起きたことがそれだけなら、私はヒーロー刑事になっていただろう。いいときにいいところに居合わせ、いいことをした者として。人生をまえに進めることがちゃんとできていただろう。私の人生は早晩おかしくなっていたかもしれないにしろ。そうなるにはもう少し時間がかかったはずだ。好むと好まざるとにかかわらず、天の報いは必ず訪れる。それでも、それにはもう少し時間がかかったはずだ。

しかし、その夜起きたことはそれだけではなかった。私のリヴォルヴァーには六発弾丸《たま》がはいっており、そのうちの四発が狙った男ふたりに命中した。が、二発は当たらなかった。逸れた二発の弾丸《たま》の一発が何か——舗道か石の階段か、クソろくでもない何か——にぶつかり、跳弾となった。何かに撥ね返されたその弾丸《たま》は、人が望むほどにはその何かに弾速を落とされることなく、少女の眼に当たった。そのあとその少女の脳に達した。

即死だったという。

少女の名はエストレリータ・リベラ。エストレリータとは〝リトル・スター〟という意味だ。リベラの意味はわからない。両方ともグーグルで翻訳しても出てこなかった。そんな時間、そんな少女がそんな通りで何をしていたのか、私は今も知らない。が、彼女にはそこにいる権利があった。私が彼女を撃つ権利とは比べものにならないほどの権利があった。

＊＊＊

世の中——ニューヨーク市警、マスコミ、市井の人々——に関するかぎり、私に非はなかった。私が撃った男はふたりとも前科のある札付きのワルだった。以前にも殺人事件を犯していてもおかしくないような二人組だった。

私のアルコール血中濃度を調べようと言いだす者もいなかった。実際のところ、調べられていてもたぶんなんの問題もなかっただろう。酒を買ってテーブルまで持っていきはしたが、私はそれを飲み干すまえに二人組を追っていた。だったら、私はそんな夜中に自分のアパートメントから八マイルも九マイルも北で何をしていたのか。私は勤務が明けても、事件の手がかりを追い、情報屋を開拓することに熱心な刑事だった。それ以上、何か説明が要るだろうか？

疑わしきは罰せず。この考えは警察官に対してより適用されやすい。それは当時も今も変わらない。もちろん、場所柄にもよるだろうが。

＊＊＊

裁判にはならなかった。私が撃ったひとりは現場で即死し、それがいわばその男の免罪符となった。病院に搬送されたもうひとりはバーテンダーを撃ったのはもうひとりのほうだと主張しつづけたが――射撃特性には反する主張だった――どっちでもさして問題とはならなかった。地方検事は男を二重殺人で起訴したが、司法取引きで減刑され、禁錮二十年から終身刑の刑が確定した。

もちろんそこまで行くには時間がかかった。私は銃を取り上げられた、もちろん。そして、休暇を取らせられた。それはふた月に及んだが、その間、特筆すべきようなことは何も起こらなかった。

私の飲酒を除くと。それもかなりの量の。しばらくはサイオセットの自宅で過ごした。が、そのあと車で市内に向かい、チェルシーのアパートメントで多くの時間を過ごすようになった。最初のうち、そこに移ってやっていたのはアパートメントと酒屋との往復だけだった。しかし、酒屋はしょっちゅう強盗に狙われる。そういうことについてはノーマン叔父さんに訊けばいい。そのうちその考えが頭を離れなくなった。私がバーボンを買っているときに酒屋が強盗に襲われたら？　私はどうすればいい？　銃も何もないのに。

もちろんそれは杞憂もいいところだ。酒屋は喜んで配達をしてくれる。だからそのうちアパートメントを出る必要もなくなった。

そう、最後には出ることになるわけだが。何もかもを放り出したときには——仕事も家庭も——私はもう終わっていた。

＊＊＊

昨日は午前中、二十四丁目に落ち着いたところから、そこより三十三丁目北にあるホテルに転がり込むまでの出来事をあれこれ整理するだけで、ひとことも書けなかった。とっかかりになりそうなものが何もなかった。煙草の煙でつくった輪っかをつかもうとするようなものだった。

映画ではこんなふうに描かれるかもしれない。男がひとりソファに坐って酒を飲んでいる。同じシーンがもう一度現われる。が、最後にひげを剃って三日ほど経っていることが男の顔からわかる。まえのシーンでは何も置かれていなかったサイドテーブルに、今度は空《から》のボトルが二本置かれている。そのあとまた同じシーンが描かれる。そこでは空のボトルが四本に増えている。さらに一本、男の足元の床に転がっている。

そのあとはモンタージュ。まずは警察署の入口。受付の机に金バッジを放り投げられる。そして、男がひとり警察署の建物から出ていく。そのあとには金バッジがひとつ残され、それが光を浴びてきらりと光る。

こんなシーンも考えられる。男が車を運転しているシーン。ロング・アイランド・エクスプレスウェーを東に向かって走っている。男はつつましい郊外の家のドライヴウェーに車を乗り入れる。次は男がその家の中から出てくる場面。スーツケースを両手にさげている。男は乗ってきた車の脇を通り過ぎて、歩道を歩きはじめる。

そのあとはたぶん駅のプラットフォームで、列車が駅にやってくる。次はもうニューヨークのペンシルヴェニア駅。同じふたつのスーツケース。あるいは、そのシーンは飛ばして、男が〈ホテル・ノーザンウェスト〉のまえでタクシーを降りるシーンにつないでもいい。男はスーツケースを足元に置いて、宿泊者名簿に記入する。スーツケースはまた男の手に戻り、男は小さなエレヴェーターを降りると、借りたばかりの部屋まで、すり切れた絨毯が敷かれた廊下を歩く。

男はスーツケースを部屋の中に入れ、床に置く。ドアを閉め、鍵をかける。小さな部屋だ。家具も最小限しかない。男はひとつだけある窓のところまで行って、外を眺める。五十七丁目通りをはさんで南側に立派なアパートメント・ビルが建っている。遠くに新しい世界貿易センターのツインタワーも見える。

ベッドの脇にテーブルがあり、電話が置いてある。男はベッドに腰かけ、電話に手を伸ばすが、男にはどこにも電話をかけるあてがないことがわれわれにはすぐにわかる。

＊＊＊

――きみは私にこれを読ませるべきじゃなかった。誰にも見せてはいけない。エレインにさえ。

——そういうことは誰が決めるんだね？　これを書いているのは私だ。だから誰が読むかは私が決めてもいいんじゃないのか？　きみのことを書いたら、書いた内容を本人に見せたくなるのが自然だろうが。で、全部読んだのか？

——いや、自分の名前が出てくるところだけだ……もちろん、全部読んだよ！

——だいたいのところ、きみはもうすでに知っていることだとは思うけど、それでも……

——おいおい、〝きみはもうすでに知っていること〟だって？　冗談じゃない。きみに兄弟がいたなんてどうして今まで言ってくれなかったんだ？

——私に兄弟なんかいないよ。いったいどこからそんな情報を仕入れたんだ？

——どこからだって？　もしもし？　きみは嘘を書いたのか？　きみとつき合うようになってもう何年になるかもわからないのに、ジョゼフ・ジェレマイア・スカダーのことなど私はこれまでただの一度も……

——なんだ、そのことか。兄弟がいると私はきみに一度も言ったことがない、なんて言うから、私はてっきりまだ生きてる、私と近い年恰好の兄弟を想像しちまったじゃないか。実際、兄弟はいなかった。きみに言われるまで実際そう思っていたし……

――でも、弟がいた。

――そのことはこれまでに一度も言ってなかったかな？

――ああ、一度も。

――ほんとうに？

――言ってたら絶対覚えてたよ。知り会って最初の頃に話し合った話題のひとつがそういうことだったんだから。私のほうからさきに言ったんだよ、自分はひとりっ子だって。そうしたら、自分もそうだってきみは言ったんだ。それ以降、お互い兄弟姉妹はいないという話は一度ならずしてる。それが今になって――お互いすべてを忘れはじめる歳になって、いきなりきみが思い出すとはね。自分にはジョーという弟がいたなんて。

――これまで考えることもなかったのさ。

――これまで考えることもなかった？　いいかい、マット、人生を振り返るのにきみが机に向かってまず一ページ目に書いたのが弟のことなんだよ。

——何かが記憶の引き金を引いたんだろう。幼い頃を思い出すというのはそうしょっちゅうやってることじゃないし。ただ、はっきり言っておくけど、きみに話さないようにしていたわけじゃないからね。とにもかくにも思い出すことがなかったのさ。そうそう、きみの両親はもっと子供を欲しがってたんじゃなかったっけ？

——ああ。もしかしたら私にも弟や妹がいたかもしれない。私の父親と母親が互いに触れ合うことなく子供をこの世に出現させる方法を編み出していたらね。

——きみのお母さんは流産したことがあるって言ってなかったっけ？

——私が生まれるまえにね。詳しいことは知らない。妊娠何ヵ月だったのかも。妊娠してそんなに時間が経った頃じゃなかったと思うけど。いずれにしろ、母は流産して、その二年後にまた妊娠し、それで私が生まれたわけだ。それ以降、母は妊娠しなかった。まあ、もっと子供を持ちたいという気持ちだけはあったみたいだけど。

——何かのときにきみから、兄弟姉妹はきみにとって大きな問題じゃなかったって聞いた記憶がある。

――まあね。でも、どうしてそんなことが大きな問題になるんだね？　私の場合、兄にしろ姉にしろ、結局、生まれなかった。どっちだったか誰も教えちゃくれなかったよ。きみの場合、弟がちゃんといたわけだろ？　生きていたのは短いあいだだったにしろ。ちゃんと名前もあった。

――とにかく今私に言えるのは、ずっと忘れていたということだけだよ。弟を実際に見てもいないんだからね。弟のことは弟だったということだけしか知らない。何か印象を持つ機会もなかったんだから。

――でも、その後、きみのお母さんもお父さんも変わってしまった。幼いマットには大きな衝撃はなかったとしても――

――ああ、なるほどね。

――何が？

――〝誰にも見せてはいけない。エレインにさえ〟。ああ、私にも段々わかってきたよ、私にあれこれ注文をつけてくるこの男は自分が何を言ってるのか、ちゃんとわかってるみたいだって。

＊＊＊

――きみはアニタが浮気をしてたなんてほんとうに思ってるのか？

――証拠があるわけじゃないけど。家からちょっとはなれたところにある夫婦がいてね。

――サイオセットの？

――ああ。ある日曜日、一度行ったことがあるんだ。亭主がエプロンをつけてホットドッグを焼くのが好きなやつでね。ただ、正確なところ、それはホットドッグじゃない。パンにはさむのが普通のソーセージじゃないんだよ。そいつはウィスコンシンの出身なんだけど、ブラットブルスト（香料、香草入りのソーセージ）。確かそんな名前だった。で、そいつに〝さあ、ビールとブラットを目当てに来てくれ〟なんて言われて、最初は子供のことを言ってるのかと思ったよ（〝ブラット〟には〝悪ガキ〟の意もある）。

――で、きみはアニタがその男のソーセージが気に入ったんじゃないかと思った？

――そんな遠まわしな言い方をしなくてもいいよ。

――確かに。でも、きみはどうしてそう思ったのか。刑事の勘か？

――アニタはその亭主のことをやたらと誉めてた。一方、奥さんのことはそれとなく批判していた。それがぴたりとやんだんだ。で、私としてはぴんときたわけさ。

――夜中に犬の吠え声が聞こえないことに気づいたホームズみたいに？

――まあ、そんなところだ。だけど、深くは考えなかった。むしろそれがほんとうであることを願う気持ちが自分にあるから、そんなことを思うんだと思った。

――どうしてそれがほんとうならいいなんて……ああ、きみとお相子になれるからか？

――たぶん。彼女のほうにも何かあるなら、それでこっちの罪悪感が薄れるような気がしたわけだ。どんな生き方をしていようと。いずれにしろ、さっきも言ったとおり、そんなことを深く考えたわけじゃない。どっちみち、ふたりのあいだはぎすぎすしてたし……

――きみとアニタの。

――そう言えば、彼女はほかに男がいることをそれとなくほのめかしさえしたことがあった。実際に彼女がなんと言ったのかは思い出せないが、自分からほのめかそうとしていたのはまちがいない。私がそのときそれに気づいていてもおかしくなかった。まあ、彼女としては気づかせたかったんだと思う。

――でも、きみは気づかなかった。

――ああ、そのとき彼女が伝えようとしてるんだとはね。でも、彼女のほうはメッセージは伝わったはずだと思ったんじゃないかな。いずれにしろ、私は彼女にほのめかされても何もしなかった。何も言わなかった。だからそのときのやりとりはそのまま何事もなく終わった。そのあと、そのときのことを時々思い出したりはしてたと思う。で、そんなときにはふたりが駆け落ちでもしてくれないかなんて思ったものだよ。しかし、そんなことは絶対に起こらない。なんと言っても聖アタナシオス出《で》の女だからね、アニタは――

――それはどういう男だったのかきみは知ってるのか？　ヘール・ブラットブルストじゃなくて、聖なんとかのほうだけど。

――アタナシオス。知らないよ。でも、まあ、彼女が浮気をしていたのはまちがいないね。彼女たちの関係がシーザーとクレオパトラも顔色をなくすような恋だったとは思わないけど。いずれにしろ、もう半世紀もまえのことだ。アニタとの結婚生活も。彼女が死んでからでももう二十年が経つ。

――そんなに？

――正確には二十二年か。そういう時間はどこに行っちまったんだなんて訊かないでくれ。思えば、彼女の葬式に行って、何十年ぶりかで彼女とブラットブルスト野郎とのアヴァンチュールを思い出したんだよ。

――彼女の葬式のときにそんなことを思った？

――葬式じゃ人はどんなことでも思うもんだ。だからみんな行くんだよ。

＊＊＊

――リー・コニッツ。

――彼がどうした？

――私たちが初めて会った夜のアルトサックス奏者。ルー・ドナルドソンじゃないわ。

――わかった、きみのことばを信じるよ。

――店も〈ハーフ・ノート〉。

――今はなき〈ハーフ・ノート〉か。そう書いてない？

――あなたはただハドソン・ストリートとしか書いてない。

――でも、まあ、まちがってはいない、だろ？　ルー・ドナルドソンじゃなかったというのはまちがいない？

――ええ。まちがいない。リー・コニッツよ。

――コニッツは二、三年まえに亡くなったよね。私の記憶が確かなら。それがルー・ドナルドソンが亡くなるよりまえかあとかはわからないけど。

——ルー・ドナルドソンはまだ生きてるわ。今年の九月で九十六歳になるはずよ。でも、彼はつい最近まで現役だった。そんな顔をして見ないでよ。グーグルを知ってるのは自分だけだと思ってた？

＊＊＊

——わたしはあなたのアパートメントを見たことがない。あなたがアパートメントを持ってたのは知っていたけど、それがどこにあったのかは知らなかったと思う。西二十四丁目通り？

——そう、九番街からちょっと西にはいったところだ。

——でも、そのあとホテルのほうがいいって考えたわけ？

——どう考えたのか、覚えてないけど、実際、考えたのかどうかすらはっきりしない。何かに突き動かされて、気づくと、そのとおり行動していたというのが近いね。警察を辞めたのも同じだ。ふと思い立ち、気づいたらもうチャールズ・ストリートの六分署に辞職願いとバッジを出していた。

——あなたのかの有名な金のバッジをね。受付デスクに放ったの？

――いや、あれは映画だけの話だ。そういう映画は絶対見ないことにしてるけど。エディ・コーラーに渡したのさ。エディはまずそれを私に突き返した。そういうことをふたりで何度か繰り返した。互いにダイヤを売り合う四十七丁目のふたりの男みたいに（四十七丁目の五番街と六番街のあいだには宝石店が並ぶ。通称〝ダイヤモンド・ディストリクト〟）。で、最後には彼に受け取ってもらって署を出た。拳銃はそこでは返さなかった。もうすでに返していた」

――あれ以来……

――銃撃事件以来。そのあと勤務には就かなかったから、使った銃はその後二度と見ていない。

――それはいいことよ。だって、銃とお酒の取り合わせなんて……

――いや、自殺を考えたことは一度もなかったな。あのときにはいろんなことを考えたけれど、銃を口にくわえるというのはなかった。

――それでもよ。神経衰弱になっちゃうと、人は――

――私の神経はあの頃衰弱していた？

――今はどういうのか知らないけど。精神健康症候群？

――なんであれ。肝臓がどうすればわからなくなるほど飲んだことを別にすれば、あのとき自分がやった最大の自傷行為は、アパートメントの鍵を大家に返しちまったことだね。ただみたいな家賃のアパートメントをむざむざ放棄するやつがどこにいる？

＊＊＊

どうして大家に鍵を返してしまったのか？　いまだに謎だ。数ヵ月家賃を滞納していたが、それを大家にせっつかれていたわけではなかった。書こうと思えば、数ヵ月分の家賃の額の小切手など余裕で書けた。だから、アニタと別れても、ホテルに部屋を探す必要などそもそもなかったのに。

自分がしようとしていることがちゃんとわかっていたら、まずまちがいなく小切手を書いていただろう。が、自分が夫としても父親としても終わっていることに気づくまえに、まずお巡りとして終わっていることが私にはわかっていた。で、お巡りの役得で得たそのアパートメントをあきらめることは、バッジと銃を返すのといわばセットになっていたのだ。

チャールズ・ストリートの六分署に勤めているかぎり、二十四丁目のアパートメントはこの上なく便利なものだった。が、私はもうお巡りとして終わってしまったのだ。その後は当然サイオセットに住むことになる。チェルシーの仮住まいになんの用がある？

サイオセットに戻って、自分がお巡りとして終わっているだけではないことに気づくのには、半月とかからなかった。二個のスーツケースに荷物を詰めているときに、そう、大家はもう次のテナントを見つけただろうか、と思うことは思った。

が、問い合わせる電話はしなかった。しなかったのは、なんだか自分がいかにも愚かに思えたせいもあるが、新たな人生は新たな場所で始めたいという思いもないわけではなかった。

新しいホテルの部屋は当然二十四丁目のアパートメントより家賃は高かった。おまけに広さも二十四丁目の半分もなかった。ただ、出入口のドアはひとつで、ホテルを出入りするたびにまえを通るフロントには常時受付係がいた。時々、自ら放棄したアパートメントのことを思って、惜しいことをしたと思うこともあったが、そんなことを始終思っていたわけではない。正しい判断をしたのだ。自分にそう言い聞かせた。

＊＊＊

ここまで書いたことをエレインに読ませたのも正しい判断だった。見せるまえには数日コンピューターと向かい合ったが。この私のプロジェクトについては早々と彼女に伝えることはしなかった。それでもことばが積み重なっていくに従い、彼女に何かを隠しているという思いが私の中でふくらんでいき、あまつさえ、それが日に日に重要さをますような気もしてきた。

で、私がすでに書いたことについてふたりでけっこう話し合った。彼女の意見を取り入れ、書き直したところもある。が、さらに何かを指摘しかけたところで彼女は言った。「やっぱりあなたの邪魔をしたくない」

＊＊＊

またひとりになった。

エレインがまず言ってくれたのがヴィンス・マハフィに関することだった。彼女がヴィンスに会ったことはないが、私が語った話の多くに彼が登場する。だから彼女のほうから知りたがったのだ。彼は今どうしているのか。今でもやりとりはあるのか？

連絡を取り合おう。われわれはそう言い合った、もちろん。が、取り合うことはなかった、もちろん。真面目には。私のほうは勤め先の分署がパーク・スロープからウェスト・ヴィレッジに替わり、その過程で、銀のバッジと〈ロバート・ホール〉のスーツとともに、ヴァンスを過去に置き去りにする恰好になった。意識してのことではない。もちろん故意にでもない。が、結果的にそうなった――こういうことはだいたいこうなるものだ。

われわれは友達ではなかった。いくつもの点で友達より近しかった。と言って、われわれは仕事で互いに演じなければならない役柄に喜びを感じているわけでもなかった。そんなものがわれわれを結びつけているのではなかった。われわれは徹頭徹尾パートナーだった。誰かがいつどこから銃を撃ってくるかもしれないという危険をともにするパートナーだ。相手の命を救うのがどちらの仕事になるかもわからない。そういう絆はどう考えても強い。同じブロックに住むふたりの男より。毎週土曜には必ず一緒に十八ホールまわるふたりの男より。

ふたりがそういうパートナーでなくなったあと、覚えているかぎり二度会っている。私のほうから電話も一度している。六分署に転勤になってひと月かそこら経った頃だったと思う。私がサイオセットの自宅におり、息子たちはもう寝ており、アニタは友達の家に行っていた。私はテレビを消して受話器を取り上げた。ちょっと驚いたような声が返ってきた。どこか警戒しているようでもあった。たとえば、私が何か昔のことを思い出して、彼に恨みつらみをぶつけはじめるとか。

そんな緊張が解けるのに時間はかからなかった。彼は私も知っている七八分署の同僚のことを話し、私のほうはそのとき抱えていた事件のことを話した。そして、最後に互いの健康を祈り合ってやりとりは終わった。

電話をしてよかったと思った。と同時に、またかけることはないだろうとも思った。

以前ふたりが担当した事件の裁判でふたりとも証言しなければならなくなった。地方検事補から別々にブリーフィングを受けたあと、私はスカーマートン・ストリートの裁判所にスーツを着て——その頃はいつもスーツだった——出向いた。そこでヴィンスに会って驚いた。ブルーの制服を着ていたのだ。

彼のほうがさきに呼ばれ、名前と階級を述べたかと思うまもなく、被告人側の弁護士が陪審のいないところでの協議を求めて、彼の証言を止めた。そのあとはすぐに司法取引きが決まり、判事は即、閉廷した。

外に出ると、私は一杯飲んでいかないかと彼を誘った。「すぐ近くに店がある」と彼は言った。「まわりが法律関係者だらけでもかまわなければ」

彼が連れていってくれた店は照明を落とした静かな店で、われわれはバーカウンターで飲みものを買って自分でテーブルに運んだ。彼の場合、ものの順番が逆になっていた。私服警官になるまえのブルーの制服に戻っていた。まだパートナーだった頃、裁判に出なければならないときにはふたりともいつもスーツだった。ところが、今日彼はスーツを家のクロゼットに入れたままにして、ブルーの制服で出廷した。

「それが功を奏したんだよ」と私は言った。「あんたは名前を述べて、真実を、すべての真実を、真実だけを話しますって言うだけでよかった。あのクソ野郎、あんたの制服を見てビビって、急に司法取引きに応じたんだよ」

彼は笑った。そして、グラスを取り上げ、またテーブルに戻して言った。「いや、そうじゃない。近頃おれはずっとこれを着てる」

「私服警官から制服警官に戻った？」

「おれが希望したんだ。というか、しつこくせがんだんだ。上のやつらには、おれの望みはきわめて異例なことだってまず言われたよ」

「異例？」

「〝異例中の異例だ、マハフィ〟ってな。だけど、なあ、なんでスーツなんかに高い金を出さなきゃならない？　それにこのほうが手間がない。このブルーのゴミ袋に身を包めば、ネクタイを選ぶのに迷わなくてすむ」

「確かに」

彼はいきなり笑った。「おまえさんは〝おまえ、頭がいかれたか？〟とは言わないわけだ。おまえさんは昔から紳士だったよ。だけど、おれは頭がいかれたわけじゃない。制服から私服に昇進してありがたかったよ。おまえさんには改めて礼を言うよ――」

「おいおい、やめてくれ」

「いや、今のはほんとうのことで、ふたりともわかってることだ。スーツを着てやる仕事を続けてもよかった。おまえさんが橋を渡ったあとも、同じようにやれなくもなかった。実際、やったよ。新しいパートナーはアルフィ・リオーダンというやつだった。おまえさんも知ってるかどうか知らんが――」

「知らないやつだね」

「――そいつには別に問題はなかった。だからうまくやれたよ。だけど、おれは気づいちまったんだよ、自分が制服を恋しがってることに。おまえさんとパートナーを組んでたときにはわからなかったんだがな。だけど、おまえさんがいなくなって気づいたってわけ。通りを歩いてても、コーヒーを飲んでても、おれのことを見るやつにはわかってるわけさ。おれがお巡りであることが」

「スーツを着ると、そうでなくなる?」

「いや、おれはたぶん見るからにお巡りなんだよ。正直な話、おれは昔からずっとそうだったんだよ、そういう顔をしてたんだよ。おれがかよった学校じゃ、生徒が聖職者になるよう仕向けようとする教師が必ずひとりはいたけど、そういうやつらの眼におれははいらなかった。やつらにはおれがどういう道を進むことになるかきっとわかってたのさ」

「あんたはお巡りになることが運命づけられてた」

「そう言ってもいい。あとは子供たちのこともあるな。子供は制服を見なきゃ、そいつがお巡りだってわからない」そう言って、彼は少しばかり淋しそうな顔をして続けた。「まあ、子供の中にはある程度の歳になると、お巡りを疎ましく思うようになるやつもいるけど、でも、大半にとってお巡りは自分たちを守ってくれる存在だ。ちっちゃいやつにとってはなおさら。ちっちゃい子供はみんなそんなふうにお巡りを見てる。それは子供の顔を見りゃ簡単にわかる」彼は肩をすくめた。「わかるだろ、おれはそれが好きなんだよ、たぶん」

彼が言うことをどう受け止めればいいのか私にはよくわからなかった。制服組に戻るというのはあと戻りだ。降格であることにまちがいない。それでも彼は幸せそうだった。金バッジを携え、仕立てのいいスーツを着ている自分より、彼のほうがそのとき満足げに見えたのを覚えている。だからと言ってそのことを真剣に考えたりはしなかったが。

もっと正直に言おう。そのときには私はもう昔のわがパートナーのことをあまり考えなくなっていた。

次に彼を見たのは遠くからだった——新聞の地方欄でその名を見たのだ。警察の腐敗が暴かれたことを報じる記事の中で。その手の捜査は何年かに一度おこなわれ、何人かがスケープゴートになる。今回はブルックリンの四つか五つの分署にスポットライトがあてられ、その中に七八分署があった。セント・ジョーンズ大学のロースクールを出たばかりの地方検事補——摘発に飢えた若き地方検事補——主導で招集された調査委員会の成果だった。その地方検事補の名前は言えばみなわかると思う。最後はオルバニーの知事公邸に住むところまで出世した男だから。自分のイチモツをちゃんとズボンの中に収めておくことさえ心得ていれば、もう少し長くそこに住めたことだろう（第五十八代ニューヨーク州知事エリオット・スピッツァーのこと）。

ウォール街の不正を追及した知事の辞任理由がセックス・スキャンダルだったとは、なんとも皮肉な話だが、ヴィンス・マハフィの場合は皮肉とは言えない。ヴィンスがそういった皮肉をどれほど好もうと。いずれにしろ、彼は二度しくじった——麻薬のディーラーであることが疑われる男から金を受け取り、刑事裁判で偽証したのだ。

彼は誰もがやることをした。調査委員会に協力した。もちろん不承不承。そして、最低限の同僚の名前しか明かさなかった。その見返りとして、退職させられた。年金は勤続二十年からもらえるが、それからすでに五年以上経っていた。彼は退職届けを出し、年金を受け取ることにした。

バッジと銃は取り上げられた。ブルーの制服はもう二度と着られなくなった。

こういうことが進む中、私は努めてそれらを頭の中から閉め出した。と言って、それはわが身も危なくなるかもしれないと心配したからではない。七八分署時代、私も清廉潔白な警察官とは言いがたかった。賄賂《わいろ》を受け取ることもあれば、裁判では、真実を話すと誓いながら、真実に独自の解釈を加えて証言したこともある。しかし、それはみな大昔の話だ。ブルックリンそのものの歴史みたいな話だ。今の私の勤務先はマンハッタン。そんなところまで捜査の手が伸びるとは思わなかった。実際、そういうことにはならなかった。

ヴィンスに連絡を取ろうとは思った。が、結局、取らなかった。そのことは今も悔やんでいる。だからと言って、夜も眠れなくなるというわけでもないが。私から連絡しないのにはもっともな理由があった。地方検事局にはそんなことにも眼を光らせている張り切り屋がいて、そいつの注意を自分から惹いてしまうことにもなりかねない。惹いたからといってどうなるものでもないのかもしれないが、自分からよけいな真似をすることもない。

そもそもヴィンスに連絡を取って私に何が言えた？　何ができた？

＊＊＊

その後、一度だけ会っている。

私が〈ノースウェスタン・ホテル〉に転がり込んで一年か二年経った頃のことだ。私は今となってはずいぶんと長いキャリアとなった〝私立探偵〟をやっていた。探偵許可証も持たず、帳簿もつけない、あまりプロとは言えない探偵だった。〝友人に便宜を図っている〟。当時、私は自分のやっていることをそんなふうに自分に言い聞かせていた。実際には、私を雇う依頼人の中にはどんな意味においても友人とは呼べない者もいたが、いずれにしろ、図った便宜に対する報酬を得て生計を立てていた。それはある意味でお巡りと変わらない仕事だった。そして、食べるものと飲むもの、それに屋根のあるベッドを確保してくれるものだった。が、実のところ、生きていくのに探偵仕事以上に自分に適したものなど何も思いつかなかった。それは今も変わらない。

その探偵仕事でマンハッタンを離れることも時々あった。そうしょっちゅうではなかったが、ブルックリンにも行った。それはこれまでの作品にいくつかエピソードとして描かれているが、一度七八分署のあるパーク・スロープではなく、ガーフィールド・プレース通りに行ったことがあった。私の最初のアパートメントがあった通りだ。私が住んでいた建物はもうそこにはなかった。そのことが二番目のアパートメントのことを思い出させた。ポラマス・プレースはどうなっているか、近くまで来たついでに見てみよう。行ってみると、長いこと思い出しもしなかった出来事や昔の気分が洪水のようあふれた。

そのあと仕事に戻り、いささか苦労して、オーヴィントン・アヴェニューにあったケミカル・バンクの支店を見つけた。そのとき調査していた事件に関して、そこの支店長補佐から何か情報が得られないかと思ったのだ。銀行の回転ドアを抜け、立っていた警備員のまえを十歩から十二歩歩いたところで、何か強い力が私を振り向かせた。私は警備員を改めて見た。ヴィンス・マハフィだった。

一瞬、復職したのだと私は思った。着ていた制服がニューヨーク市警の制服とよく似ていたのだ。が、よく見るとデザインがちがった。色もニューヨーク市警のブルーより薄かった。また、つけていたバッジもシリアルの〈キャプテン・クランチ〉のおまけについているような代物だった。

が、ヴィンスにまちがいなかった。記憶にあるより老けていた。横幅も増えていた。ほかにも——背のほうは低くなってしまったように見えた。制服の色の薄さが彼のパワーを弱めてしまっているかのようにも。

私は立ち止まって彼を見つづけた。私のほうもまだお巡り気分が抜けていなかったのだろう。じっと見つめるのはやめようなどとは思いもしなかった。その私の視線に気づいたのか、ただ仕事としてあたりを見まわそうとしたのか、彼も私を見た。私が誰かわかったのはその眼を見ればわかった。私の名を口にした。私は彼のところまで戻り、彼と握手を交わした。

彼は言った。「これはたまげた、マットじゃないか。ここを襲いにやってきたんじゃないだろうな。ここに来て以来、銃に手をかけたこともないんだから。抜くなんぞ言うに及ばず」

私は来意を明かし、誰と会うことになっているかも伝えた。

「あいつか」と彼は言った。「実にちょろいやつだよ。おまえさんが知りたいことはなんでもしゃべるんじゃないか。ちょいと強く出たら、金庫室にはいる鍵も渡してくれるかもしれない。

よくおまえさんを見せてくれ。元気そうだな」

「あんたもね、ヴィンス」

「何年かまえの事件のことは新聞で読んだよ。ワシントン・ハイツでの銃撃事件だ。ありゃ、正当な射撃だった。それでも、おまえさんとしちゃ考えることがそりゃいっぱいあっただろうな」

われわれはあたりさわりのない四方山話をしばらく続けた。そのあと、彼のほうから彼のトラブルについて見たか読んだかしたか訊いてきた。私は読みも聞きもしたと認めた。彼は言った——頼れるのは巡査共済会の弁護士しかいなかったけど、年金は受け取れて、健康保険証ももらえたよ。だから、行こうと思えばそのときフロリダに直行して即、隠居になる手もあった。

「やろうと思えばそれぐらいできた」と彼は続けた。「まあ、ぎりぎりでできたってところだがな。だけど、フロリダくんだりなんかに行ったら、毎朝起きて、今日はビーチにするかゴルフコースにするか決めなきゃならない。そのどっちにもアイルランド人のおれの肌には太陽がありすぎる。で、かわりに毎朝ここにくることにしたのさ。ここに立って、客にどこへ行けば何があるか指差して教えてやったり、こういう場所にいるのが不自然に見えるやつはいないか、眼を光らせたりすることにな。月に一回ぐらいは酔っぱらいかイカレ頭がやってくることがあるんで、そういうやつの腕をつかんで外に連れ出したりもしてる」

悪くない仕事だ、と私は言った。

「ああ、全然悪くない」と彼は応じた。「まあ、世界で一番面白い仕事だとは言わんがな。だけど、そもそもなんで仕事が面白くなきゃいかん？　いずれにしろ、時間というのは過ぎるもんだ。信じられないことにな。で、気づいたときには年金なんかもらっちまって、月に二度小切手を受け取るようになってるのさ。でも、ひとつ言っとくよ。おれは今でもフロリダなんかに行くつもりはないね」

「ここにいるかぎり」と私は言った。「あんたは制服を着ていられる」

彼はうなずき、しばらく押し黙ったあと言った。「言うまでもないけど、ガキの頃、大人になったら銀行の警備員になりたいなんて思いやしなかった。そういうやつも世の中にはいるのかもしれないが、おれは聞いたことがないね。だけど、母親や父親に手を引かれてここに来る子供たちは――ちっちゃな子供たちは――おれをどう見てる？　お巡りさ」

今度は私がうなずく番だった。

「そうとも、マット。おれはこうやって制服を着てる。ま、本物じゃないがな。格下げって言えば格下げだよ。でも、悪くない。全然悪くない」

それが彼を見た最後だった。警備員だけの給料で生活していたのか、警察の年金も受け取りながらの暮らしだったのか、どちらにしろ、結局、ブルックリンを離れることはなかった。ウィスキーとチェイサーがわりのビールを眼のまえに置いて、坐っていた椅子から横に転げ落ちたときにいたのがパーク・スロープのバーだったところを見ると。その店のバーテンダーは心肺蘇生法を驚くほどよく心得ていた。が、むなしい努力となった。ヴィンスはそのバーで還らぬ人となった。

わかっていたら、葬儀に参列していただろう。が、彼の葬儀の日時を知らされたのは、葬儀のあと何週間も経ってからだった。

エレインの言ったことは正しい。ヴィンスはその後どうなったのか。これを読んだ者なら誰でも知りたがるだろう。だからできるかぎり思い出し、数日かけて書いた。

まったくもって愉しい作業とは言えなかったが。

＊＊＊

この程度のものにしろ、私は任務を遂行できただろうか？　書き残したことはないだろうか？

今さら思う。適切と思えるかぎり詳細に書いた。私の人生の最初の三十五年間。ゆりかごから刑事としての墓場まで。そのあと二度目、あるいは三度目の人生を送り、すでに半世紀が過ぎた。しかし、より最近の出来事については、だいたいのところすでにシリーズ作品の中に記録されている。

本棚の一段を占める長篇群に、全作合わせれば長篇一冊分ぐらいにはなる短篇の数々。それらの表紙にはローレンス・ブロックの名前が書かれている。が、どれも私の物語だ。私が主人公であり、語り手でもあるのだから。実際にはローレンス・ブロックが私の声色を使って語っているしろ。それがフィクションというもので、フィクションは真実に欠けるものではない。それでも、ドラマ性を高めるためには事実を改変することも厭わない。より高い真実を求めるためには。

最後のことばはいささか馬鹿げて聞こえるかもしれないが、あえて直さずにおこう。ほかになんと言えばいいかわからないからだ。

本棚一段を占める長篇群と今書いた。そこに書かれている出来事を今ここに改めて記し直すなどなんの意味もない。そんなことはしたくない。本を一冊一冊取り上げて、この作品では時系列がねじれているだの、あの作品では私はふたつの事件を同時に追っているように書かれているが、実際にはタイムラグがあった、などとは言いたくもない。

作品は作品のままにしておく。それとひとつ言っておくと、私は全作品を読んでいる。それも大半は二度以上読んでいる。記憶はその時々姿を変える。だから、今では作品に描かれていることとそもそもの事実として私が覚えていることが、あまり変わらなくなっている。

〈ノースウェスタン・ホテル〉の向かい側に住むようになったからでも、まだ飲んでいた頃にも、禁酒を始めてからでも、プライヴェートでも探偵仕事の中でも、興味深い出来事はあった。それらが全部印刷されたわけではない。そうした印刷されなかった出来事の中にも人が読んで面白いものはあるだろうか？　私がそうした時間をどのように過ごしたのかを記しただけのものだとしても？

まあ、面白い話もあるかもしれない。実際、今でも思い出す話はいくつかある。たとえば、ずっと忘れていたが、アームストロングの店の常連のひとりの話とか。しかし、それをいちいち思い出してことばにするとなると、考えただけで疲れてしまう。

＊＊＊

ただ、モットリーのことは今でもよく思い出す。

ジェイムズ・レオ・モットリー。まえに書いたとおり、エレインの人生に無理やりはいり込もうとしてきた男だ。私はそれを阻止した。やつを罠にかけて、いくつもの罪状を科してやった。被害者が警察官の殺人未遂罪も含めて。そうするためには証拠をでっち上げることも厭わなかった。結局、司法取引きが成立して、裁判で争われることはなかったのだが、もし通常の裁判になっていたら、私はいささかの良心の痛みもなく進んで証人席で偽証していただろう。いずれにしろ、やつは刑務所送りとなった。この地上にあの男にふさわしい場所がひとつでもあるとすれば、それは刑務所以外考えられない。私は手錠をかけられ、引き立てられていく彼を見てこの上ない満足を覚えた。

大いなる達成感があった。私は労を惜しまなかった。策を弄してそれが成功した。本職から学んだスキルを存分に生かした。そうすることで問題を解決した。

まあ、そういうことだ。

やつを刑務所送りにするのに私も法を破ったが、だからと言って眠れなくなった夜など一夜もなかった。やつとのことは、答のない答を見つけようとでもするかのように、バーボンのグラスの底を見つめるときに考えることではなかった。ＡＡの集会で、みんなに話す必要を覚えたこともない。禁酒のためのステップの第四ステップと第五ステップ――それまでの人生を振り返り、自分の過ちを点検して認め、折り合いをつけるステップ――に達したときにも、あの男のことなど考えもしなかった。考えたとしても、担当して、これまでにうまく解決できた事件の悪党のひとりにすぎなかった。容易に忘れられるワルのひとりだった。

そのときは――

モットリーは私が十二年間もずっと忘れていられる存在だった。モットリー自身、そういう存在でありつづけるためにありとあらゆることをした。結果的に最長刑期にさらに上乗せされた刑期を務めていた。刑務所内での素行があまりに悪すぎたためだ。服役中、彼はふたりか三人のほかの囚人を殺している。彼が殺したことは明らかだった。ただ、立証はされなかった。そんな塀の中での暮らしだから、彼が刑務所内で自然死か〝不自然死〟かする確率は低くはなかった。が、彼は生き延びた。生き延びて出所した。

復讐という唯一の熱に浮かされて。

なぜなら、彼にしてみれば私にしてやられたからだ。私はフェア・プレーをしなかった。警察官でありながら。警察官は人に法を守らせるだけでなく、自らも法を遵守しなければならない。なのに私は証拠をでっち上げ、嘘とわかりながら彼にいくつもの罪をなすりつけた。

フェアじゃない！　どこの小学校の校庭でも聞かれる子供の叫びだ。なぜなら、どんな子供も生まれながらの知識として持ち合わせているのが、人生はフェアでなければいけないということだからだ。

が、どんな子供も学ばなければならない事実がひとつあるとすれば、それは人生はフェアではないということだ。

法廷から連れ出されるときにモットリーが最後に言ったことばは、スカダー、おまえとおれとのことはまだ終わってないからな、おまえとおまえの女全員にきっちり落とし前をつけてやるからな、だった。たいていの被告人は何も言わず連れ出される。が、法廷を出ていくときに、脅しの文句を言うやつもいないわけではない。それで少しは気が晴れるのだろう。しかし、警察官にしろ判事にしろ廷吏にしろ、脅しを受けた者がそのことばを真面目に受け取ることはない。そんなことはそれぞれが仕事を始めてすぐに学ぶ。

それでも、いささかも気にならないというわけでもない。私の場合、彼のことばが脅威に聞こえはしなかった。それでも心には引っかかった。なぜなら、あのクソ野郎の言ったことは百パーセントまちがっていたわけではなかったからだ。

いや、どうか誤解なきよう。この自伝にしろどんな物語にしろ、そこに登場する者はみなそれぞれ自らできるだけのことをしている。だから、モットリーもまた自らできるだけのことをしたと言えなくもない。私がすでに書いたそのことを思い出しても、どうか誤解しないでもらいたい。彼が極悪人であるという事実は。刑務所こそ彼が行くべきところだったという事実は変わらない。

それでも彼が言ったことは正しかった。私はフェア・プレーをしなかった。私はルールを破った。法の執行者としての誓いも破った。法律からも倫理からもはずれたことをした。そう、理想的な目的を果たすためにフェアではない手段を取った。フェアでない手段は望ましい目的によって正当化されると思って。

これは一本取られたな！　と私はそのとき言ってもよかった。おまえの言うとおりだ。私はルールを破った。フェア・プレーをしなかった。でも、だから？　地獄に堕ちろ、このクソ野郎！

この件についてはもうシリーズ作品の中ですべて語られている。彼は刑期を務めた。決められた量刑より長く務めた。そして、出所した。ただひとつの思いを心に抱えて。その復讐心が彼に長い刑期を務めさせたのかどうか。そこまではわからないが、彼は私への意趣返しを忘れたことはなかった。それだけは言える。

それを行動に移すのに彼は時間を無駄にしなかった。エレインの親友のコニー・クーパーマンから始めた。コニーは、きわめて珍しいとしても、まったく聞かないわけでもないケースとして、客のひとりと結婚していた。その客は寛大な男だった。同時に、ありのままの彼女と彼女の過去を受け入れることのできるソフィスティケートされた男でもあった。そして、なにより彼女を心から愛することができる純粋な男だった。ふたりはオハイオ州のある町に引っ越し、そこで結婚し、三人の子供をもうけた。そんな彼ら五人家族は〝いつまでも幸せに暮らしましたとさ〟となるはずだった。モットリーがそれを阻止した。彼らの居所を突き止めると、彼らを惨殺した。

その詳細は今ここでは重要ではないだろうが、モットリーは彼らに死だけではなく不名誉も与えた。オハイオ州の田舎の警察向けに殺害現場を脚色したのだ。田舎の実業家、フィリップ・スターデヴァントが誰にもうかがい知れない理由から妻と子供三人を殺し、そのあと自らも命を絶ったように見せかけたのだ。

恐ろしい事件だった。が、明々白々たる事件でもあった。だからすぐに解決した。警察がそんな処理をしているあいだ、モットリーは事件を報じる新聞記事を切り抜いてエレインに郵便で送り、彼自身ニューヨークに向かった。

そのニューヨークでもあの下衆野郎は何人もの人を殺した。私も殺されていておかしくなかった。実際、そのチャンスは彼にあった。が、彼は私を最後に取っておいた。そして、エレインをほとんど殺しかけた。

「彼女はいい心臓《ハート》の持ち主です」彼女が一命を取りとめたことがわかると外科医がそう言った。

今さら何を言うかと思ったら。

最後に——どんなものにも最後があるとすれば——私は彼が隠れていたアパートメントを突き止めた。モットリーはそのアパートメントの正規の所有者を殺してそこに勝手に住んでいた。言うまでもないか。いずれにしろ、私は彼を見つけた。何年もまえに東五十丁目で彼を裏切ったガラスの顎はそのときも変わらなかった。

ローレンス・ブロックはそこの部分を変えたがった。彼の好みとしてはあまりに〝アキレスの踵〟すぎたのだろうが、あのクソ野郎のガラスの顎はまぎれもない事実だった。だから私は妥協しなかった。そこは重要なところだと言って。踵のことを書かずにどうやったらアキレスのことが書ける？

あのアパートメントのことは覚えている。住所も近所の様子も思い出せないが。少なくとも今は。何かの拍子で思い出すかもしれない。なにより覚えているのは気分が悪くなるような麝《じゃ》香《こう》のにおいだ。獣のねぐらを思い起こさせるようなにおいでもあった。嚙み跡のある骨が隅に転がっていそうな、息の臭い捕食動物のねぐらだ。

どれぐらいそこに坐っていたのかわからない。どれぐらいあの部屋の空気を吸っていたのか、意識をなくしたあの男をどれぐらい抱えていたのか。私はまたあの男に銃を握らせた。が、今度は壁に向かっては撃たなかった。銃口をあの男の口に押し込み、彼の指の上に自分の指を重ねた。そして待った。やるべきことはわかっていた。が、すぐにその仕事を終わらせることはできなかった。

彼が意識を取り戻しかけるまでは。そこで私はやるべきことをやった。

私は自分のやったことを悔やんでいるのだろうか？　それはありえない。どうして悔やまなければならない？　今回は彼を罠にかけてもいない。フェアにプレーした。そもそもゲームのルールが変わっていた。殺すか殺されるか。それがルールになっていた。そういうゲームで選択に迷うことはない。

悔やんでいることがひとつあるとすれば、どうしてエレインのアパートメントで何年もまえにやるべきことをやらなかったのかということだ。自分のしたこと――証拠をでっち上げたことも偽証したことも――を悔やんでいるのは、それがフェア・プレーではなかったからではない。さきのことが読めなかったからだ。私の最初の生ぬるい工作がオハイオで五人、ニューヨークでさらに数人の命を奪う結果になったと言えなくもないからだ。そんな結果をまえにして悔やまない者がいるだろうか？

私はこうするべきだった。現場を取りつくろうのに壁に何発か弾丸《たま》をぶち込んだりするのではなく、自分のリヴォルヴァーを抜いてただ一発撃てばよかった。もっとも効果的なところを狙って。それが頭であれ、心臓であれ、どこであれ。

これまで長らく生きてきた人生の中で、私は何人かの人たちを殺している。その中のひとりは無垢な少女だ。この件については悔やまない日はない。あくまで事故だったわけだが、あの件は私に深い傷痕を残した。ただ、その傷痕さえ年月とともに薄くなる。

それ以外の殺人についても今も心を煩わされているとはとても言えない。それがなにより私という人間の欠点を示しているのかもしれない。が、どちらにしろ、これは私自身が言うべきことではないだろう。

繰り返しになるが、ずっと悔やみつづけているのはやはり不作為の罪だ。殺せるチャンスがあったのに私はそうしなかった。そうしていれば、何人の命が助かり、何人が大怪我をせずにすんだか。まったく。あの男を殺せるときにどうして殺さなかったのか？

＊＊＊

それでも。

ワシントン・ハイツの銃撃は私とエレインが再会するより何年もまえのことだ。私が文字どおりそれまでの人生から引っ越して、〈ノース・ウェスタン〉に転がり込んだ頃、事件がらみか何かで彼女と話したことは何度かあった。彼女とはいつも気軽に話せた。が、だいたい用件だけのやりとりになった。どちらかが酒か食事に誘うといったようなことはなかった。

モットリーが再登場したのは私とエレインがそんな関係になっていた頃だった。そして、モットリーの出所を知り、エレインが反射的に取った行動が私に電話をかけるということだった。そのあとふたりはともに激しい暴力の嵐に巻き込まれる。

それ以来、われわれは一緒にいる。

そのことに関しては、ふたりとも同じくらい驚いているのではないだろうか。結局のところ、またベッドをともにするようになったことだけでなく、お互い無意識のうちにこうなることをずっと待っていたことに。そのときの私の生き方に比べたら、彼女の生き方は以前とさして変わっていなかった。以前と同じアパートメントに住み、今では〝セックス・ワーク〟と呼ばれる仕事にそのときも従事していた。私のほうはすでに禁酒しており、私立探偵もどきの仕事をしながら、苦難の旅を続けていた。昔から知っていた者同士が気づいたときにはもう互いに恋に落ちていた、と言えばいいだろうか。ふたりともそれまでの体験から、眼を開けて何が起きているのかちゃんとわかるまでは、互いにしっかりしがみついているのが得策だというぐらいわかる知恵はあった。

そのことについてここで詳しく話す必要はないだろう。そもそもどう話せばいいのか、そう簡単にはことばが出てこない。ただひとつ言えるのは、ジェイムズ・レオ・モットリーというクソ野郎の迷惑な登場がなくても、私とエレインは今のようになっていたかどうかはわからないということだ。われわれの絆は強く、遅かれ早かれ同じ結果になっていた。どんな環境に置かれようと、われわれは結局こうなる運命にあった。そう思わないこともないではない。実際、それはまちがっていないかもしれない。が、エレインとのことを思うたび、ヘミングウェイが『誰がために鐘は鳴る』でジェイク・バーンズに用意した台詞がどうしても思い出される。

「そう考えるのも悪くないだろ？」

ＡＡの約束のひとつに、われわれは過去を悔やまず、過去に蓋もしない、というのがある。自らの人生にいくらかでも関心のある者なら、誰しも後悔から完全に逃れられはしない。それでも、別な見方というものは常にある。現在に幸せを感じる者は、誰しもそこまで自らを導いたあらゆる曲がり角に感謝すべきだろう。

そろそろ話を終えるにあたり、わが人生について改めて思うのは、自分が考えたより、望んだより、はるかに豊かで感謝すべき人生だったということだ。これほど長く生き永らえられるとは思っていなかった。これほど自分に満足するとも。

完全とは言えないこともある。すでに何人もの人々を失っている。私のほうから距離を取った人々もいる。長男のマイケルとはめったに会っていない。彼にも彼の妻にも孫にも温かい気持ちを強く抱きながらも。彼らに何を話せばいいのかわからないのだ。

次男のアンディとはいつ連絡を取ったのが最後かも思い出せない。今どこにいるのかもわからない。そもそもひとつところに長くいつづけるやつではなかった。総合格闘技の世界で秀でた成績を残している、アンドルー・スカダーという同姓同名の人物がいるみたいだが、わがアンディのほうはグーグルにも引っかかってこない。マイクとはたまに連絡を取り合っていたようだが、今ではアンディからの連絡はないそうだ。兄に借金をしつづけるのが恥ずかしくなったのだろう。

酒とドラッグが彼の人生で大きな役割を演じていることは想像に難くない。だから、なんらかの形で彼が私と同じ答を見つけてくれる可能性は大いにある。多くの人たち同様。もちろん、答をいつまでも見つけられない人もいる。それと、私がさっきからずっと避けていることばがある。あくまで推測ながら、彼はもう死んでどこかの墓地に埋められている可能性も少なくない。もちろんそうでないことを祈るが、その可能性は低くはない。

確実なことは何も言えないが、もちろん。

出会ったときにはまだ十四歳ぐらいだった黒人の少年がいた。その少年はその後、私とエレインの息子のようになった。彼が成長し、彼の人生が形成されていくのを見るのは、純然たる親としての喜びだった。通りをはさんで向かい側の〈パーク・ヴェンドーム〉に移り住むことになったとき、私はそれまで住んでいた〈ノースウェスタン・ホテル〉の部屋を彼に譲った。それまで彼は私のアシスタントをしてくれていて、探偵仕事のどんな場面においても類い稀な才能を発揮してくれていたのだ。私がその探偵仕事の幕引きを考えはじめた頃には、彼は株の売買をするようになっていて、その後、デイトレーディングにも少なからぬ関心を示すようになった。デイトレーディングにはさして時間を取られないようで、余った時間はコロンビア大学にもぐり込んで講義を受けていた。

シリーズ作品の中でも現実にも私は彼をＴＪという名前でしか知らない。私とエレインの人生に彼は常に登場し、われわれはしょっちゅう会っていた。今では昔のようには会っていないが。時間の流れとともに会う機会は減ったが。驚くことに、彼も今では中年男だ。ウェストチェスター郡に住んでいる。自分と奥さんのＳＵＶ車がそれぞれ一台ずつ納められたガレージ付きの家に。彼の一番上の娘は、ちょうど私がタイムズ・スクウェアで初めて会ったときの彼と同じ年頃だ。

ＴＪ夫妻には今でも時々会うが、私もエレインも彼の奥さんのことは何も知らない。もっとも、そういうことを言えば、ＴＪのこと自体知らないことだらけだ。ただ、少年のＴＪは知っている。若者のＴＪも知っている。今日よりさらに成長してよくなる未来のＴＪも。だから、会う機会は減ったが、それで充分だと思っている。

金曜日には今でも時々、セント・ポール教会の地下で開かれるＡＡの集会に出ている。何年かまえ、自分がその場にいる誰より禁酒生活が長いことがわかり、驚いたことがある。最近ではそれが普通になった。ＡＡが私の人生に果たす役割は以前より小さくはなったが、集会に出て、出なければよかったと思ったことは一度もない。誰かの長い身の上話についうたた寝をすることもあるが、ＡＡの集会というのはそういうことも織り込みずみのものだ。

エレインはエレインで彼女自身の集会に参加している。元売春婦、あるいはその仕事をやめようと思っている女性たちの集会だ。その活動はこの数年のあいだにその名称を何度か変えているが――ちなみに今の名前は〝回復中のセックス・ワーカー〟だ――また今後も変わることだろう。そうした自助グループのあることをエレインが知ったのは、彼女自身その仕事を辞めて何年も経った頃だったが、助言者役や指導者役を演じるようになった今も、彼女自身に精神的効果があるそうだ。その活動を通じて友達もできた。

ほかにわれわれが今でも会っているのは？　ミックとクリスティンのバルー夫妻。彼らは明らかにわれわれの一番近しい友達だ。彼らが唯一の友と思えることもある。われわれの絆はきわめて固い。エレインはそのことについてよく言う――それは彼らもまたわれわれと同じくらい特異無比の夫婦だからじゃない？

マクギネスとマッカーシー……

後悔？　もちろん、それはある。もっとよくできたのにと思うことはある。が、悔やんでも悔やみきれないというほどのものはない。なぜなら私は今の自分が気に入っているから。

さて、そろそろ切り上げる潮時だ。

訳者あとがき

本書はマット・スカダーの自伝である。あのマット・スカダーの！
自伝と言われてみなさんはどんな著作を思われるだろうか。私の世代だと、まずは福沢諭吉の『福翁自伝』か。あとはヘレン・ケラーの『わたしの生涯』とか。西洋史が好きな向きにはアウグスティヌスの『告白』もある。そのほか一大ベストセラーとなった『窓ぎわのトットちゃん』のような思い出話や回想録、多くは自費出版される自分史なども含めるとかなりの数になるだろう。が、フィクションの主人公の自伝となるとどうか。さらにそれをミステリーに絞ると、本書は前代未聞、前人未踏の作品なのではないか。もっとも、中身はそれほど大げさなものではないが。

御年八十四となったスカダー翁がローレンス・ブロックに促され、来し方を静かに振り返り、思い出すまま語っているのが本書だ。しかし、本人も認めているようにそれらの大半は些事だ。それでも、そこには現在のスカダーのおだやかな老境が映され、語り口に掬すべき滋味がある。本書の一番の読みどころはそこだろう。

本作の原著が出ることを知って、私はこれまでの長篇の裏話のようなものが聞けるのではないかとまず思った。作品の中では語られていないが、実は陰でこういうことがあったのだといった類いの話だ。その予想は見事にはずれ、これまであまり詳しく語られなかったスカダーの警官時代の逸話に紙幅が多く割かれている。そして、それらの逸話を通して、スカダー自身だけでなく、巡査と刑事時代のスカダーの相棒、ヴィンス・マハフィの人となりが鮮明に見えてくる。典型的な古き良き時代の昔気質の警官の佇まい。退職したのちも制服にこだわったマハフィの孤独な最期が読後強く心に残った。

とはいえ、スカダー・ファンとして警官時代の彼の逸話で一番気になるのはやはりあの事件——離婚と辞職の契機となった少女誤射事件——だろう。そのときの様子が記憶を探りつつ訥々と語られる。記憶は年々歳々薄れるものだが、と断わりつつもこの事件を語るスカダーの口ぶりはどこまでも重い。ただ、彼が銃で撃った強盗ふたりが逃げたのは上り坂だったのか、それとも下り坂だったのか、といったローレンス・ブロックとのやりとりを交えるあたり、ブロックさん、もとい、スカダーさんはユーモアも忘れない。

さきに書いたとおり、書かれていることの多くは些末なことで、そもそもスカダー・ファンでなければ、さしたる興趣は感じられないかもしれない。ただ、これだけはひとつ言える。読んでいるうちにまるでスカダーが実在の人物のように思えてくることだ。作者ブロックが時々顔を出したりして、それがまた現実感に拍車をかける。スカダーに弟がいたことをブロックは知らず、なんでこれまで一度も言ってくれなかったんだ？　などとスカダーを詰るところなど、まさにどこにでもいそうな老友ふたりのやりとりだ。

原著のデータとコピーを版元に送ってもらって一読し、スカダー・ファン歴半世紀近くになる私としては、正直面白かった。で、そのことをブロックさんにメールで伝え、文芸用語に詳しいわけではまったくないのに、すぐれたメタフィクションであるなどとカッコをつけて書き添えた。すると、思いがけない返事が返ってきた――〝メタフィクション〟なんてことばがあるんだね。実は友人にも同じことを言われて初めて知ったよ。

作家歴ほぼ七十年、叩き上げエンタメ作家ならではのレスポンスと思った次第。

前作『石を放つとき』同様、本作の邦訳が出せたのはひとえに二見書房の小川郁也さんのおかげだが、スカダーものの翻訳はさすがにこれが最後となりそうだ。改めてこれまでスカダー・シリーズを出してくれた版元のみなさんに感謝する。

二〇二四年盛夏

解説

霜月蒼

私がマシュウ・スカダーにはじめて会ったのは一九八六年、二見書房から出た『聖なる酒場の挽歌』を読んだときで、私は高校二年生だった。当時は翻訳ミステリが日本で大きなブームになっていた時代であり、『聖なる酒場の挽歌』は二見書房が新たにはじめた海外ミステリ・レーベル〈ザ・ミステリ・コレクション〉の第一弾だったのだ。

同作はニューヨークの私立探偵マット・スカダーを主人公とする長編第六作。このシリーズは作中の時間が現実の時間とシンクロし、主人公も齢を重ねるタイプの連作で、つまり順番通りに読むことが推奨されるシリーズだから、本来であれば、当時すでに刊行ずみの第四長編『暗闇にひと突き』と、第五長編にして初期の代表作『八百万の死にざま』を先に読むべきであったろう。だが結果的に、『聖なる酒場の挽歌』から読みはじめたのは悪い選択ではなかった。同作はマット・スカダーが自身の過去を振り返る、シリーズの時系列から独立した物語だったからである。

こののち、二見文庫はシリーズを第一作から順に刊行してゆく。『過去からの弔鐘』『冬を怖れた女』『一ドル銀貨の遺言』と邦訳されたところで、すでに早川書房から出ていた『暗闇にひと突き』『八百万の死にざま』に追いつく。第七長編『慈悲深き死』以降は、二見書房からほぼリアルタイムで邦訳が刊行されるようになった。現在のところ最後の長編は第十七作『償いの報酬』。そののち十八冊目として、スカダーもの全短編に最新中編を加えた『石を放つとき』が邦訳されている。

『マット・スカダー　わが探偵人生』は第十八長編にあたる。だが、題名が示すとおり、事件の真相を追う通常のハードボイルド／私立探偵小説とは趣が異なる。本書は、マット・スカダーが自身の人生を語ってゆく文字通りの「自伝」なのだ。いや、ことさらに「自伝」だと強調しなくてもよいか。これまでのシリーズ同様、静かな諦念と韜晦を基調とするスカダーの一人称で語られているのだし、そもそも私立探偵小説には探偵自身が語る自伝の側面があるわけで、すでに私たちはスカダーの自伝を十八冊読んできている。

それはこんな具合だ。

第一長編『過去からの弔鐘』で、マット・スカダーは、警官時代に強盗に向けて撃った銃弾が跳飛し、エストレリータ・リベラという少女を死なせてしまった傷を抱え、アルコールに溺れる元警官として登場する。免許のない私立探偵として活動するうち、スカダーはアルコール依存症を悪化させてゆく。それが極限にまで至るのが第四長編『暗闇にひと突き』。その事件の救いのない真相のせいもあって、つづくシリーズ最大の大作『八百万の死にざま』で、スカダーはこれ以上酒を飲んだら死ぬ、というところまで追い込まれる。同作のラストでスカダーは酒をやめることを決意し、第一シーズンに幕が下りる。『聖なる酒場の挽歌』は、第二シーズンまでのあいだの間奏曲のような作品だった。

第二シーズンは『慈悲深き死』ではじまる。酒をやめたスカダーの物語は、陰惨な暴力と私立探偵の戦いという苛烈な主題を扱う三部作『墓場への切符』『倒錯の舞踏』『獣たちの墓』でハードボイルドの極北に達し、つづく鎮魂の物語『死者との誓い』で、「死」を見つめつづけなくてはならない「私立探偵」の物語の頂点をきわめた。以降、パズラー風の第十二長編『死者の長い列』や第十三長編『処刑宣告』と、作風はかつての沈鬱な作風ものから軽やかで円熟したものへと転じていった。例外は『倒錯の舞踏』で知り合ってスカダーの親友となるミック・バルーが重要な役割を演じる暴力に満ちた第十四長編『皆殺し』くらいだろう。

時系列的に最後に当たるのは二〇一八年の中編「石を放つとき」。スカダーはもう八十歳であり、かつてあれほど歩き回っていたニューヨークの街をすこし歩くにも、膝の痛みを気にしなければいけなくなっている。

ここまでが私たちの知る「私立探偵マット・スカダー」の自伝である。

そして本書で八十四歳になったスカダーが記すのは、生年である一九三八年からの「私の人生の最初の三十五年間」について。彼が生まれてから警官を辞めるまで——つまり「私立探偵以前」ということだ。スカダーは、これまで彼の体験を小説として発表してきたローレンス・ブロックの助言を受けながら、自身の来し方を回想し、「われながら、どうしてこうも脱線できるものなのか」などとぼやきつつ、訥々と文章を紡いでゆく。その語り口は、当たり前のことではあるが、ローレンス・ブロックによるスカダー・シリーズのあの語り口、失われてしまったものへの静かな諦念と追想を基調低音とする名調子である。

まず語られるのはスカダーの父と母のことだ。そしてハイスクール時代があり、アルバイトの話があり、警官になった経緯もある。はじめて警官として賄賂をもらったときのことも。警官時代でもっとも筆が割かれているのは、短編「おかしな考えを抱くとき」でフィーチャーされた新米警官時代のスカダーの相棒だったヴィンス・マハフィの思い出と、のちにスカダーらの前に復讐者として登場するジェイムズ・レオ・モットリーとの因縁である。

モットリーが登場するのは第八長編『墓場への切符』。第二期スカダーを象徴する「倒錯三部作」の第一作である。スカダーもののベストに挙げる識者も多い名作なので、詳細はぜひ現物を当たっていただきたい。本書の二八二ページでスカダーが読んでいる「ドラマティックなスリラー」とは、この『墓場への切符』のことである。

恋愛の遍歴も語られている。前妻アニタとのなれそめも、そしてスカダーが添い遂げることになるエレイン・マーデルとの最初の出会いも。ブロックは都会の抒情を描く名手だが、アニタやエレインよりも前の若き日の恋人ナン・ハサウェーとのエピソードには都市生活者の孤独の翳がにじんで印象的。とくに彼女と霧雨の夜を歩く節は真骨頂だろう。

そして、スカダーが見届けてきた「死」。

スカダーは言う、「人生は長くなればなるほど死との関わりが深まる」と。そして「ニューヨーク市警のバッジを携えていた時代、私の関心はずっと人の生死に関わる問題にあった」とも言う。父の事故死、母の病死、そして本書ではじめて語られる、スカダーが三歳のときに死んでしまった弟のこと。あるいは警官としてはじめて犯罪者を射殺した日。

そしてもちろん、エストレリータ・リベラ。スカダーは逡巡しながら、少女を死なせてしまったあの日について綴っている。

死は、生きている者たちにどんな影響を及ぼすのか。弟の死は、スカダーの父と母を変えてしまったという。エストレリータの死はスカダーを破壊した。スカダー・シリーズの中核には「死」がつねにあった。スカダー・シリーズの題名のほとんどは「死者」や「墓場」といった「死」と直結する言葉を含んでいる。死という喪失は、このシリーズの最大のテーマだった。本書もまた例外ではない。

本書はどうやら最後のスカダー・シリーズ作品となるようだ。日本の読者である私たちは、スカダー＝ブロックに加えてもうひとり、翻訳者の田口俊樹がいたことを忘れるべきではないだろう。一九七九年、シリーズ初邦訳となった名作短編「バッグ・レディの死」を手がけて以来、四十年間にわたってスカダーの声を日本語に移してきた。あの諦観と達観のはざまのような、あるいは韜晦と絶望のはざまのようなスカダーの声の響きを日本語で決定づけたのは、田口俊樹の功績である。もちろんその響きは本書にもある。

高校生のときに『聖なる酒場の挽歌』ではじめてスカダーの声に触れた私も今や初老であり、スカダーもブロックもおじいさんになった。シリーズの閉幕がブロックの引退を意味するのかどうかはわからない。長年のファンとしては穏やかな余生を送ってほしいと願うばかりである。けれど、新たな物語がふいに書かれないともかぎらない。スカダーならば、「ひとはおかしなことをすることがある」とでも言いそうだ。

先のことなど誰にもわかるものではないけれども。

（ミステリー評論家）

マット・スカダー　わが探偵人生《たんていじんせい》

著者　ローレンス・ブロック

訳者　田口俊樹

発行所　株式会社 二見書房
東京都千代田区神田三崎町 2-18-11 堀内三崎町ビル
電話 03(3515)2311〔営業〕
03(3515)2313〔編集〕
振替 00170－4－2639

印刷・製本　株式会社 堀内印刷所

落丁・乱丁本はお取り替えいたします。定価は、カバーに表示してあります。

ISBN978-4-576-24102-9
https://www.futami.co.jp

探偵マット・スカダー・シリーズ

ローレンス・ブロック〔著〕　田口俊樹〔訳〕

MWA・PWA両賞に輝く
ハードボイルド小説の最高峰――

墓場への切符

娼婦エレインの協力を得て刑務所に送りこんだ犯罪者がとうとう出所することに…復讐に燃える彼の目的は、スカダーとその女たちを全員葬り去ること！

倒錯の舞踏

レンタルビデオに猟奇殺人の一部始終が収録されていた！　スカダーはビデオに映る犯人らしき男を偶然目撃するが…。MWA最優秀長篇賞に輝く傑作！

獣たちの墓

麻薬密売人の若妻が誘拐された。要求に応じて大金を払うが、彼女は無惨なバラバラ死体となって送り返された。依頼を受けたスカダーは常軌を逸した残虐な犯人を追う…

死者との誓い

弁護士ホルツマンがマンハッタンの路上で殺害された。その直後ホームレスの男が逮捕され、事件は解決したかに見えたが意外な真相が…PWA最優秀長編賞受賞作！

償いの報酬

AAの集会で幼なじみのジャックに会ったスカダー。犯罪常習者のジャックは過去の罪を償う〝埋め合わせ〟を実践しているというが、その矢先、何者かに射殺されてしまう！

【単行本】

すべては死にゆく

4年前、凄惨な連続殺人を起こした〝あの男〟が戻ってきた。完璧な犯行計画を打ち崩したスカダーに復讐の鉄槌をくだすべく…『死への祈り』から連なる、おそるべき完結篇

石を放つとき

知り合いの元娼婦からエレインは相談を受けた。ストーカー行為に悩まされているとのことだった。老いて静かに暮らしていたスカダーは調査を依頼されるが……。